人民共和國文化與文學叢書

三　編

李　怡 主編

第 **18** 冊

網絡穿越小說的審美特質

李 玉 萍 著

花木蘭文化出版社

國家圖書館出版品預行編目資料

網絡穿越小說的審美特質／李玉萍 著 — 初版 — 新北市：花
木蘭文化出版社，2016〔民105〕
目 2+224 面；19×26 公分
（人民共和國文化與文學叢書 三編：第 18 冊）
ISBN 978-986-404-665-2（精裝）
1. 中國小說 2. 文學評論
820.8   105012621

ISBN-978-986-404-665-2
9 789864 046652

人民共和國文化與文學叢書
三　編　第十八冊　　　　　　　ISBN：978-986-404-665-2

網絡穿越小說的審美特質

作　　者　李玉萍
主　　編　李　怡
企　　劃　北京師範大學民國歷史文化與文學研究中心
　　　　　四川大學現代中國文化與文學研究中心
總 編 輯　杜潔祥
副總編輯　楊嘉樂
編　　輯　許郁翎、王　筑　美術編輯　陳逸婷
印　　刷　普羅文化出版廣告事業
出　　版　花木蘭文化出版社
社　　長　高小娟
聯絡地址　235 新北市中和區中安街七二號十三樓
　　　　　電話：02-2923-1455／傳眞：02-2923-1452
網　　址　http://www.huamulan.tw 信箱 hml 810518@gmail.com
初　　版　2016 年 9 月
全書字數　188997 字
定　　價　三編 20 冊（精裝）台幣 36,000 元

網絡穿越小說的審美特質

李玉萍 著

作者簡介

　　李玉萍，女，1975 年生於河南浚縣。1994-2001 年就學於北京師範大學哲學系，先後取得教育學學士、哲學碩士學位。2011 年在北京師範大學哲學與社會學學院獲得哲學博士學位。

　　自 2001 年始，任教於中國地質大學（北京），現爲馬克思主義學院教師，副教授。主要關注和研究的領域有：網絡文化，武俠文化，美學，大學生思想政治教育，在相關領域已經發表了學術論文 30 餘篇。

提　　要

　　近年來，網絡媒體的發展帶來了華語網絡小說的創作與閱讀熱潮。網絡文學的創作和閱讀已經越來越成爲公眾的休閒娛樂方式之一。而網絡原創小說又是網絡文學的最主要的類型，網絡原創小說的發展和變化，是一種網絡文學現象，也是一種網絡藝術現象，更是一種網絡文化甚至社會文化現象，對網絡原創小說進行研究顯然非常必要。

　　網絡穿越小說作爲近年來最爲盛行的華語網絡原創小說類型，它是傳統的「穿越時空」文學母題在網絡時代的文本演繹形式。它誕生於虛擬的賽博空間，上承 20 世紀最爲風行的武俠小說，在武俠、玄幻、歷史、言情小說的土壤中產生並迅速成長。隨著類型的成熟，它逐漸成爲網絡時代新興的最主要的通俗小說類型。對其進行系統性的梳理與研究，對於網絡藝術、網絡文化的研究都具有重要的意義和理論價值。

　　目前，學術界對這一領域的研究存在許多問題。主要有：對研究對象缺乏整體的認知和把握，呈現出斷章取義式的研究；對穿越小說文本追蹤與閱讀的不足所造成的文本引用錯誤與認知局限；立足於傳統文學批評立場與技術分析模式對穿越小說的簡單價值評判等等。

　　本書基於大量的網絡原始文本的閱讀和梳理，首先對網絡穿越小說的文本內涵進行了界定。而後，基於網絡穿越小說的穿越母題與網絡文化的雙重特性，從敘事模式、敘事特質、語言風格、創作手法和文化特質等方面研究分析了網絡穿越小說的虛擬性、女性文化特性和民間性的審美特質，尋找網絡穿越小說的審美價值和文化意義。

　　網絡穿越小說具有最基本的模式，即小說主人公由於某種原因離開其原本生活時空，穿越到了另一個時空，並在這個異時空展開了一系列的活動。從對網絡穿越小說的文學母題、網絡特性以及與其它相似小說類型的差異比較中可以看出，網絡穿越小說是傳統的「穿越」文學母題在網絡時代的作品演繹形式。它借鑒了幻想類小說的奇妙構思和豐富想像，營造充滿魅力和超越現實規則的異度空間，但它最側重表現的是人在兩種不同時空下的空間體驗與時間體驗，而不是人的無窮幻想。它的歷史書寫借用了歷史的空間背景，以親歷體驗的方式消費歷史，表達的是平民敘事立場的現代青少年的欲望、情感與想像。它的愛情書寫更多關注的是愛情背後的人性，更多體現的是女性主體意識的普遍覺醒與張揚。它的傳奇書寫具有更加廣泛與多元的傳奇架構，是以一種體驗式、遊戲式的視角在無限的人類想像世界中的傳奇敘事。網絡穿越小說滿足的是人的歷史想像、現實欲望和世俗夢想，追求的是閱讀的愉悅體驗，具有明顯的消費文化背景。

從對網絡穿越小說所具有的網絡和「穿越時空」文學母題的雙重特性的考察中，可以得出如下的結論：「穿越時空」文學母題給人類提供了在文學想像中實現人類超越自身時空規定性的途徑，而網絡的時空特性則給人類提供了在事實上實現時空穿越的可能。當「穿越時空」文學母題遇上了網絡，所誕生的網絡穿越小說，在一定意義上而言，提供了人類超越自身時空規定性的第三種途徑——事實上的穿越與想像中的穿越的結合。這就使網絡穿越小說的創作和閱讀成為人們在數字化語境中實現網絡化生存的最佳途徑之一，這也是網絡穿越小說在網絡時代引發「穿越熱潮」的重要原因。

網絡穿越小說主要有三個審美特質：虛擬中的虛擬映現真實中的真實的虛擬性特質；性別閱讀差異明顯，凸顯女性主體意識的女性文化特質；混雜雅俗、消解深度、遊戲狂歡的民間性特質。

網絡穿越小說的虛擬性審美特質，主要體現在如下幾個方面：異時空體驗式敘事；交錯時空的敘事趣味；夢幻式的青春敘事；時空交錯中的「拼貼」（pastiche）敘事。由此得出的結論是：網絡穿越小說的「虛擬中的虛擬」的敘事模式反映出來的是「真實中的真實」，是生活的真實和藝術的真實。

網絡穿越小說具有鮮明的女性文化審美特質。通過對網絡穿越小說女性書寫典型類型——穿越言情文、穿越女強文、穿越耽美文和穿越女尊文——的分析和梳理，從女性話語體系構建和女性主體意識敘事結構的分析兩個方面，展開了對網絡穿越小說女性文化審美特質的分析，並最終得出其價值和意義：人類書寫中真正的「人」的回歸和女性主體意識的呈現與張揚。

網絡穿越小說還具有「混雜雅俗、消解深度、遊戲狂歡」的民間性審美特質。

網絡穿越小說的語言呈現出如下特質：今古語言交錯混雜的敘述方式，對傳統文學語言風格與意境的繼承與追求，富有草根性與通俗小說審美趣味的語言色彩，以及網語化的語言表達方式。這些特質造就了網絡穿越小說語言風格上的「混雜雅俗、網語言說」的審美特質。

在網絡穿越小說的創作之中，創作者們採用「戲仿」的手法顛覆經典，重寫經典，消解了經典文本的嚴肅和神聖；在文本生成和敘事上凸顯了「去中心化」的特質，消解了傳統文學的承擔性審美觀念，創作主體呈現主體間性，敘事上的「穿越者」視角使小說結構呈現零散化的趨勢；呈現深度模式平面化的網絡穿越小說恰恰符合了讀者抹平深度的審美期待，消解了傳統文學堅守的歷史理性和深度模式。

網絡穿越小說在文本創作和閱讀中體現了對遊戲快感和狂歡色彩的追求，呈現出鮮明的遊戲性特性。這種遊戲性特性賦予了網絡穿越小說鮮明的平民文化氣質和通俗的審美趣味。

網絡穿越小說在語言風格、創作手法和文化氣質方面的這些特性使網絡穿越小說呈現出鮮明的後現代文化氣質，也體現了它的民間性審美特質。

本書對網絡穿越小說審美特質的研究結論表明：網絡穿越小說作為一種新興的網絡原創小說類型，之所以能夠創造出一波波的「穿越熱潮」，是因為它獨特的、魅力極強的敘事模式和語言風格，是因為它的民間價值立場、平民文化氣質和通俗的審美趣味，是因為它的題材的超越性特質給網絡時代中的人提供了一種很好的網絡化生存的途徑。網絡穿越小說立足於民間立場，執著守護著大眾文化的價值取向，通過消解深度的平面化書寫，對抗和解構著精英文化對大眾的規訓（discipline），大眾也從網絡穿越小說的創作和閱讀中獲取了自己的話語權，滿足了被尊重的需要。網絡穿越小說通過欲望書寫和日常生活敘事，消解宏大敘事，追求小說的娛樂功能，體現出鮮明的遊戲特質和狂歡色彩。值得關注的是，當代青年女性群體通過網絡穿越小說的女性書寫，大大推動了中國女性文學的發展，使人類書寫歷史上開始了真正的「人」的回歸，體現了女性主體意識的普遍覺醒和張揚，這是時代的進步，同時也體現了當代中國女性文化的鮮明特質。基於此，消費文化背景中的網絡穿越小說便具有了自己獨特的審美價值和文化意義。

正在成爲「知識」建構的中國現當代文學研究——「人民共和國文化與文學叢書」三輯引言

李　怡

一

回顧自所謂「新時期」以來的中國現當代文學研究的發展，我們會明顯發現一條由熱烈的思想啓蒙到冷靜的知識建構的演變軌跡：1980 年代的鋪天蓋地的思想啓蒙讓無數人爲之動容，1990 年代以來的日益冷靜的學科知識建構在當今已漸成氣候。前者是激情的，後者是理性的，前者是介入現實的，後者是克制的，與現實保持著清晰的距離，前者屬於社會進步、思想啓蒙這些巨大的工程的組成部分，後者常常與「學科建設」、「知識更新」等「分內之事」聯繫在一起。

當文學與文學研究都承載了過多的負荷而不堪重負，能夠回返我們學科自身，梳理與思索那些學科學術發展的相關內容，應當說是十分重要的。很明顯，正是在文學研究回返學科本位之後，我們才有了更多的機會與精力來認眞討論我們自己的「遊戲規則」問題——學術規範的意義，學術史的經驗，以及學科建設的細節等等。而且，只有當一個學科的課題能夠從巨大而籠統的社會命題中剝離出來，這個學科本身的發展才進入到一個穩定有序的狀態，只有當旁逸斜出的激情沉澱爲系統的知識加以傳播與承襲，這個學科的思想才穩健地融化爲文明體系的有機組成部分。從這個意義上說，正在成爲「知識」建構的中國現當代文學研究，是我們學科成熟的眞正標誌。

當然，任何一種成熟都同時可能是另外一些新的危機的開始，在今天，當我們需要進一步思考學科的發展與學術的深化之時，就不得不正視和面對這樣的危機。

二

　　當中國現當代文學研究在日益嚴密的「學術規範」當中成爲文明體系知識建設的基本形式，這是不是從另外一個方向上意味著它介入文明批判、關注當下人生的力量的某種減弱，或者至少是某些有意無意的遮蔽？

　　學術性的加強與人生力量的減弱的結果會不會導致學科發展後勁的暗中流失？例如，在 1980 年代，中國現當代文學研究的曾經輝煌在很大程度上得之於廣大青年學子的主動投入與深切關懷，在這種投入與關懷的背後，恰恰就是中國現當代文學研究的人生介入力量：中國現當代文學與廣大青年思考中、探索中的人生問題密切相關。在這個時候，中國現當代文學的存在主要不是作爲一種「學科知識」而是自我人生追求的有意義的組成部分。在那個時候，不會有人刻意挑剔出現在魯迅身上的「愛國問題」、「家庭婚姻問題」乃至「藝術才能問題」，因爲魯迅關於「立人」的設想，那些「任個人而排眾數，掊物質而張靈明」的論述已經足以成爲一個「重返人性」時代的正常的人生的理直氣壯的張揚。同樣，在「五四」作家的「問題小說」，在文學研究會「爲人生」，在創造社曾經標榜「爲藝術」，在郭沫若的善變，在胡適的溫厚，在蔡元培的包容，在巴金的眞誠，在徐志摩的多情，在蕭紅的坎坷當中，中國現當代文學不斷展示著它的「回答人生問題」的能力，而中國現當代文學研究則似乎就是對這些能力的細緻展開和深度說明。今天的人們可能會對這樣的提問方式及尋覓人生的方式感到幼稚和不切實際，然後，平心而論，正是來自廣大青年的這份幼稚在事實上強化了中國現當代文學的魅力，造就和鞏固了一個時代的「專業興趣」。今天的學術界，常常可以讀到關於 1980 年代的批判性反思，例如說它多麼的情緒化，多麼的喪失了學術的理性，多麼的「西化」，也許這些反思都有它自身的理由，然而，我們也不得不指出，正是這些看似情緒化的中國現當代文學研究方式，不斷呈現出某些對現實人生的傾情擁抱與主體投入，來自研究者的溫熱在很大的程度上煽動了青年學子的情感，形成了後來學術規範時代蔚爲大觀的學術生力軍。

　　從 1980 到 1990，從「人生問題」的求解到「專業知識」的完善，這樣的轉換包含了太多的社會文化因素，其中的委曲非這篇短文所能夠道盡。我這裏想提到的一點是，當眾所週知的國家政治的演變挫折了知識分子的政治熱情，是否也一併挫折了這份熱情背後的人生探險的激情？當知識分子經濟地位的提高日益明顯地與專業本位的守衛相互掛靠的時候，廣大的中國現當代

文學工作者的自我定位是否也因此已經就發生了根本性的改變？

而這些自我生存方式的改變是不是也會被我們自覺不自覺地轉化為某種富有「學術」意味的冠冕堂皇的說明？

如果真是這樣，那麼，作為今天的文學研究者，我們不僅要保持一份對於非理性的「激情方式」的警惕，同樣也應該保持一份對於理性的「學術方式」的警惕。

三

在中國現當代文學研究日益成為知識建構工程的今天，有一種流行的學術方式也值得我們加以注意和反思，這就是「知識社會學」的研究視野與方法。

知識社會學（sociology of knowledge）著力於知識與其它社會或文化存在的關係的研究。其思想淵源雖然可以追溯到歐洲啓蒙運動以來的懷疑論傳統和維科的《新科學》，首先使用這一詞彙的是 1924 年的馬克斯・舍勒，他創用了 Wissenssoziologie 一詞，從此，知識社會學作為一門獨立的學科確立了起來。此後，經過卡爾・曼海姆、彼得・伯格和托馬斯・盧克曼的等人的工作，這一研究日趨成熟。1970 年代以後，知識社會學問題再次成為西方社會科學研究中的焦點。據說，對知識的考察能夠從知識本身的邏輯關係中超越出來，轉而揭示它與各種社會文化的相互關係，乃是基於知識本身的確在一個充滿了文化衝突、價值紛爭的時代大有影響，而它所置身的複雜的社會文化力量從不同的方向上構成了對它的牽引。

同樣，文化的衝突與價值的紛爭不僅是 1990 年代以降中國知識界的普遍感受，它們更好像是中國近現當代社會發展過程的基本特徵。中國現當代文化的種種「知識」無不體現著各種文化傳統（西方的與古代的）、各種社會政治力量（政黨的、知識分子的與民間的、國家的）彼此角逐、爭奪、控制、妥協的繁複景象，中國現當代文化的許多基本概念，如真、善、美、「為人生」、「為藝術」、現實主義、浪漫主義、現當代主義、古典主義、象徵主義、生活等等至今也沒有一個完全統一的解釋，這也一再證明純知識的邏輯探討往往不如更廣闊的社會文化的透視，此種情形聯繫到馬克思「社會存在決定社會意識」這一著名的而特別為中國人耳熟能詳的觀點，當更能夠見出我們對「知識社會學」的強大的需要。事實是，在西方知識社會學的發生演變史上，馬

克思的確就是為知識社會學給出了一條基本原理，即所有知識都是由社會決定的。正如知識社會學代表人物曼海姆所指出的那樣：「事實上，知識社會學是與馬克思同時出現：馬克思深奧的提示，直指問題的核心。」〔註1〕

今天的中國現當代文學研究，正需要從不同的角度揭示出精神的產品背後的複雜社會聯繫。這樣的揭示，將使我們的文化研究不再流於空疏與空洞，而是通過一系列複雜社會文化的挖掘呈現其內部的肌理與脈絡，而這樣的呈現無疑會更加的理性，也更加的富有實證性，它與過去的一些激情式的價值判斷式的研究拉開了距離。近年來，學術界比較盛行的關於現當代傳媒與現當代文學關係、現代社會體制與現當代文學關係、現代政治文化與現當代文學關係、現代經濟方式與現當代文學關係等等的探索都是如此。

當然，正如每一種研究方式都有它不可避免的局限一樣，知識社會學的視野與方法也有它的限度。具體到中國現當代文學的闡釋當中，在我看來，起碼有兩個方面的局限值得我們加以注意。

其一是「關係結構」與知識創造本身的能動性問題。知識社會學的長處在於分析一種知識現象與整個社會文化的「關係」，梳理它們彼此間的「結構」，這樣的研究，有可能將一切分析的對象都認定為特定「結構」下「理所當然」的產物，從而有意無意地忽略了作為知識創造者的各種能動性與主動性，正如韋伯認為的那樣，把知識及其各種範疇歸併到一個以集體性為基礎的潛在結構之中容易導致忽視觀念本身的能動作用，抹殺人作為主體參與形成思想產品的實踐活動。關於中國現當代文學的研究也是如此，一方面，我們應該對各種社會文化「關係網絡」中的精神現象作出理性的分析，但是，在另一方面，卻又不能因此而陷入到「文化決定論」的泥沼之中，不能因此忽略現代中國知識分子面對種種文化關係之時的獨立思考與獨立選擇，更不能忽視廣大知識分子自身的生命體驗。在最近幾年的中國現當代文學與現代文化研究當中，我以為已經出現了這樣的危險，值得我們加以警惕。

其二便是知識社會學本身的難題，即它學科內部邏輯所呈現出來的相對主義問題。正如默頓指出的那樣，知識社會學誕生於如下假定，即認為即使是真理也要從社會方面加以說明，也要與它產生於其中的社會聯繫起來，因為不僅謬誤、幻覺或不可靠的信念，而且真理都受到社會（歷史）的影響，這種觀念始終存在於知識社會學的發展中。西方批評界幾乎都有這樣的共

〔註1〕曼海姆：《知識社會學導論》中譯本 97 頁，臺灣風雲論壇有限公司 1998 年。

識：知識社會學堅持其普遍有效性要求就意味著主張所有的知識都是相對的，所以說全部知識社會學都面臨著一個共同的相對主義問題，知識社會學止步於眞理之前，因爲這門學科本身即產生於用一種對稱的態度看待謬誤和眞理。應該說，中國現代文化的發展本身是一個「尙未完成」的過程，包括今天運用著知識社會學的我們，也依然置身於這樣的歷史進程，作爲一個時代的知識分子，並且必須爲這樣的過程做出自己的貢獻，因而，即便是學術研究，我們也沒有理由刻意以學術的所謂中立性去消解我們對眞理本身的追求和思考，我們不能因爲連續不斷的「關係結構」的分析而認爲所有的文化現象都沒有歷史價值的區別，在這裏，「公共知識分子」的精神應該構成對「專業知識分子」角色的調整甚至批判，當然，這首先是一種自我的反省與批判。

總之，知識社會學的視野與方法無疑有著它的意義，但是，同樣也有著它的限度，在通常的時候，其研究應該與更多的方法與形式結合在一起，成爲我們思想的延伸而不是束縛。

在中國現當代文學研究日益成爲「知識化」過程一部分的時候，我們能夠對我們所依賴的知識背景作多方面的追問，應當是一件富有意義的事情。

目
次

導　論

一、問題的提出和研究意義

　　近年來，網絡媒體的發展帶來了華語網絡小說的創作與閱讀熱潮。據中國互聯網絡信息中心（CNNIC）的統計，截止 2010 年 6 月底，中國網民規模達 4.2 億，互聯網普及率升至 31.8%，而網絡文學成為互聯網娛樂類應用中增幅最大的一項，達到了 1.88 億。到了 2015 年 12 月底，中國網民規模達 6.88 億，互聯網普及率為 50.3%，網絡文學的用戶規模上升為 2.97 億，手機網絡文學用戶規模上升到了 2.59 億，由熱門網絡小說改編的影視和遊戲作品展現出巨大的商業價值，反過來促進了網絡文學本身的發展。這些數據表明，網絡文學的創作和閱讀已經越來越成為公眾的休閒娛樂方式之一。而網絡原創小說又是網絡文學的最主要的類型，網絡原創小說的發展和變化，是一種網絡文學現象，也是一種網絡藝術現象，更是一種網絡文化甚至社會文化現象，對網絡原創小說的發展變化進行研究，是非常必要的。

　　在種種爭議與詬病中，華語網絡小說已經走過了十多年的路程，逐漸走向成熟繁盛。在多元化的華語網絡小說發展中，歷經了幾個題材的閱讀熱潮。在武俠仙俠、玄幻奇幻、盜墓探險的熱潮之後，2004 年，以晉江原創網（現更名為晉江文學城）上金子的《夢回大清》為代表的穿越文大熱，不僅引發了清穿文〔註1〕的點擊閱讀熱潮，而且引發了晉江原創網上穿越文的創作和閱讀熱潮，繼而帶動了幾乎所有華語文學網站上穿越文的創作與閱讀熱潮。從 2004 年到 2007 年，穿越小說呈現井噴式的發展，各大華語原創文學網站均有

〔註 1〕 「清穿文」就是指穿越到清朝歷史中的網絡穿越小說。

穿越小說的專欄設置或標籤設置，穿越文成為最流行的新興網絡原創小說類型。這股穿越文的創作與閱讀熱潮一直持續至今日，不斷創新、變化與發展，呈現了創作的繁盛與類型的多元。

網絡上穿越文的創作與閱讀熱潮逐漸影響到了網絡下的現實社會生活。2006年，金子的穿越文《夢回大清》的出版與熱銷引發了紙質出版領域的「穿越出版熱潮」，紙質版的穿越小說作品如雨後春筍般地不斷上市，引發了傳統閱讀中的「穿越熱」。之後，這股「穿越熱潮」又引起了影視界的熱捧。很多穿越文的經典作品如《夢回大清》、《步步驚心》等的影視改編權被影視製作機構爭相買斷，正在被改編拍攝為影視作品。與此同時，還有許多影視作品乾脆扛起「穿越」的大旗，另起爐灶地自行製造穿越劇情，這就引發了穿越題材影視劇的熱播，比如2010與2011央視電視劇年度開場大戲就選擇了穿越題材的《神話》和《古今大戰秦俑情》。2011年新年伊始，湖南衛視則憑藉一部穿越題材的《宮‧鎖心玉》引發收視狂潮。這股影視作品的穿越熱潮還在持續發酵中。另外，一些穿越文甚至被搬上話劇舞臺，如張小花的混亂體穿越小說《史上第一混亂》被改編成話劇在上海公演，引發觀眾熱捧，取得了良好的商業效果。

網絡穿越小說自身的發展和在其發展過程中所引發的這些「穿越熱潮」現象的背後存在一系列令人深思的問題。比如，「穿越熱潮」的文本之源——網絡穿越小說到底是什麼？為什麼網絡穿越小說能夠成為繼武俠小說、言情小說、歷史小說之後的最主要的新興網絡原創小說類型？網絡穿越小說的火爆與如此持久的創作與閱讀熱潮到底反映了我們這個時代一種什麼樣的人類生存狀態與生存方式？體現了什麼樣的社會心理與青年心理？它的網絡文化特性到底體現在哪裏？它的消費文化特質背後有沒有審美的意義和價值？它會給文學帶來什麼？會給美學帶來什麼？

這一切的問題都需要從對網絡穿越小說的系統細緻的文本研究開始，依據相關的文藝學和美學理論，逐漸釐清迷霧，找出答案。

二、研究現狀述評

網絡穿越小說，也被稱為穿越文，指的是穿越題材的華語網絡原創小說類型。

從文學的溯源角度而言，網絡穿越小說實質上是古老的「穿越時空」文

學母題在網絡媒體時代的文本演繹形式，植根於網絡文化的土壤。

時至今日，網絡穿越小說已經成爲迅速發展的華語網絡原創文學中最主要的新興小說類型。它誕生於虛擬的網絡空間之中，上承 20 世紀最爲風行的武俠小說，在武俠、玄幻、歷史、言情小說的土壤中產生並迅速成長，已經成爲 21 世紀最重要的新興通俗小說類型之一。

對網絡穿越小說的文本與「穿越熱潮」現象及其背後的文學意義、美學意義、文化意義、社會心理的研究，既具有現實意義，也具有理論價值。這當然引起了學術界的關注和研究。從 2008 年起，許多研究者將視線投向穿越小說領域，從文學、美學、傳播學等多個視角對穿越小說的文本及穿越熱潮現象進行了研究，取得了一些初步的研究成果。目前對於穿越小說領域中的研究主要集中於以下幾個方面：

首先，立足於文學研究的視野對穿越小說文本進行考察和研究。主要包括三個方面：其一，對穿越小說的類型性研究，如基本模式，基本特點，與其它類型小說的關係與差異等。其二，對穿越小說的敘事、語言、寫作手法進行考察與研究。其三，立足於傳統文學理論，對穿越小說進行批判，目前主要傾向於負性的價值批判。

其次，從文化研究的視野，研究穿越小說文本的網絡文化特性，以及由此呈現出的後現代主義特質；研究「穿越熱潮」背後的社會心理（主要是青少年的心理、女性心理、女性價值觀等等）以及穿越小說的精神訴求、文化功能等等。

再次，從傳播學的視角以穿越小說傳播爲樣本研究網絡文本傳播的特質，如對網絡文本寫作與閱讀機制的研究，對網絡類型小說的傳播動力要素的研究等。

最後，從美學的視角研究穿越小說的審美特質。

其中前兩個方面是當下對穿越小說領域研究最爲關注的研究點，後兩個方面的研究則涉及較少，屬於起步階段。

目前對穿越小說的研究也有很多不足，出現了一些問題，主要如下：

其一，對研究對象缺乏整體的認知和把握，以至於呈現出一種斷章取義式的研究。這個問題的出現源於穿越小說自身發展的非預成型特質和信息高速傳播、即時交互的網絡文本特質以及浩如煙海的文本資料現實所導致的對穿越小說整體認知與把握的困難。

　　網絡穿越小說的網絡媒體特性使它在發展的起步階段就引發了研究者的關注，研究者面對尚在發展變化中的研究對象就很容易出現斷章取義式的研究，這會造成對研究對象的一些誤讀和研究的局限性。目前學術界對穿越小說的各種研究，其研究對象的界定大都集中在穿越小說發展的第一階段即穿越歷史階段，對於後來居上的穿越架空階段的研究卻很少，這就造成對研究對象缺乏整體把握與認知的問題。

　　其二，對網絡穿越小說文本追蹤與閱讀的不足所造成的文本引用錯誤與認知局限。網絡穿越小說在短短幾年的發展過程中產生了海量的文本，僅晉江文學城上就有十幾萬部穿越小說。穿越小說在虛擬的網絡空間中形成，主要是以連載更新的網文形式呈現，它的文本是在作者與讀者即時互動的過程中形成的，對這種網絡文本的研究要求對網絡文本形成中的追蹤與相關資料的搜集整理。這些特點造成了網絡穿越小說文本資料搜集、閱讀與梳理上的困難，需要花費大量的時間追蹤閱讀。許多研究者由於閱讀時間的不足在研究的過程中出現了文本引用錯誤或者不夠準確的問題（如文本引用上的張冠李戴，再如將穿越影視劇情作為穿越小說文本進行研究），甚至出現由於閱讀量的不足而造成的對一些新生網絡小說題材的認知錯誤。基於這樣的文本和認知錯誤下進行的研究，其問題顯而易見。比如《亦史亦幻　至情至性——評網絡盛行的「穿越」小說》一文在論證引用的文本資料中，出現了文本講述的錯誤，用的論據是《夢回大清》，講述的卻是《步步驚心》的人物和情節。《網絡小說：類型化現狀及成因》中對同人小說的評價基於錯誤的對同人小說的認知和界定。

　　其三，立足於技術分析模式的對穿越小說的簡單價值評判。現有的對穿越小說的學院派的研究，往往是立足於傳統的文學理論，對穿越小說進行技術分析模式的、簡單的「好壞優劣」的評判式研究，並且大部分都得出負性的、消極的研究結果。如《文學作品中的「穿越時空」母題——兼議當代網絡穿越小說》一文，作者基於傳統的文學理論，通過對「穿越時空」母題的文本演繹考察，對其基本要素、敘事功能、意義指向的研究批判網絡穿越小說，認為網絡穿越小說是傳統「穿越時空」母題在網絡時代的庸俗化演繹，抹平了原有的意義深度，弱化了原有的文學價值與文化功能，是一種傳統文學母題在現代演繹的遺憾與教訓。殊不知，作者所批判和否定的，恰恰是網絡穿越小說的網絡文化特性的體現。

時至今日，學術界對網絡穿越小說的研究仍然沒有很好地回答網絡穿越小說到底是什麼的問題？也就是研究對象上的全面準確界定這一基礎性問題並沒有得到很好的解決，這當然會影響到其後的研究和分析。而網絡穿越小說作為網絡原創小說文本，它的研究需要的是建設性的學術立場，要將這一網絡原創小說的新興主要類型及圍繞它所產生的文化現象作為科學研究的對象，作為有效的理論研究資源，為建構數字化語境中的文藝學開闢新的學術空間，而不是立足於技術分析模式和簡單的評判性研究態度，對其進行簡單的好壞優劣的評判。

基於此，對網絡穿越小說進行全面的文本梳理與分析，進而基於一個網絡原創小說類型對其進行基本內涵、基本模式的概括和界定就具有了基礎性的研究意義與價值。在此基礎上，基於網絡穿越小說的網絡文化背景，對其開展多視角、系統性的審美研究也具有了重要的學理價值與意義。

鑒於此，本書的研究起點就是對網絡穿越小說基本特性的界定與分析。

三、研究對象的基本特性分析——具有穿越文學母題和網絡文化雙重特性的網絡穿越小說

人存在於具有規定性的時空之中，有著難以逾越的種種局限性，生命的自然規律，地域空間的限制，歷史和社會所帶來的思想意識、文化觀念等等主流意識形態的束縛和禁錮……為了獲取更大的自由，超越這種時空的規定性，人類一方面尋求科技文明的進步，期待通過物質層面的技術來突破地域空間的限制和生命時間的長度，但更主要的途徑是通過想像，在虛構的精神世界中獲取代償性的超越時空規定性的滿足。而文學的想像無疑是很重要的組成部分。

網絡穿越小說是傳統的穿越時空文學母題在網絡空間的文本演繹形式，這就使它具有了穿越時空文學母題和網絡文化的雙重背景和特性。

（一）作為文學母題的「穿越」

「穿越時空」是一個基本的文學母題，也是人類在文學想像中實現對自己既定時空規定性存在的超越的途徑。這一母題在不同的時代背景下、在不同的作品中被演繹成各種主題，從而表達不同的價值觀念和思想意義。這一母題在中外文學史的很多作品之中都有涉及和表現。

「穿越時空」（簡稱「穿越」）這樣的文學母題，使人類在文學想像中實

現了對自身既定時空規定性局限的超越，體味到最大的精神自由與快樂。穿越題材文本在對穿越母題的演繹中體現了人類對「時間」這個有關人類生存和自我確認的本體論問題的思索；體現了人類對充滿神秘感與陌生化的未知空間的無限自由想像；也在這樣的文本創作和閱讀中，在一定意義上實現了對現實時空的精神疏離，以及由此而帶來的對自身既定時空規定性局限的想像性超越。

「穿越時空」母題的演繹文本往往具有體驗性的異時空存在的特質。生活在現實物質世界的人，都有自己的既定時空規定性的局限，人在既定時空之中的存在，體現在內化的意識層次之中，這種內化的意識層次中包含著人在既定時空之中的時間體驗與空間體驗。通過時空穿越這種文學想像，人們基於自己在既定時空的時間體驗與空間體驗，在虛擬的異時空中開始經歷不同的時間體驗與空間體驗，並在這種體驗的差異、碰撞與交錯中獲得對現實既定時空規定性即現實存在的超越，並體驗到這種超越的遊戲式的審美快感。

演繹「穿越時空」文學母題的文本重點表現的就是不同時空的交錯和跨越，並在這種交錯與跨越中表現文學敘事的靈活性和跨時空、跨文化碰撞與交錯的審美趣味。

「穿越時空」文學母題的作品演繹中，必然存在虛擬的時空，存在虛擬的時間與虛擬的空間。

不同於其它的文學體裁，穿越題材往往會有兩條交叉的時間線，可能是現代—古代（或虛擬古代），也可能是現代—未來（或是虛擬未來），亦可能是古代（或虛擬古代）—未來（或虛擬未來），但不管是那一種時間的交叉，其基本模式都是以現代的時間線為坐標橫軸，以虛擬的一條或古代（或虛擬古代）或未來（或虛擬未來）的時間線為坐標縱軸，展開兩種時空的敘事。

穿越題材的空間也存在這樣的現實空間與虛擬空間的交叉性。穿越題材的作品一般都存在兩個大的空間，一個是主人公穿越之前的空間（通常是具有既定時空規定性的現實存在的空間），一個是穿越之後的異度空間（通常是超越了既定時空規定性的虛擬空間）。在穿越題材的作品中，作者通過這樣的空間安排，一方面創造出與現實空間相疏離的富有魅力的陌生化的主要敘事空間；另一方面通過夾雜講述打通現實空間與虛擬空間，往往會帶給具有現實時空規定性局限的讀者視覺的盛宴，使其跟隨故事主人公在陌生化的虛擬空間的傳奇經歷中獲得極大的審美愉悅。

這種超越既定時空規定性存在的虛擬性存在敘事是最能體現穿越題材文本獨特性的特質。

（二）作為傳播媒體與虛擬社會空間的網絡

網絡是指以多媒體、網絡化、數字化技術爲核心的國際互聯網絡。網絡首先是一種新興的電子傳播媒體，它是現代信息革命的產物，是相對於三大傳統媒體——報紙、廣播、電視而言的新興媒體，也被稱爲「第四媒體」。其次，網絡也是一種虛擬的社會空間，隨著互聯網在全球的普及和迅猛發展，人類在現實世界的各類行爲延展到網絡依託現代科技所構建的電子虛擬空間中，從而使純粹技術性的虛擬電子空間具有了人類的社會性。網絡空間成爲一種虛擬的社會空間，是人類現實社會空間的延伸。在一定意義上而言，網絡在技術層面上實現了人類對自身時空規定的超越。

1. 作為信息交流媒介的網絡

互聯網絡首先是一個技術性的平臺，它是在計算機、服務器、光纖電纜等物理設備的連接和支撐下，由數字信號的傳輸和數據信息流動而構築起來的虛擬的電子空間。在這個虛擬的電子空間中，海量的信息在前所未有的高速度中進行傳遞，網絡成爲一種新型的信息交流媒介，這個媒介具有多媒體化、互動性和虛擬性的特徵，而借由這種媒介進行的人類信息的傳播活動就是網絡傳播。由於網絡的技術性特性而呈現出與以往不同的傳播特質。

根據中國現代媒體委員會常務副主任詩蘭的觀點，網絡傳播以全球海量信息爲背景、以海量參與者爲對象，參與者同時又是信息接收與發佈者並隨時可以對信息作出反饋，它的文本形成和閱讀是在各種文本之間隨意鏈接，並以文化程度的不同而形成各種意義的超文本中完成的。具有三個基本特點：全球性、交互性和超文本鏈接方式〔註2〕。

網絡傳播就是指通過計算機網絡的人類信息傳播活動。在網絡傳播中的信息，以數字形式存儲在光、磁等存儲介質上，通過計算機網絡高速傳播，並通過計算機或類似設備閱讀使用。網絡傳播以計算機通信網絡爲基礎，進行信息傳遞、交流和利用，從而達到其社會文化傳播的目的。〔註3〕

〔註2〕田發偉，崛起中的中國網絡媒體——現代傳播評論圓桌會發言摘要〔J〕，國際新聞界，2000，（6）：49。

〔註3〕參見南宏師，張浩（主編），網絡傳播學〔M〕，北京：國防工業出版社，2008，17。

　　網絡傳播給傳播理論帶來的質的突破主要可以概括爲兩個方面：其一是信息的傳者和受眾之間的嚴格區分被打破。傳者和受眾的角色可以相互滲透；傳者和受眾之間存在互動；受眾可以自由選擇傳者作爲信息來源。其二是傳播方式的多樣化。從技術層面上看，實現了多媒體化，文字、圖形、音頻、視頻均已得到大範圍應用，網絡媒體對傳統媒體的融合已經基本不存在技術障礙。從傳播學理論層面上而言，網絡媒體不再是單一的大眾傳播工具，而同時實現了人際傳播、組織傳播和群體傳播的功能，帶有虛擬色彩。〔註4〕

　　基於網絡的技術性特性的網絡傳播特性，必然會對其所傳播的網絡文化信息的特性造成影響。

2. 作爲虛擬社會空間的網絡

　　在當下的社會生活中，隨著互聯網的崛起與迅猛發展，網絡的意義已經不僅僅在於是一種新型的傳遞信息的媒介，更是作爲人們展開其行爲活動的空間而存在，也就是說，互聯網絡所營造出來的虛擬電子空間，對於人們的行爲活動來說，是一個新的行爲場域。

　　在網絡空間之中，人們可以持續地展開一對一、一對N、N對N的社會互動，成爲一個實時、多媒體、雙向互動的社會行爲與社會生活場域，人們可以在這個虛擬的空間中進行社會互動，而不再僅僅局限於信息的交流。這就意味著，網絡不再僅僅是外在於我們的媒介，而是把我們吸納進去的空間，是一個具有現實社會鏡象的虛擬社會空間。這是網絡空間形成所具有的最重要的社會意義。而作爲一個全新的社會行爲場域，網絡空間是由共識或共同興趣建構的想像的社會互動場域。〔註5〕

　　網絡空間基於自身的媒體特性而呈現出去中心、互動性（民主、草根與多元）、匿名（邊緣與多重認同）、快速複製與傳遞（虛擬與去空間）、冷媒介、虛擬多重空間、有限感官體驗、時—空伸延與壓縮等基本特徵。

（三）網絡與「穿越」的時空特質分析

　　網絡爲人類的信息交流與社會交往提供了虛擬的賽博空間（Cyberspace），在這個虛擬的賽博空間中，時間與空間相互滲透，成爲被空間化了的時間和被時間化了的空間。網絡的這種時間和空間的特質使人們在虛擬的網絡空間

〔註4〕參見南宏師，張浩（主編），網絡傳播學〔M〕，北京：國防工業出版社，2008，126～127。

〔註5〕參見柏定國，網絡傳播與文學〔M〕，北京：中國文史出版社，2008，25～27。

中具有了事實上實現時空穿越的可能。基於網絡技術創造出來的賽博空間可以通過內生的時空實現虛擬眞實（Virtual Reality），而在賽博空間的虛擬眞實中，原有的物理空間變成了符碼拼合的虛擬鏡象，時間被抹去歷史縱深感以後被擠壓成記憶的碎片，轉換成了空間的背景。網絡的技術特性使網絡空間中的現實空間距離感消失，時間被抹平；而在基於穿越時空母題提供的文學想像中，空間被抹平，以人的內化的意識呈現出的時間被凸顯。

　　從網絡的空間特質而言，它把所有歷時性的東西置換成共時性的存在，現實世界中的空間距離感消失了，時間被抹平。網絡模糊了全球性與地方性之間的界限，爲社會溝通與互動提供了新的途徑，從而導致空間與地理場所的分離。在虛擬的網絡世界之中，一個人在物理空間的任何一個網絡終端進入網絡，就可以在同一個時間節點上實現以往不可能的瞬時空間穿越，與現實中來自不同地理空間的任何人展開對話與交流，現實中三維的、延時的空間被數字化後成爲無限延展的、共時性的空間，人們現實生活中的空間規定性在虛擬的網絡空間中被超越，從而在實際上具備了空間被瞬時穿越的效果。

　　在互聯網絡上，海量地攜帶著不同時間信息的文本與海量地攜帶著不同時間空間信息的虛擬的人們共存，並共同建構了無限延展的虛擬空間。以創造、閱讀和傳播文本的形式「生活」在網絡空間的人，不喜歡追索歷史或者憧憬未來，而是傾向於把所有的過去和未來都凝固在當下的「超級現代時間」之中，連接過去和未來的時間概念趨於崩潰，時間的連續性已經濃縮爲現時，沒有過去，沒有未來，只有當下的瞬間，這樣的時間成爲被空間化了的時間。網絡媒體的海量信息覆蓋面是其它任何媒體無法比擬的。這些海量的信息依託各種各樣的符號存在，以海量的各類文本的形式呈現。這些海量的各類文本，有記錄人類過去的存在的時間信息的文本，有記錄人類當下存在的時間信息的文本，也有記錄包含對人類未來存在的時間想像信息的文本。遊歷於網絡空間的人，通過網絡特有的超文本鏈接方式可以自由遊弋在過去、現在和未來的時間信息碎片之中，與這些記錄著人類存在的時間信息交流對話，從這一意義上而言，網絡空間實際上爲虛擬存在於其中的人提供了一條時間穿越的途徑，在實際上具備了時間穿越的效果。

　　「穿越」文學母題的敘事主要在穿越後的空間中展開。在「穿越時空」的文學想像中，穿越者在穿越之後的空間的傳奇敘事，其實質是不同的凝固著各自時間信息的內化的意識相遇、碰撞在相同的穿越後的空間中，鈎織出

「穿越」母題獨有的巧妙的敘事空間。從這一意義上而言，在「穿越時空」的敘事中，不同空間的差異被抹平，而被凝固的時間信息的差異則被凸顯出來。

當穿越時空的文學母題和網絡相遇，誕生了網絡穿越小說。從其時空特性而言，人們可以在網絡穿越小說中找到超越自身時空規定的第三種可能——事實上的穿越和想像中的穿越的結合。這就使網絡穿越小說的創作和閱讀成爲人們在數字化語境中實現網絡化生存的最佳途徑之一，這是網絡穿越小說在網絡時代引發「穿越熱潮」的重要原因。

（四）作爲網絡時代「穿越」文學母題文本演繹形式的網絡穿越小說

網絡穿越小說是傳統的「穿越」文學母題在網絡時代的文本演繹形式。

網絡穿越小說在虛擬的網絡空間中誕生並發展成爲一種比較成熟的網絡原創小說類型，它本身具有「穿越」母題與網絡藝術的雙重特性。

網絡穿越小說借由網絡媒體的技術性特性和虛擬性特性，充分發揮了「穿越」母題所特有的敘事靈活性和跨時空文化碰撞的敘事趣味，達到了創作的繁盛和演繹形式的多元，呈現出不同以往的作品特質、價值取向和文化功能，在時間向度、空間向度和性別向度上也有不同的特質。

網絡穿越小說依託於網絡媒體而存在，植根於網絡文化的土壤之中。它在語言、敘事與寫作手法等方面都呈現出與傳統小說不同的特點，在性別向度上凸顯了女性書寫的發展與變化，呈現出後現代文化的特質。

基於穿越與網絡雙重特性的網絡穿越小說，是虛擬中的虛擬，卻凸顯了現實中的真實。時空交錯的穿越小說中必然有虛擬的想像時空存在，而這個虛擬的想像時空是創作者立足於現實時空的時間體驗和空間體驗構建的，穿越者在異時空的想像性的時空體驗也就必然會打上現實時空體驗的印記，是人在現實時空中的夢想、情感與欲望的表達。

網絡媒體基於其技術性特性爲人類搭建了一個虛擬的電子空間，並基於其媒體的傳播特性爲人類打造了一個社會化的虛擬空間，在虛擬的網絡社會空間中，時間和空間無限延展又被無限壓縮。基於網絡傳播的全球性、即時交互性，使得人們在時間的維度上可以實現事實上的空間穿越；而基於網絡傳播的超文本鏈接形式特性，可以形成多重的虛擬空間，從而使人們在空間的維度上，可以實現時間穿越。基於科學技術的支撐而形成的網絡空間使人們在事實上的時空穿越成爲可能。

　　「穿越」文學母題則在人類的想像中實現了時空的穿越，是內化的意識層次的穿越，其實質是人的時間體驗與空間體驗的文學性表達。

　　基於穿越與網絡雙重特性的網絡穿越小說，在其形成和傳播的過程中，形成了自身的「穿越」特質，也是第三種穿越形式：事實的穿越與想像的穿越的融合，將科技手段帶來的物理時空的事實穿越與在人的想像中誕生的超越現實時空規定性的穿越結合在了一起，並以虛擬真實的形式呈現出來，體現了當今數字化環境或者背景中的人的虛擬性存在的特質。

　　網絡穿越小說是人們在虛擬的網絡空間中實現體驗式的虛擬時空存在的文學表達方式，這就為人們實現網絡化的生存提供了一種最好的文學途徑。網絡空間中的虛擬真實是對現實世界的仿真，在物理學意義上它不是真實的，但是在其效應上，它給觀眾以真實而深刻的印象，甚至比真實還要真實。這就進一步強化了現代文化中人們用對現實的表現來縈繞著我們自己的趨勢，並日益把這些表現作為評判現實的標尺〔註6〕。在這個虛擬的卻無比真實的世界中產生和發展的藝術品，不再僅僅是現實世界藝術品的複製品或者摹本，而是由讀者、觀眾或者聽眾通過多方面的干預，創造出來的一種新型的光韻，具有自己獨一無二價值的「原作」〔註7〕。網絡穿越小說是以文字語言類符號為信息的基礎表達形式，綜合圖像類符號、音頻類符號和視頻類符號等信息表達形式的多媒體化的網絡小說文本，在文學意義上是一種全新的小說藝術形式，在美學意義上則在最大程度上實現了人在數字化環境中的虛擬性存在。

四、研究目標和主要研究內容

　　本書的研究目標是通過對網絡穿越小說原始文本的梳理分析，準確界定網絡穿越小說這一研究對象的文本內涵，並在此基礎上展開對網絡穿越小說的審美特質分析，尋找穿越熱潮的原因，分析網絡穿越小說的審美價值與文化意義。

　　基於以上對研究現狀及研究對象的分析，本書將首先解決對網絡穿越小說這一研究對象的比較全面、準確的把握的基本問題。爾後在這一基礎上，

〔註6〕〔荷蘭〕約斯·德·穆爾，賽博空間的奧德賽——走向虛擬本體論與人類學〔M〕，麥永雄譯，桂林：廣西師範大學出版社，2007，97。
〔註7〕參見〔荷蘭〕約斯·德·穆爾，賽博空間的奧德賽——走向虛擬本體論與人類學〔M〕，麥永雄譯，桂林：廣西師範大學出版社，2007，98。

從敘事模式、敘事結構、語言風格、創作手法和文化氣質等角度展開對網絡穿越小說審美特質的研究。本書希望能夠解決以下幾個問題：網絡穿越小說到底是什麼？它所擁有的穿越時空文學母題和網絡文化的雙重特性到底帶給了它什麼樣的文本特質和語言特質？它的鮮明的女性書寫的性別文化氣質帶來了中國女性文學什麼樣的變化和發展？具有明顯的消費文化背景的它存不存在審美的意義和價值？

因此，本書的研究從對網絡穿越小說基本特性的分析和對其文本的界定開始。

從對網絡穿越小說所具有的網絡和穿越時空文學母題的雙重特性的考察中，可以得出如下的結論：穿越時空文學母題給人類提供了在文學想像中實現人類超越自身時空規定性的途徑，而網絡的時空特性則給人類提供了在事實上實現時空穿越的可能。當穿越時空文學母題遇上了網絡，所誕生的網絡穿越小說，在一定意義上而言，提供了人類超越自身時空規定性的第三種途徑——事實上的穿越與想像中的穿越的結合。這就使網絡穿越小說的創作和閱讀成為人們在數字化語境中實現網絡化生存的最佳途徑之一，這也是網絡穿越小說在網絡時代引發「穿越熱潮」的重要原因。

基於對網絡穿越小說的文學母題、網絡特性以及與其它相似小說類型的差異比較的考察，本書在第一章中對網絡穿越小說進行了文本類型上的界定。網絡穿越小說是傳統的「穿越」文學母題在網絡時代的作品演繹形式，是網絡原創小說的主要類型之一，具有最基本的模式，那就是：小說主人公由於某種原因從其原本生活的時空離開，穿越到了另一個時空，並在這個異時空展開了一系列的活動。從對網絡穿越小說的文學母題、網絡特性以及其它相似小說類型的差異比較中可以看出，網絡穿越小說是傳統的「穿越」文學母題在網絡時代的作品演繹形式，它借鑒了幻想類小說的奇妙構思和豐富想像，營造充滿魅力和超越現實規則的異度空間，但它最側重表現的是人在兩種不同時空下的空間體驗與時間體驗，而不是人的無窮幻想。它的歷史書寫是借用歷史的空間背景，以親歷體驗的方式消費歷史，表達的是平民敘事立場的現代青少年的欲望、情感與想像。它的愛情書寫更多關注的是愛情背後的人性，更多體現的是女性主體意識的普遍覺醒與張揚。它的傳奇書寫具有更加廣泛與多元的傳奇架構，是以一種體驗式、遊戲式的視角在無限的人類想像世界中的傳奇敘事。網絡穿越小說滿足的是人的歷史想像、現實欲

望和世俗夢想，追求的是閱讀的愉悅體驗，具有明顯的消費文化氣質。

在完成了對網絡穿越小說的基本特性和文本界定的分析之後，從第二章到第六章，本書展開了對網絡穿越小說審美特質的研究。研究表明，網絡穿越小說主要有三個審美特質：虛擬中的虛擬映現真實中的真實的虛擬性特質；性別閱讀差異明顯，凸顯女性主體意識的女性文化特質；混雜雅俗、消解深度、遊戲狂歡的民間性特質。

第二章主要從敘事模式的角度分析了網絡穿越小說的虛擬性審美特質，主要從以下幾個方面進行了分析：異時空體驗式敘事；交錯時空的敘事趣味；夢幻式的青春敘事；時空交錯中的「拼貼」敘事。最終得出的結論是：網絡穿越小說的「虛擬中的虛擬」的敘事模式反映出來的是「真實中的真實」，是生活的真實和藝術的真實。

第三章主要從敘事結構角度分析了網絡穿越小說跨越性別的發展歷程，研究了網絡穿越小說的女性文化審美特質。通過對網絡穿越小說女性書寫典型類型——穿越言情文、穿越女強文、穿越耽美文和穿越女尊文——的分析梳理，從女性話語體系構建和女性主體意識敘事結構的分析兩個方面，展開了對網絡穿越小說女性文化審美特質的分析，並最終得出其價值和意義：人類書寫中真正的「人」的回歸和女性主體意識的呈現與張揚。

第四章、第五章和第六章主要從語言風格、創作手法和文化氣質三個方面研究了網絡穿越小說「混雜雅俗、消解深度、遊戲狂歡」的民間性審美特質。

第四章主要研究了網絡穿越小說「混雜雅俗、網語言說」的語言審美特質。基於其「穿越時空」的題材特性，網絡穿越小說的語言呈現出如下特質：今古語言交錯混雜的敘述方式，對傳統文學語言風格與意境的繼承與追求，富有草根性與通俗小說審美趣味的語言色彩，以及網語化的語言表達方式。這些特質造就了網絡穿越小說語言風格上的「混雜雅俗、網語言說」的審美特質。第五章分析了網絡穿越小說「消解深度」的創作手法。在網絡穿越小說的創作之中，創作者們採用「戲仿」的手法顛覆經典，重寫經典，消解了經典文本的嚴肅和神聖；在文本生成和敘事上凸顯了「去中心化」的特質，消解了傳統文學的承擔性審美觀念，創作主體呈現主體間性，敘事上的「穿越者」視角使小說結構呈現零散化的趨勢；呈現深度模式平面化的網絡穿越小說恰恰符合了讀者抹平深度的審美期待，消解了傳統文學堅守的歷史理性

和深度模式。第六章分析了網絡穿越小說文本創作和閱讀中的遊戲快感和狂歡色彩，進而研究了網絡穿越小說的遊戲性特性。這種遊戲性特性賦予了網絡穿越小說鮮明的平民文化氣質和通俗的審美趣味。

這些特性使網絡穿越小說呈現出鮮明的後現代文化氣質，也體現了它的民間性審美特質。

第一章　網絡穿越小說的界定

籠統地講，網絡穿越小說是 21 世紀初在中國互聯網上興起的一種網絡原創文學的寫作類型。大多數網絡穿越小說的主線是講述主人公由於某種原因（或機緣巧合、或刻意為之），穿越時空，來到另一個特定時空（既可以是真實歷史中的某個朝代，又可以是虛擬出來的某個時空環境），繼而發生的一系列事件。

雖然穿越小說這種提法產生於 21 世紀初的中國互聯網，但「穿越時空」作為一個基本的文學母題，卻是古已有之。

1.1 作為文學母題的「穿越」

按照比較文學理論的界定，所謂母題是指對事件的最簡歸納，是文學作品中最基本的意義單元。同一個母題在不同的作品中可以演繹出各種不同的主題，會表達出不同的思想意義和價值觀念。「穿越時空」簡稱「穿越」，作為一個基本的文學母題，在中外文藝作品中早有大量涉及與表現。

在中國古代的文藝作品中，「穿越」文學母題的演繹有兩類基本的表現形式。

第一類著重於時間向度，「通過虛幻時間和現實時間的對比，來表達『逝者如斯』、『白駒過隙』的時間思考與生命感慨，這也是中國古代文學最常見的主題之一，兩種時間的巨大反差將這一主題演繹得更加直觀和令人驚心」。〔註 1〕

〔註 1〕潘皓，文學作品中的「穿越時空」母題〔J〕，青年文學，2010，（14）：121。

這類「天上一日，人間一年」、「山中方七日，世上已千年」、「浮生如夢」的故事在中國古代文藝作品中很早就出現了。比如在東晉虞喜的《志林》、北魏酈道元的《水經注》中都有記載的樵夫王質觀僊人弈棋的故事。樵夫王質進山中砍柴，觀僊人對弈忘記回家，等到僊人弈棋結束，才發現自己手中的斧柄已經爛掉了；而南朝劉義慶的《幽明錄》中記載的劉阮遇仙的故事也是如此。劉晨、阮肇到山中採藥遇見美人，一見傾心與之成親，等半年之後兩人下山發現故里已經面目全非，原來他們在山上度過的半年時間在人間已經是幾百年後了。唐代沈既濟的《枕中記》記載的「黃粱夢」則是講述盧生在夢中享盡榮華富貴，等到醒來，主人蒸的黃粱飯還沒有熟，借夢境與現實的巨大時間反差闡發「浮生如夢」的感慨。在這類故事之中，主人公通常以奇遇或者夢境的方式進入與人間不同的另一時空，人間歲月的流逝、滄海桑田的巨變和異時空的時光形成巨大的反差，藉此闡發對時間與生命的感慨。

第二類則著重空間向度。要麼虛構出理想社會來反襯現實醜惡，要麼借虛幻的空間鏡象影射和鞭撻現實社會，藉此闡釋對美好社會的嚮往，抒發對現實社會的不滿與反抗。比如由東晉文人陶淵明創作的《桃花源記》，武陵漁夫在無意之中闖入與現實時空有著巨大差異的世外桃源，在那個時空中親眼目睹了人人怡然自樂、和諧美好的理想社會美景，歸家之後卻再也找不到路徑重入桃花源。這個故事暗含了「穿越時空」的元素，陶淵明借其中的時空錯落，通過對桃花源美好生活的描繪來批判現實亂世，表達對現實社會的不滿，對和平安樂生活的嚮往。而明代崇禎帝時期的董說〔註2〕寫就了一本神異奇幻小說《西遊補》（大概寫於 1640 年前後），書中接續並重構了《西遊記》「火焰山」之後的情節，講述孫悟空化齋時被一尾鯖魚精所迷，漸入夢境，所見所聞，變幻莫測，後被虛空尊者喚醒，始離夢境。這部小說，頗有後世周星馳電影作品《大話西遊》的味道。故事中孫悟空通過萬鏡樓臺上的鏡子，進入了古人世界，從秦朝到宋朝，忽而化身為虞姬，與楚霸王周旋。忽而又至地府，成為了閻羅王，坐堂審判大姦臣秦檜，斬殺姦人，還拜岳飛為第三

〔註2〕董說（1620～1686），字若雨，號西庵，明末小說家。明亡後改姓林，名蹇，字遠遊，號南村，又名林鬍子，並自稱槁木林。中年出家蘇州靈巖寺為僧，法名南潛，字月涵。烏程（今浙江湖州）人。一生著作很多，據《南潯志》載共有 100 多種，但傳世較少。今存有《補樵書》、《七國考》和《西遊補》等。《西遊補》有明崇禎間刊本、空青室刊大字本和 1955 年文學古籍刊印社影印本。

個師父。後來悟空又借同樣的途徑，進入未來世界。這樣的故事和構思，既有時空穿梭的情節，還有網絡小說中同人類小說的味道。這本有著奇幻神異色彩的小說借孫悟空在不同時空經歷中的所見所聞諷刺了明代現實時空的種種世相。

在西方文學中同樣存在對「穿越」母題的演繹與類似的時空思考。古希臘喜劇大師阿里斯托芬的劇作《鳥》，講述了兩個對現世不滿的地球人來到群鳥的居住地，在林間飛鳥之中建立了「雲中鵓鴣國」。這是歐洲文學界最早的烏托邦主題表達。其後的十六世紀，英國作家托馬斯‧莫爾創作了著名的《烏托邦》，而「烏托邦」一詞也從此成為理想世界的代稱。以某種方式穿越到某個遠離現實世界的理想社會，經由對理想世界的描繪與歌頌來批判現實社會，成為西方文學烏托邦表述的經典模式。

近代以來，隨著西方科學的發展，人類的時間觀念得到延伸，對文學的創作產生了不小的影響，也使西方文學對於異時空的想像性描繪漸漸由空間的向度轉向時間的向度。早期的經典作品有 1889 年馬克‧吐溫的時間旅行小說《亞瑟王朝的美國佬》（A Connecticut Yankee in King Arthur's Court）和 1895 年英國著名小說家 H‧G‧威爾斯的科幻小說《時間機器》（The Time Machine），而後者的出版被一些評論家稱為「科幻小說誕生元年」。

由美國作家馬克‧吐溫創作的小說《亞瑟王朝的美國佬》（A Connecticut Yankee in King Arthur's Court）頗有當代網絡穿越小說的神韻。這部小說講述了一個 19 世紀的康州美國佬因為被人打昏而穿越時空來到 1300 年前的英國亞瑟王朝，置身於公元 6 世紀的古老時空，以他在 19 世紀美國的世界觀、價值觀和人生觀投入到這個古老的陌生時空中的種種傳奇故事。在這部小說中，馬克‧吐溫借 19 世紀的美國現實時空為視角透視公元 6 世紀的英國時空，通過現代共和制度與中世紀君主制的衝突，現代文明與封建教會的衝突，一方面批判了當時歐洲殘存的封建君主制度，另一方面也對當時美國的弊端進行了批判。

而英國作家 H‧G‧威爾斯的第一部科幻小說《時間機器》（The Time Machine），描述一位科學家乘坐時間旅行器回到遙遠的 80 萬年以後的時空之中，在那個未來世界中的所見所聞以及他的驚險經歷。這部小說被稱為現代科幻小說的里程碑式作品，此後出現的無數部類似的現代科幻小說和科幻影視作品，大都是這一模式。總而言之，其價值傾向大致有兩種：「一則以科學

主義立場對科技進步和理性勝利給予讚美，對未來世界充滿樂觀想像與期
待；一類則以人文立場對科技和工具理性的無限擴張給人類帶來的負面影響
進行反思，特別是隨著西方文明對理性的反思和現代主義文藝思潮的興起，
後一種價值傾向在科幻作品中得到更多的表達」。〔註3〕

　　20世紀初，愛因斯坦的科學學說「相對論」以及霍金的「平行空間理論」
問世之後，大大拓展了人類的時間觀念，極大地影響了文學以及其它藝術作
品的創作。基於愛因斯坦的「相對論」，大部分科學家都認爲，穿越時空是可
能發生的，但目前人類科技還無法滿足穿越時空的條件——超過光速。由此，
穿越時空由純粹的幻想開始具有了實現的可能性。穿越時空在文學創作上正
式成爲一種科幻元素，越來越多地出現在各類文學作品中。電影電視問世之
後，也出現了很多具有穿越時空元素的影視作品。比如，美國電影《回到未
來》、《時光倒流70年》、《終結者》等等。而霍金的「平行空間理論」學說的
誕生和傳播，則爲後來的架空歷史穿越小說提供了理論的支持。「平行空間理
論」學說認爲時間旅行者回到過去改變歷史後，時間線便出現分杈，分杈的
時間線展開的是另一段歷史。也就是說同一宇宙空間中可能會同時存在著很
多平行空間，因此，穿越時空造成的歷史改變是有可能的，這就在一定程度
上解決了「祖母的悖論」〔註4〕。網絡穿越小說中的架空歷史類，基本模式都
是來自於現代的時空穿越者回到過去的歷史中並改變了歷史的原有走向，歷
史呈現了一種新的發展軌跡，截然不同於現有的史書記載的歷史。這種故事
模式的理論基礎就是「平行空間理論」。但無論如何，這些科學理論學說的誕
生與發展大大推動了「穿越」母題的文學作品創作，呈現出「穿越」母題文
本演繹的繁盛與多元。除了大量的著重於時間向度的科幻小說與科幻影視作
品以外，日本的漫畫作品、華語文壇的言情小說與武俠小說中對於「穿越」
母題的演繹直接影響了網絡穿越小說的誕生。

　　20世紀70年代，著名的日本少女漫畫作家細川智榮子開始出版她的長篇
漫畫《王家的紋章》（又名《尼羅河女兒》），這部漫畫作品講述了一名專攻考

〔註3〕潘皓，文學作品中的「穿越時空」母題〔J〕，青年文學，2010，（14）：121。
〔註4〕「祖母的悖論」建立在愛因斯坦的廣義相對論基礎上，主要觀點是如果我們
　　　　通過時空隧道回到了過去，遇見了我們的祖母，而我們又不幸的害死了祖母，
　　　　那麼既然祖母在年輕的時候就死了，未來的我又從哪裏來？既然沒有了我，
　　　　我又怎麼會回到過去害死祖母？這樣便產生了一個悖論，被稱爲「祖母的悖
　　　　論」。

古學的美國富家小姐凱羅爾在埃及跟隨父親挖掘了一座埃及古墓之後，被一名神秘的女子帶回到三千年前的古埃及，與當時的法老曼菲士相遇相愛的傳奇故事，這部漫畫作品一直連載至今，擁有大量的漫畫粉絲，紅極一時。20世紀80年代，另一名極富才華的日本少女漫畫作家筱原千繪出版了自己的長篇漫畫《天是紅河岸》，講述一名普通的女學生穿越到幾千年前的西塔托帝國（今土耳其境內），與該帝國王子卡爾相遇相戀的故事。《尼羅河女兒》與《天是紅河岸》作爲早期的穿越漫畫經典，創作的路子就是借由穿越時空，穿行於古老而神秘的歷史夾縫中，憑藉瑰麗的想像力，重構消弭在歷史的風塵中的種種不可考證的歷史細節，講述青少年夢想中的完美愛情故事，從而打動了無數讀者，影響了包括中國在內的很多國家的青少年群體。中國網絡穿越小說早期的經典之作——連載於晉江原創網上的水心沙的「尼羅河三部曲」（《尼羅河之鷹》、《天狼之眼》和《法老王》）無疑就是對這兩部漫畫穿越經典的致敬。而在此之後的穿越小說經典作品《法老的寵妃》（悠世著）、《第一皇妃》（犬犬著）都多多少少打著這些漫畫穿越經典的烙印。

　　20世紀90年代的兩部帶有時空穿越元素的小說——臺灣言情女作家席絹的《交錯時光的愛戀》（1993年出版）和香港武俠小說作家黃易的《尋秦記》（1997年出版）——最終帶來了21世紀中國大陸互聯網上的穿越小說創作熱潮。席絹的《交錯時光的愛戀》講述了一位現代女子楊意柳因救人遭遇車禍而不幸去世，而她具有靈異能力的母親朱麗容運用自己的異能將其魂魄送入古代中國宋朝的時空，附在楊意柳的前世——18歲遭遇不幸的女子蘇幻兒身上，由此引發的一系列故事。而故事的主線是具有現代人意識的蘇幻兒與古人石無忌的愛情故事。席絹所創作的這個故事雖然不長，但其中包含的新元素卻很多，尤其是靈魂穿越——現代人靈魂穿越時空在遙遠神秘的古代活動是很新鮮的，由此而成爲臺灣言情作品的創新之作，也成爲後來網絡穿越言情小說的開山之作。而香港作家黃易的武俠小說《尋秦記》，則開創了另一種「穿越」模式。黃易是新派武俠小說20世紀90年代的代表人物，他對武俠的理解就是方程式「1+X」，其中「1」指的是還珠樓主、金庸、古龍、溫瑞安等武俠小說大家小說創作的一條清晰的發展脈絡，而「X」指的是武俠小說無限的可能性。因此，他將很多故事元素引入武俠小說之中，如科幻、玄幻、歷史、懸疑、偵探、軍事、謀略等等，爲武俠小說開疆拓土。他創作的《尋秦記》將穿越時空作爲科幻元素引入武俠小說之中，講述了一個現代香港特

警項少龍，通過時空穿越，以在場的方式親歷了戰國亂世的動盪歷史，並締造了強大的秦國，使秦國擁有一統天下實力的故事。本書以洋洋灑灑幾百萬字的長度講述了具有兩千年文化積澱的現代人如何在陌生的遙遠歷史時空中努力奮鬥，依靠自己的智慧、謀略與能力在古人環繞的環境中活的風生水起，事業成功愛情如意。戰國亂世的風雲變幻成為項少龍自由穿梭、努力打拚、把握命運的修煉場所。這樣的故事無形中滿足了社會現實中很多男性讀者關於事業追求、愛情婚姻的夢想。這部小說成為黃易武俠的經典之作，開拓了武俠小說創作的新領域。《尋秦記》也被稱為當代華語文學穿越類型的鼻祖。

　　席絹與黃易的小說，在今天看來，恰恰是網絡時代兩性閱讀差異的代表，席絹的《穿越時光的愛戀》代表了後來成為女性網絡穿越小說主流的穿越言情類作品，而黃易的《尋秦記》則是以追求修身與功業為主題的男性網絡穿越小說的經典代表。

1.2 被網絡重構之後成為類型小說的「穿越」

　　21 世紀前後十幾年中，中國互聯網的迅速普及帶來了華語網絡小說的創作與閱讀熱潮，在原創小說網站如起點文學網、晉江原創網等的推動下，呈現出創作繁盛、類型多元、創作閱讀性別差異明顯等等樣態。而在多元化的華語網絡小說的發展中，題材閱讀熱潮的此起彼落成為一種有趣的現象，這一現象直接反映了創作者與閱讀者的關注焦點轉移。在網絡小說的發展過程中，經歷了幾個閱讀熱潮──武俠仙俠（如《崑崙》、《誅仙》）、玄幻奇幻（如《紫川》、《魔法學徒》、《搜神記》）、盜墓探險（如《鬼吹燈》系列、《盜墓筆記》）和穿越時空。這些閱讀熱潮，或者逐漸沉澱為比較固定的網絡小說創作類型，比如武俠、修真、玄幻、穿越；或者逐漸演變成網絡小說創作的故事元素，比如盜墓探險類。但時至今日，影響力愈加強大、生命力愈加旺盛的網絡穿越小說逐漸成為華語網絡小說的主要新興類型之一。

　　網絡穿越小說是「穿越」母題在網絡時代的演繹形式，它借助網絡媒體而生，在網絡這樣的具有前所未有的信息廣度與深度的即時互動的平臺上，借現代大眾的力量，將「穿越」母題的敘事靈活性與跨文化碰撞的敘事趣味特質發揮的淋漓盡致，創造了「網絡穿越熱潮」，使穿越題材的創作廣度呈現前所未有的繁盛狀態。正是網絡媒體這個平臺，重構了古老的「穿越」母題，

大大拓展了「穿越」母題的作品演繹空間，也使網絡時代的「穿越」呈現出許多不同以往的特質。

1.2.1 網絡對「穿越」母題的重構

　　網絡媒體自身的技術性和虛擬性特質重構了「穿越」母題，使得網絡時代的「穿越」在作品特質、價值取向、文化功能等方面都呈現出新的變化。

　　網絡穿越小說的產生、發展與盛行本身是一種網絡文化現象，而網絡文化的特質直接來源於它的載體——網絡媒體的特性。「文化本身就是通過某種載體傳播信息的結果，網絡文化是隨著計算機技術、通信技術和網絡技術大發展而形成並發展起來的，當代信息技術是它的物質基礎，可以這樣說，沒有現在信息技術所提供的計算機、通信網等物質手段，這種文化根本不可能存在」。〔註5〕網絡為文化傳播提供了一種開放式、雙向的信息流通方式，這就使得網絡的使用者不僅是信息資源的消費者，也是信息資源的提供者，傳播者與接受者之間實現了人—機—人的互動，可以直接進行信息的交流。網絡的這種「開放式、雙向的信息交流方式」的技術性特徵，帶來了網絡文學的平等性和兼容性特徵。在網絡原創文學作品的創作過程中，作者和讀者可以直接對話，讀者可以以讀文留評的形式直接參與到作品的創作中，從而實現了作品作者的角色功能；而作者可以通過寫作時與讀者的直接對話或者閱讀讀者為作品所寫作的長評不斷修正原有的人物、情節走向，也具有了作品讀者的角色功能。

　　網絡的虛擬性特徵則賦予了網絡文學的虛擬性和自由性特質。「互聯網用其營造的虛擬空間拓展了人類的生存空間，網絡已經成為人類的『第二生存空間』。網絡文化的虛擬性為人類的想像力和創造力提供了一個巨大的傳播空間。實際上，網絡社會虛擬環境是人類現實社會的一種延伸。網絡傳播所形成的虛擬空間並不是虛無的，虛擬空間不是真空，它是建立在真實的社會基礎之上的。它營造的虛擬環境就是現實世界上的鏡象，它的許多照搬現實社會的規則讓網民們能夠體驗到各種可能發生的事情。與現實社會環境相比，網絡空間有其自身的特性，比如更為自由，信息交流的方式更為多樣化。」〔註6〕網絡虛擬空間的這種虛擬與現實的交叉特徵恰恰是「穿越」母題最為擅長表達的。

〔註5〕程潔，張健，網絡傳播學〔M〕，蘇州：蘇州大學出版社，2007，200。
〔註6〕程潔，張健，網絡傳播學〔M〕，蘇州：蘇州大學出版社，2007，200。

在網絡穿越小說中，恰恰是虛擬中的虛擬折射現實中的眞實，虛擬的是通過人的想像構建出來的穿越後的時空和穿越後的傳奇經歷，而眞實的是現實時空人的情感、欲望和夢想。

網絡的虛擬性特徵帶來了網絡文學的自由性，使網絡爲人類精神活動提供了自由虛擬的空間，使得文學創作的話語權重回民間，也使得「穿越」母題在網絡時代的演繹形式──網絡穿越小說具有了鮮明的大眾性、民間性色彩，同時帶來的是其價值取向、意義表達和文化功能的變化。

「文學本來就是自由的產兒，它源於人類在生存中對自由理想的渴望，滿足人類對自由世界的幻想，又以詩意的棲居爲人類的精神打造自由的烏托邦。網絡文學進一步解放了以往的藝術自由中的某些不自由，在互聯網上，文學打破了創作身份確認的藩籬，任何人只要願意，都可以上網寫作，在現實中不可能實現的夢想，在網絡上成爲現實。」〔註7〕網絡面前人人平等。從創作體制而言，網絡媒體消解了傳統出版「把關者」──編輯的權力，去除了文學發表資格認證的門檻，消除了作品出場的焦慮，人人皆有權力上網發表自己的作品，人人皆有權力閱讀一切由網絡提供的作品和信息，人人皆有自由對自己閱讀的作品發表自己的觀點和看法，實現了創作的自由性、閱讀的自由性和對話的自由性。而這種虛擬性和自由性可以爲「穿越」母題本身所具有的敘事靈活性和跨時空文化碰撞的敘事趣味性提供一個無限可能的自由創造空間，這也正是在網絡時代出現了穿越小說熱潮的主要原因，是網絡成就了「穿越」母題作品演繹的多元與繁盛。

網絡是一個擁有巨大包容性的文化空間。它的平等性、兼容性、自由性和虛擬性使得網絡始終能保持一種平民姿態，文學話語權也因此重歸民間。網絡穿越小說的民間性使其在價值取向上更貼近網絡時代的民間價值取向。網絡時代的民間價值取向是一種個體化、私人化的價值取向，它更多關注的是個體的主體性和個體生存狀態，呈現主流意識形態的公共空間正逐步地被邊緣化。網絡時代的「穿越」母題演繹也因此呈現與以往大異其趣的價值追求、敘事特徵和精神立場。

網絡穿越小說的價值追求不再是以往嚴肅文學、高雅小說提倡的嚴肅性、探索性的形而上的理想主義，不再擔負教化民眾的前瞻性以及規範性等

〔註7〕歐陽友權（主編），網絡文學概論，〔M〕，北京：北京大學出版社，2008，113。

傳統文學使命，而是廣泛的形而下的普遍價值追求。因此，穿越小說的作者會自覺與大眾溝通，以故事文本爲平臺，立足於娛樂讀者的立場，力求貼近讀者大眾的精神趣味和價值取向去書寫同樣娛樂自己的故事。無論是女性視角穿越文中對美好愛情的追求，還是男性視角穿越文中對世俗成功的渴望；無論是宮廷文、爭霸文在血雨腥風中的幸福解讀和守護，還是清水文、種田文在溫馨情感、家長里短中的對美好生活的理解和追求，抑或是爆笑文、吐槽文在拼貼惡搞無釐頭中引人捧腹的純粹娛樂追求，都體現了最廣泛的讀者意識，那就是對美滿愛情、幸福生活、成功事業、快樂心情的渴望，是普通大眾最基本的現實而又眞實的生活願望。網絡穿越小說最基本的目的就是娛樂，讓作者和讀者在寫作和閱讀中得到快樂，作者獲得精神渲泄與共享的快意，讀者獲得精神共鳴的放鬆與享受。

正是基於這樣的價值追求，網絡穿越小說的文學敘事由宏大事件書寫轉爲日常生活敘事，關注的是日常生活，普通人的情感，書寫的是個體細膩的情感，個體追逐成就的奮鬥，甚至是生活中雞毛蒜皮的瑣碎小事，諸如種田文等，用最簡單明瞭的立意來守護普通大眾精神需求的立場。

在文化功能上，網絡穿越小說與傳統「穿越」母題的演繹不同，不追求意義的深度，不講求對現實的影射和諷喻，重視的是小說的娛樂消遣功能，追求的是大眾的精神放鬆和愉悅享受。這使得網絡穿越小說在創作中呈現解構權威、抹平深度的特性，呈現娛樂化的追求，具有明顯的幻夢特質和狂歡色彩，更重視創作者和接受者個性心理補償和白日夢情節的滿足。現代社會中激烈的社會競爭和生活壓力使得人與人之間的關係變得冷漠，個人的孤獨感加重，在城市的鋼筋水泥叢林中疲於奔命地遊走著的都市青年尤其如是。網絡穿越小說的出現可謂如清泉滋養了乾涸疲累的心靈。在網絡穿越小說的創作和閱讀中，現實生活中普通平凡的外在條件可以變得優越美好，靈魂穿越可以讓女子花容月貌，男子英俊瀟灑；現實生活中摻雜了太多功利的愛情可以變得純粹；現實生活中在職場中拼命奮鬥的小人物可以在穿越後的時空中大展拳腳，收穫事業上的巨大成功。資料顯示，許多網民通過閱讀穿越小說，擺脫了日常生活中的既定角色，將平日受到抑制的情感和看法暢快表達出來，緩解了壓抑的心理狀態，獲得了被理解和被需要的滿足，對自己的潛在能力有所認識和發現，增長了生活的信心和奮鬥的動力。

1.2.2 成爲類型小說的「穿越」的時間、空間和性別向度特質

網絡時代的「穿越」母題演繹文本所呈現的許多新的特質也可以從網絡穿越小說的時間、空間和性別差異三個向度來分析。

從時間向度而言，網絡穿越小說更多地指向過去。穿越時空的方式無論是魂穿還是本體穿，它的時間體驗注重表述的是人的生命的推倒重來，而且是一種帶著現代時空記憶與人生經歷的生命重啓。

這種對於過去的時間性想像，滿足了現代青年對於古老歷史尤其是自己民族輝煌歷史的好奇與思慕，而「穿越」的這種具有親歷式、體驗式特質的想像方式無疑具有極大的魅力。在網絡穿越小說中，重點關注的不再是嚴肅的關於時間、生命、存在的思考，而是在基於疏離現實的異時空的生存體驗中，對自身以往人生的重新審視，對生命價值、意義的重新思考與定位，對自己人生的再創造，就像是遊戲中的重啓，一切重新洗牌，重新開始。

從空間向度而言，則體現在兩個方面。

其一，網絡穿越小說更多呈現的空間想像是有關過去時間的歷史性空間，與歷史元素緊密相關。這個歷史性空間可以是史書記載中的歷史時空，比如古代中國歷史的歷朝歷代，古代世界歷史的時空如古埃及、古印度、古歐洲等等；也可以是不存在於眞實歷史記載中的仿眞歷史時空（即「架空」），比如類似古代中國歷朝歷代的虛構的做古代中國時空；還可以是虛擬歷史時空，比如女尊小說中大量的類似古代中國某些生產力狀況但卻是女尊男卑世界的時空。在這些歷史性的想像空間中，有出於對古代歷史尤其是古代中國歷史的好奇而書寫的純粹的歷史想像，也有對歷史的想像性超越，比如穿越至古代中國，依據今人的智慧與文化積澱改造既定歷史，創造新的歷史的架空歷史穿越小說，諸如阿越的《新宋》等。

這種空間性想像的意義指向主要是通過現代青年在異時空的歷險與傳奇，滿足他們對歷史的好奇，對輝煌燦爛的古代中國文化的思慕，從中也凸顯出現代中國人的自信和對自己民族文化的認同。

在此，網絡穿越小說採用了一種想像性體驗的方式，基於對自我身份的認同和自信，懷著對古代中國文化的思慕與嚮往，營造了一個可以親歷的詩情畫意的仿眞歷史或虛擬仿眞歷史的中國文化空間，並且在這個文化空間中以本眞的存在方式「詩意的棲居」，使自己的現實理想、情感與欲望得到想像性滿足。

其二，網絡穿越小說的空間性想像還有無關歷史元素，只是基於現代人文化想像的純粹虛擬的空間想像。比如與玄幻、魔幻、奇幻元素相結合的穿越題材作品中的異度空間，例如天蠶土豆的穿越玄幻小說《鬥破蒼穹》中以鬥氣修煉為主的鬥氣大陸，穿越奇幻小說中以法力修煉為主的神魔鬼怪世界，穿越魔幻小說中的以魔法修煉為主的魔法世界等等。

這種空間性想像的意義指向主要是通過現代青年在異時空的歷險與傳奇，敘述現代青年在與現實時空相疏離的魅力異時空中的生存、奮鬥、成長與成功。從而呈現對現代青年的欲望的表達，對情感（愛情、親情、友情）的解讀，對重構人生、彌補現實缺憾的想像。

性別向度是「穿越」母題在網絡時代被演繹時所呈現出的一種鮮明的特質，具體體現在網絡穿越小說創作與閱讀中非常明晰的性別差異。這種差異，造就了男性視角穿越小說與女性視角穿越小說在敘事風格、特質與意旨等方面大異其趣、各有側重的現象。男性視角的穿越小說，更關注的是對外在世界的感知與行動，對歷史的好奇與想像，對既有歷史的想像性超越，在異時空建功立業的奮鬥與歷險。男性的異時空想像，更多的是一種對成功期望的表達。而女性視角的穿越小說，風格類型更為多元化，從穿越歷史、穿越架空到耽美穿越、女強穿越和女尊穿越，在想像性的異時空生存體驗中，女性更關注的是內在精神世界的追求，對生命意義與價值的思考，對自身身份的思考，更多的是一種情感表達，對女性價值的探索和對女性主體性的肯定與張揚。

1.3 與其它類型小說的聯繫與區別

網絡穿越小說作為「穿越」母題在網絡時代的演繹形式，作為網絡時代最為流行的網絡類型小說之一，同時也是通俗類小說在網絡時代的一個主要的代表類型，與傳統其它類似小說類型和其它網絡小說類型有著密切的聯繫，同時也存在著明顯的差異。

從這個角度來看，網絡穿越小說是基於傳統的「穿越」母題，借鑒了科幻、玄幻、奇幻、魔幻等幻想類小說的奇妙構思與豐富想像，以武俠、歷史、言情等當代主要通俗類小說的情節架構為依託，敘述現代時空中的主人公在異時空的各種類型的人生經歷的體驗式傳奇故事，是具有鮮明消費文化特質的一種以娛樂性為主的通俗類小說文本。

1.3.1 與幻想類小說的聯繫與區別

網絡穿越小說與幻想類小說是密切相關的。

幻想類小說主要有科幻、玄幻、奇幻、魔幻等主要類型。

科幻小說側重於表現以科學理論爲基礎的關於未來世界的想像，主要是外傾型的對於外在於人類的物質世界的想像。穿越時空是其中的一種作品演繹形式。

玄幻小說是當代出現的概念，由武俠小說作家黃易提出，是「具有中國特色的幻想小說」。主要依託於東方的文化與哲學思想，側重於表現人類對於自身潛力的探索與挖掘的想像，主要是內傾型的對內在於人類精神世界能力的無限提升的想像。因此在當今的網絡小說中，玄幻與修眞是緊密相關的，側重表現的就是主人公通過修眞的途徑來探索自身潛力的無限可能性，最終達到對於自身和時空局限的突破與超越，比如黃易在其小說《破碎虛空》中提出的「破碎虛空」的至高境界。隨著網絡原創小說的興起和繁盛，玄幻小說也隨之得到了極大的發展，成爲網絡原創小說的主要類型之一，在發展過程中，玄幻小說也出現了新的特質，成爲在虛構、幻想方面最自由的題材類型，綜合了西式奇幻、中國奇幻、中國武俠、日式奇幻、科學幻想等題材特質，將各種小說幻想元素熔爲一爐，打造著一個個玄之又玄、天馬行空的神奇世界，創作原則就是無原則，具有極大的自由性，將人類的想像力發揮到極致，所以得到了青少年的接受與追捧，最能體現幻想類小說「幻想是第一生命」的原則。從這個意義上而言，玄幻小說也包含網絡原創小說中的奇幻類和魔幻類小說。網絡穿越小說往往會借鑒這樣的想像鉤織疏離於現實時空的關於異時空的奇妙想像空間。

奇幻小說也是當代出現的概念，主要側重於表現源自於古老神話、傳說、魔法、巫術、宗教等文化傳統的想像。主要又有中式奇幻、西式奇幻和日式奇幻之分。中式奇幻主要是依託於中國古代神話、傳說、巫術等文化傳統的想像，如中國自《山海經》始的神魔文化傳統；西式奇幻主要依託於西方古代的神話、宗教傳說、魔法等文化傳統的想像，如古希臘、古羅馬的神話傳說、英雄傳奇以及歐洲的一些古老神話傳說如亞瑟王與圓桌騎士、北歐神話等等；而日式奇幻實際上是西式奇幻和日本文化相結合的產物，絕大部分是融武士道精神、西式奇幻故事與中國古代哲學思想、謀略智慧爲一爐的作品演繹形式。日式奇幻的文化根基較弱，但娛樂性很強，人物塑造很炫目，加

上日本動漫對其的演繹和傳播而廣爲中國青少年所接受。

　　魔幻小說的概念應該是指「魔幻現實主義小說」，是主要出現在拉丁美洲的一種文學流派。它的創作手法是把觸目驚心的現實和迷離恍惚的幻覺結合在一起，通過極端誇張和虛實交錯的藝術手法來編織情節、網羅人事，目的是描繪和反映錯綜複雜的歷史、社會和政治想像。它的「幻」是爲了增加神秘氣氛，加強諷刺意味，內核仍然是眞實生活，必須以現實爲基礎。比如經典的魔幻小說《百年孤獨》，去掉其中「幻」的表象，其主旨與實質與《戰爭與和平》、《悲慘世界》並無差異，追求的仍然是嚴肅的文化意旨與深刻的人文內涵。而當今網絡原創小說中的魔幻類小說其實與「魔幻現實主義小說」概念南轅北轍，主要是指西方奇幻類小說，尤其偏重於表現魔法、巫術文化傳統的想像。

　　無論是科幻、玄幻還是奇幻、魔幻小說，最突出的特質就是小說的幻想性，以人類豐富的想像力，結合不同的文化傳統和科學理念，營造出一個個奇異無比、光怪陸離、天馬行空的幻想世界。通過這樣的幻想類小說，人們可以借助想像的翅膀，超越現實的種種局限，在無限的想像中自由翱翔，滿足人們對未知世界的好奇與嚮往，盡情釋放自身的情感與欲望，獲得無限的自由與快樂。

　　而網絡穿越小說，借鑒了科幻、玄幻、奇幻、魔幻等幻想類小說的奇妙構思與豐富想像去營造自己的穿越目的地，一個充滿魅力與超越現實規則的異度空間，也會滿足人類對未知世界的好奇與嚮往。但是，網絡穿越小說與幻想類小說亦有很大的差異，它最側重表現的並非人的幻想而是主人公在兩種不同時空下的生活狀態。它淡化了幻想類小說「幻想性第一」的特質，幻想性服從於故事主人公的空間體驗與時間體驗。

1.3.2 與其它相關通俗類小說的聯繫與區別

　　網絡穿越小說與傳統的武俠小說、歷史小說、言情小說等主要通俗類小說有密切的聯繫，它是以武俠、歷史、言情爲主要架構的，再輔以幻想類小說元素和其它網絡流行情節元素鉤織出富有魅力的故事世界。

　　在不同的穿越小說中，有可能只偏重於一種架構，比如穿越歷史類小說偏重於歷史小說的架構，李歆的漢穿小說《秀麗江山》就是漢光武帝劉秀的歷史傳奇，作者極其嚴謹的歷史考據使得這部虛構的穿越小說絕不遜色於任

何一部歷史小說，令人歎服。而架空穿越類更偏重於武俠、言情的架構，比如暝色的《白衣傳》偏重武俠小說的架構，金子的《夢回大清》更偏重於言情小說的架構。也有可能是幾種架構的混合體，比如天衣有鳳的穿越小說《鳳囚凰》，既有歷史小說的架構，故事背景是南北朝時期的亂世，是山陰公主劉楚玉的歷史傳奇；也有武俠小說的架構，比如容止的江湖背景與江湖傳奇；還有言情小說的架構，比如穿越之後的現代少女楚玉與古代世界的傳奇少年容止以及天如鏡、恒遠等等之間的相識、相交、相知，愛恨糾纏、恩怨交錯的愛情故事，真真假假，虛虛實實中的傳奇故事引人入勝。

網絡穿越小說雖然與傳統的武俠、歷史、言情類小說密切相關，但又有很大的差異，其不同的關鍵點就在於網絡穿越小說注重表現的是跨時代、跨文化的對話，是跨時空文化碰撞的敘事趣味。

1.3.2.1 與純粹歷史小說的區別

不同於傳統意義的歷史小說中的歷史書寫，注重的是歷史史實的還原與再現、歷史人物經歷的摹寫，宏大敘事主題的鋪陳，網絡穿越小說中的歷史書寫，是借歷史的空間背景，表達現代青少年對於歷史的好奇與思慕，在歷史提供的具有真實性的幻想空間中，以親歷體驗的方式玩味歷史，消費歷史，在想像中重構自己理想中的歷史。網絡穿越小說的歷史書寫也不再拘泥於主人公穿越時空後寬泛的感性描寫，不再注重烏托邦式的理想空間建構，也不再注重對現實社會的批判與反諷的深層文化意旨，更加注重的是來自於現代時空的小說主人公的內心感受、思想衝撞和價值觀的昇華，表達的是平民敘事立場的現代青少年的欲望、情感和夢想。

金子的《夢回大清》、桐華的《步步驚心》、李歆的《獨步天下》、天夕的《鸞：我的前半生，我的後半生》等清穿小說經典之作，基本上都是借助清代的歷史背景和史有記載的清代眾皇帝皇子、王公貴族的歷史人物，以現代青年的時空身份和意識，以在場的形式見證眾所周知的歷史事件。但其中最為吸引人的卻是作者虛構的歷史事件何以發生的細節，而這些細節的演繹，就是置身歷史的具有現代時空身份和意識的主人公的傳奇經歷。在這些經歷的敘事中，凸顯的是具有現代時空身份和意識的主人公與已發生的歷史時空中的歷史人物的時代與文化的碰撞，由此書寫的是具有現代時空身份和意識的主人公的個體情感、欲望和夢想，尤其是對愛情的追求，對現代個體理想人格和理想幸福生活的表述。比如《夢回大清》中著力描述的是在那個屬於

康熙朝歷史時空的錯綜複雜的宮廷爭鬥中，現代女孩小薇對於自己情感歸屬的內心體驗，對於自己理想生活與幸福的解讀與詮釋。在這樣的歷史書寫中，歷史本身不再是敘事的重點，重點是現代人對於那些歷史和歷史人物的想像與演繹，並從這些演繹中獲得自己對於情感、欲望與夢想的表達與滿足。

　　而另外一種網絡穿越小說的歷史書寫是以阿越的《新宋》爲代表的架空歷史類穿越小說。在這類穿越小說中，都會對眞實歷史作詳細的考證，目的在於創造一個具有時空眞實感的敘事環境。這類穿越小說的歷史書寫更注重的是陳述來自於現代時空的主人公對歷史的理想發展的想像，透視出來的是小說作者的政治抱負和愛國情懷。故事的演繹模式也往往是來自現代時空的主人公依靠自己的現代理性和智慧積澱改造既定歷史，重構理想的歷史發展。比如在《新宋》中，敘述的是一個現代歷史系研究生回到宋朝後，懷著對宋朝的熱愛，致力於改變史上宋朝的治國失誤，改變冗兵、冗官、冗費的積弊，使宋朝在武力上也強大起來，老百姓安居樂業，國力昌盛，成就繁華盛世，天下太平。在小說的字裏行間裏，揮灑的是作者的一腔愛國熱情，作品的主題也得到昇華，文學價值得以體現。與此類似的如月關的《回到明朝做王爺》、墨武的《江山美色》等穿越架空歷史文也基本如此。

　　另外值得注意的是 20 世紀 80 年代中期出現在中國文壇上的新歷史小說與網絡穿越小說的相似性與差異性。以《紅高粱》、《妻妾成群》、《白鹿原》等經典文本爲代表的新歷史小說在表現對歷史的追尋時，不追求實寫歷史的眞實，而是有意模糊歷史背景，邊緣化歷史事件，甚至虛構歷史人物，歷史成爲敘事的背景和某種視角，試圖表現的是私人立場的歷史讀解。與網絡穿越小說相似的是，兩者都是平民立場，都是對傳統歷史小說宏大敘事的消解，對歷史的顚覆與解構，但雙方在對待歷史眞實性的態度、敘事角度、時空觀念等方面存在明顯的差異。

　　在歷史的眞實性方面，新歷史小說對歷史的解構表現在顚覆歷史，懷疑歷史本體存在的眞實性。傳統歷史小說所強調的歷史眞實及歷史本質的眞實被新歷史小說從歷史客體與歷史觀念兩個方面雙重顚覆，新歷史小說既重構客觀存在的歷史客體，又重構歷史觀念，歷史成了一道純粹的風景。而網絡穿越小說對歷史的解構卻表現爲個體立場的對歷史的想像，既不是對歷史本體的質疑，也無意於否定歷史價值立場，它注重的是以歷史爲想像空間，編織滿足和宣洩自己現實生活中欲望、情感與夢想的「白日夢」，並在這樣親歷

式的「白日夢」中得到想像性滿足。

在敘事角度方面，新歷史小說對傳統歷史小說的宏大敘事的解構的主要敘事角度是私人敘事，而網絡穿越小說的敘事角度是青春敘事。新歷史小說在消解正史，書寫作者心目中的歷史時，正史中已有定論的「是非善惡」被忽視或者顛覆。新歷史小說的私人敘事使得歷史敘事的中心服從於平民化的「人」及「人性」，從而嘲諷、消解、顛覆了所謂的歷史神聖敘事。而網絡穿越小說對宏大敘事的解構策略是青春敘事，借由歷史的書寫釋放和表達青年人的情感和欲望，因此，在網絡穿越小說的敘事中，語言風格是詼諧幽默的、網語化和狂歡化的，文本的創作有著極強的遊戲精神，文本的閱讀則是一種基於愉悅與放鬆的審美期待，這截然不同於新歷史小說掩映在消解正史的私人敘事中的對於歷史意識的嚴肅思考。

在時空觀念上，新歷史小說突出表現為對歷史空間的虛擬，而網絡穿越小說的穿越歷史類型則表現為歷史空間的交錯。新歷史小說的作者們不必翻閱大量的歷史史料，只是依據自己對歷史的印象而虛構出一個歷史空間，講述的是作者自身的歷史體驗。新歷史小說中的時間和空間已經失去了真實的歷史意義，成為方便敘述的代碼和符號。網絡穿越小說的穿越真實歷史文中，更多的是一種時空的交錯。創作者通過這種交錯時空的敘事，表達出一種跨時空文化的碰撞與矛盾，並在這種矛盾中凸顯現代青少年對歷史或者歷史人物的想像與重塑，從中表達自己的欲望、情感與夢想。因此，在這些穿越真實歷史的穿越文中，不僅不會忽略歷史的真實性，相反，作者要大量的閱讀史料，在正史的縫隙中填補自己想像的細節，並以穿越人的視角親歷和見證歷史記載中的「歷史」的發生，滿足對歷史的好奇與想像。比如阿越的《新宋》就基於作者對宋代歷史的史料研究，而李歆的《秀麗江山》對漢代歷史的考據令很多學習歷史的人都大為歎服。在穿越虛擬仿真歷史文中，虛擬出來的與歷史相似的時空是為了滿足天馬行空的文學想像，表達現代青少年的欲望、情感與夢想，而不是如新歷史小說般的糾結於歷史的個性立場的歷史體驗陳述。〔註8〕

1.3.2.2 與純粹言情小說的區別

言情小說中最重要的就是愛情書寫。

〔註 8〕文中對於穿越小說與新歷史小說的差異論述中的主要觀點來自於陶春軍，解構歷史：新歷史小說與穿越小說，〔J〕，廣西社會科學，2010，（5）：89～94。

　　愛情是網絡穿越小說尤其是女性視角穿越小說最常見的題材。不同於傳統言情小說中基於男尊女卑文化土壤的愛情書寫，網絡穿越小說中的愛情書寫，將觸角更多地伸向了愛情背後的人性書寫，更多的是女性主體意識的凸顯與張揚。

　　在網絡穿越小說愛情書寫的兩性關係中，女性不再只是愛情的承受體與被動方，也無需依附於男性而體現自己的存在價值，而是基於兩性平等的理念，大膽追求自己的愛情與幸福，在疏離於現實時空的想像時空中擺脫了現實社會的道德枷鎖對女性的身心束縛，擺脫了男尊女卑的文化土壤對女性身份意識的枷鎖。在這樣的故事裏，女性往往有獨立自主的個體意識，自尊自愛自強，善惡分明，個性張揚，在情感選擇中往往基於自己的愛情價值理念選擇愛情對象，追求自己理想中的幸福生活。

　　隨著女性視角網絡穿越小說的發展，耽美文、女強文、女尊文的出現，這種傾向更為明顯。耽美文主要是女性創作女性閱讀的描寫男男戀的小說類型，穿越耽美文其實是女性視角透視男性世界的產物，在這種抹平性別差異的愛情書寫中透視純粹愛情的真諦。女強文、女尊文則是女性視角對傳統言情男尊女卑文化環境的反動，在這樣的虛擬時空環境中是女強男弱（女強文）的故事背景或者女尊男卑（女尊文）的時空環境，這樣背景中的故事呈現出一種區別於現實世界的性別身份倒錯，在這種倒錯中的虛擬時空的愛情書寫是女性基於自己的主體意識思考現實社會中的兩性身份、地位與互動特質，體現了女性主體意識甚至是女權至上意識。

　　也正因如此，網絡穿越小說中的愛情書寫已經完全摒棄了瓊瑤式的柔弱或情感依附的女性形象，凸顯的是懷有兩性平等意識，具有理想人格追求，自尊自愛自強理念的現代女性形象，女性視角文在網絡穿越小說中的發展、豐富與繁盛，體現了可以實現兩性平等的虛擬網絡空間中女性書寫的發展與進步。

1.3.2.3 與純粹武俠小說的區別

　　武俠小說最重要的是疏離於平淡的現實時空生活的傳奇書寫，作為20世紀曾經的傳奇書寫的最主要的通俗小說形式，武俠小說創造了或借風雲變幻的歷史空間或打造光怪陸離的奇異江湖世界來書寫「成人童話」的熱潮。

　　網絡穿越小說同樣具有這樣的傳奇書寫的魅力與光環，但作為網絡時代的傳奇書寫的主要表現類型之一的穿越小說，基於網絡信息傳播的前所未有的廣度，具有更加廣泛與多元的傳奇架構。網絡穿越小說的故事視野更加廣

關，傳奇元素的包容性更強，幾乎所有的網絡類型小說的故事元素都可以囊括其中。武俠小說的背景一般局限於冷兵器時代，而網絡穿越小說依託的是穿越時空的母題，因此它的傳奇書寫還可以囊括武俠小說無法觸及的現代都市元素。比如小俠的《少年丞相世外客》中主人公林伽藍不斷穿梭於現代與架空的古代之間，同時展開兩個時空的故事敘述。而反穿越小說如《我的魏晉男友》則是魏晉時期蘭陵王高長恭反穿到現代中的傳奇故事，都包含著現代都市類小說的故事元素甚至是以現代都市元素爲主的傳奇故事。

　　網絡穿越小說與武俠小說的第二個區別也是最關鍵的區別在於：不同於武俠小說主要是對於俠文化的傳奇書寫，網絡穿越小說是以一種體驗式、親歷式、遊戲式的視角在無限的想像世界中書寫的傳奇故事，可以是俠文化的詮釋，可以是歷史的想像，也可以是幻想世界的歷險，最主要關注的仍然是現代人的情感、欲望與想像的表達與滿足。

1.4 網絡穿越小說的界定

　　網絡穿越小說是傳統的穿越時空文學母題在網絡時代的作品演繹形式。

　　網絡穿越小說依託於網絡媒體而存在，是網絡原創小說的主要類型之一，它借由網絡媒體的技術性特性和虛擬性特性，充分發揮了穿越時空母題所特有的敘事靈活性和跨時空文化碰撞的敘事趣味，達到了創作的繁盛和演繹形式的多元，呈現出不同以往的作品特質、價值取向和文化功能，在時間向度、空間向度和性別向度上也有不同的特質。

　　對於穿越小說內涵的界定，時至今日仍舊有很多種不同的看法，但一致認同的是穿越小說有最基本的模式，那就是：小說主人公由於某種原因從其原本生活的時空離開，穿越到了另一個時空，並在這個異時空展開了一系列的活動。而網絡穿越小說就是指具備這樣的基本故事模式，在文學網站上首度發表的網絡小說類型。

　　網絡穿越小說的共同特質就是：以當下中國人的記憶體系、思維方式、價值取向、人生目的爲基本視野經歷想像中的異時空環境所引發的種種故事。網絡穿越小說滿足的是人的歷史想像、世俗夢想，追求的是閱讀的愉悅體驗，具有明顯的消費文化特質，對於傳統文學中的道德關懷、政治關懷、價值關懷等關注較少。

第二章　穿越時空——網絡穿越小說的敘事模式

　　網絡穿越小說的「穿越時空」文學母題造就了它「穿越時空」的基本敘事模式。網絡穿越小說「穿越時空」的基本敘事模式使它的敘事呈現出如下四個方面的特質，即異時空體驗式敘事，夢幻式的青春敘事，交錯時空的敘事趣味，時空交錯中的「拼貼」敘事。從網絡穿越小說的敘事特質分析中可以看出網絡穿越小說的虛擬性審美特質：「虛擬中的虛擬」的敘事映現出的卻是「真實中的真實」——現代青少年的欲望、情感和夢想。

2.1　異時空體驗式敘事

　　穿越小說是一種頗具創新的好題材，一種可以讓創作者放開束縛、一展身手的故事題材。穿越小說可以囊括幾乎所有的故事元素——歷史、言情、武俠、仙俠、都市、玄幻、奇幻、探險、科幻、魔幻、異能、軍事、同人等等，在這一點上，它與盛行於 20 世紀後半世紀的新派武俠小說有共同之處，它可以開拓出小說世界的新疆土，實現小說創作的無限可能性，以當代人的思想與情感打造一個與現實世界相疏離的夢想空間，表述今人尤其是青少年的夢想、欲望與情感，展現他們期望中的奮鬥、成長與愛情想像，編織他們可以小憩可以放鬆的精神樂園，舒緩他們現實生存競爭中的壓力，調節他們焦慮與疲憊的身心。

　　但網絡穿越小說最最吸引人的是它「在場」的、代入感極強的異時空體

驗敘事特質，這會使無論是作者還是讀者都會有一種「生存在別處」的體驗，而這個「別處」，往往是與日常生活相疏離的、充滿魅力的想像空間。

穿越小說的故事通常是一位當代青年由於某種原因離開當下的時空穿越到另一不同的時空之中，在異時空有了一系列的傳奇經歷。這種故事模式就決定了無論是作者還是讀者，在創作和閱讀穿越小說的時候，都是一種親歷式的夢幻傳奇體驗，這一點，大大不同於其它的小說，也是穿越文的獨特魅力所在。

虛構的傳奇類小說一般而言所發生的環境與社會現實都有一定的時空距離，正是這種夢幻式的距離美感與故事情節的緊張刺激形成了它的魅力，如古人所云——爲世人消憂破夢之一助也。以往的此類小說諸如武俠小說、探險小說、玄幻小說等等正是依靠英雄的夢幻傳奇吸引讀者的眼球。閱讀此類小說的佳作之時，好像跟著小說的英雄一起經歷那些緊張曲折的傳奇，令人歡喜讚歎，大呼過癮。穿越小說也非常擅長於提供一個驚險刺激的夢幻世界，但它的與眾不同之處在於讀者不再是一個英雄夢幻的旁觀者，而就是一個「在場」的親身經歷者。在精彩紛呈的故事敘述中，創作者和閱讀者以穿越爲手段，以主體的姿態親歷另一個世界的傳奇經歷，以往的他者傳奇演變成爲穿越小說的「我」的傳奇，這一點形成了穿越小說吸引現代人的最大魅力。比如歷史元素的運用，武俠小說對於歷史元素的運用注重的是眞實歷史帶來的宏大敘事，從而在廣闊的背景中塑造人物、講述故事；而穿越小說運用歷史元素注重的卻是對於歷史事實的「親歷」甚至解讀或篡改歷史細節。穿越小說最初的經典之作大都如此，通過穿越的途徑去親歷心目中知其然而不知其所以然的歷史無疑妙趣無窮。再比如穿越同人類小說中的時空環境，人們可以以穿越爲媒介，親歷自己喜愛的藝術作品世界，以自己對這些藝術作品的情感、理性審視結合自己的夢想，通過這些小說表達自己對於喜愛作品、人物等的解讀與詮釋。

這種在場的、代入感極強的異時空體驗式敘事，讓網絡穿越小說成爲人們在文學方面實現網絡化生存的最佳選擇方式。

2.2 夢幻式的青春敘事

穿越小說創作者椿椿認爲「穿越文之所以有永恒的魅力，原因在於，它

是最能凸顯網絡文學想像力的亮點，也最能滿足青少年時期的幻想，目前在寫作手法等方面又有很大的突破，所以，它絕不會像一陣風似的刮過去，而會在青少年文學領地長盛不衰」。現在網絡穿越小說的發展恰恰印證了椿椿當初的感言。

網絡穿越小說從某種意義上而言是專屬於青少年的傳奇。根據網上穿越小說作者自己對於自己小說閱讀者的年齡調查，這類小說的閱讀者絕大多數在18～35歲的年齡段以內。雖然沒有非常全面的統計（因爲網絡小說作者是以虛擬的身份在網上創作，很難調查或者統計作者的具體年齡），但從大量的網絡穿越小說網上文本之中作者與讀者互發帖子交流對話之間透露出來的信息表明，穿越小說的作者以在校就讀的大學生、研究生（此類信息比如作者談及自己要參加四級考試、專業考試、論文答辯、畢業實習等等）以及在都市職場打拼的都市白領（此類信息比如作者談及被老闆抓差、應酬開會以及各類工作瑣事等等）爲主，再參考瀟湘書院網站對於用戶年齡的數據統計，可以大致推論出網絡穿越小說的寫作者年齡分佈也大致在18～40歲之間。所以，網絡穿越小說實際上是一種「我手寫我心」的青春夢幻傳奇。也正因如此，網絡穿越小說無論是什麼故事形式或者那個空間的傳奇，都離不開人生的奮鬥與成長，情感的歷練與成熟，理想幸福的渴望與追求。無論是怎樣的故事與詮釋方式，必不可少的是青春的激情與夢想，是青少年在幻夢般的方式中對自己理想人生、愛情、夢想的闡釋與追逐，也因此，無論是年輕的作者還是年輕的讀者，都在構建幻夢的過程中得到極大的快樂與滿足。

穿越小說的魅力不僅僅在於它是一種親歷式的夢幻傳奇，還在於它所營造的夢幻也是具有別樣情趣魅力的夢幻。妖舟的《穿越與反穿越》講述了這樣一個故事：一個長相一般、氣質一般、性格普通、才能普通的總是夢想穿越的大學女生趙敏敏，爲了實現穿越的「偉大理想」，制定並實施了在大學的魔鬼訓練計劃，從學習歷史（中國歷史、世界歷史）、語言（古文、法文、日文等等）、舞蹈（各種古典、民族、現代舞蹈）、武術（跆拳道、格鬥術）、中國古詩詞、現代經典流行歌曲、京劇、書法、圍棋、中醫、茶道直到農田灌溉、鋼鐵冶煉、國家治理等等，目的就是爲了無論穿越到中國還是外國、地球空間還是異時空，都可以實現自己成爲理想穿越女主的夢想。穿越到底有什麼好，竟然能讓一個現代女孩子爲了穿越而不惜付出如斯代價？小說中做了精闢的總結：

穿越好哇！

穿越好，觀美女看美男，金銀財寶手裏攢。

穿越好，出天山入龍潭，絕世武功身上纏。

穿越好，走江湖遊深宮，中外歷史聽我侃。

穿越好，主角命好，沒什麼本事，也能當韋小寶！

穿越好，配角長得好，十八般武藝樣樣精通，還瞎了眼地總往主角身邊靠。〔註1〕

這部本身對穿越題材進行反思、調侃與搞笑的穿越小說，就以這樣的方式娓娓講述了一個很離譜但很精彩的穿越題材的故事，也暗示了穿越小說之所以在青少年中如此受歡迎的最重要的原因。那就是在競爭激烈但信息發達的現代社會中，平凡如你我的芸芸眾生，在一個夢想的異度空間，一樣可以憑藉自己的自信、樂觀、獨立個性加上幾千年的智慧積澱成為一個光芒萬丈的人，一個改變和締造歷史的英雄。最重要的是，可以輕易地實現在現實中難以實現的夢想：在驚險刺激的傳奇經歷中成長，並且事業成功，愛情美滿（男主可以被成打的美女仰慕，女主身邊則可以圍繞很多既英俊帥氣、才氣橫溢、情深似海又成功多金的帥哥美男）。比照當下萬千粉絲仰慕一個明星的現實，後者的魅力也就更加令現實中的青少年粉絲們趨之若鶩。

網絡穿越小說雖然類型眾多，題材各異，但還是有一些共性的。

網絡穿越小說的主人公若是女性（通常作者也為女性），穿越後往往能和宮廷皇家沾上邊，或者貴為公主，或者是王府裏的僕女，最後常常被一群優秀出眾的王子、公爵、阿哥、皇帝們不約而同地都喜歡上了，於是展開了一段或俠骨柔情、或纏綿悱惻、或蕩氣迴腸的愛情故事。女主大多聰慧，不管是看起來大智若愚，還是精明強悍，面對愛情不論是隨遇而安，還是力爭上游，至少不會沒了主張。溫柔的，善良的，潑辣的，任性的，不論平凡高貴，其極具現代人特質的個性往往不會讓人輕易相忘，總的來說每個女主再怎麼說自己不好再怎麼隱藏自己，但始終是一女超人。而此類小說的男主大多癡心，不管是溫文爾雅的，還是專橫邪佞的，對愛情不論是含蓄委婉的，還是張揚直白的，在女主面前永遠是赤子之心，必要的時候還會露出一點孩子氣，就算他老謀深算，對愛情也要肝腦塗地，忠貞不二。

〔註1〕桃之舟，穿越與反穿越〔M〕，山西：北嶽文藝出版社，2008，3。

　　穿越小說的主人公若是男性（通常作者也爲男性），穿越後多是擁有非凡膽識，或是運氣彈連連砸，抑或是打不死的小強，往往利用自身在現代社會成長時所吸納的信息、知識以及在商業社會打拼時所培養的能力、累積的經驗在異時空大展拳腳，魅力無窮。男主的豁達個性與超強能力往往令同性心折，會有一大批誓死相隨的死忠朋友；當然也會使異性迷戀，在穿越的途中，會遇到無數個爲男主癡心不已，情深一往的美女。黃易的《尋秦記》中香港特警項少龍在戰國亂世翻手爲雲覆手爲雨的奮鬥與歷練，禹岩的《極品家丁》中北大畢業的商界才子林晚榮則在異時空的古代締造了類似韋小寶的事業愛情雙豐收的傳奇。

　　從這些共性中不難看出，穿越小說極受歡迎的最大奧妙就在於它能營造出一個魅力指數極高的夢幻世界，而且創造並經歷這個夢幻世界的不再是他者——在武俠小說、玄幻小說、探險小說中讀者只能作爲局外人的他者傳奇——而就是「我」的傳奇，是平凡如你我一樣的主體通過穿越的途徑去親歷歷史、武俠、玄幻等奇妙世界的傳奇。這個世界中，平凡如你我一樣的現代人可以憑藉自己的努力成爲出色的、富有魅力的、成功的人，滿足自己對理想、情感、物質的欲望和追求。在這個夢幻世界中，有著生活在現代社會的普通人難以企及的理想境界：拯救天下的英雄，創造奇跡的天才，擁有絕世武功的俠客，夢幻的愛情，驚險刺激的傳奇經歷，這些都是令聞者色飛、聆者絕倒的幻夢。在這個世界中，折射出來的卻是眞實的現代人的欲望與情感：物質的富足、事業的成功、愛情的美滿、婚姻家庭的幸福，還有那個夢幻世界中眞實的現代人的價值觀、人生觀、愛情觀。作者與讀者以穿越爲手段，以主體的姿態親歷自己以往只能旁觀的傳奇夢幻，使自己的夢想、情感與欲望得到想像性滿足是穿越文風行華語網絡文學的最大動力之一。

2.3　交錯時空的敘事趣味

　　穿越小說最獨特的情節架構就是不同時空的跨越，時空的交錯會帶來跨時空的文化碰撞，從而產生極強的戲劇感與情節張力，使得穿越小說產生了獨特的敘事趣味。

　　無論穿越到那裏或者如何穿越，穿越之後的男主或者女主在異時空中總會面臨不同時空文化的差異、交錯與碰撞，而小說的妙趣與張力往往由此生

發。

2006 年的穿越文《夢回大清》是清穿文的經典，也是如今穿越熱潮的始作俑者。故事講述的是一位名叫薔薇的現代女孩在逛故宮時無意穿越到康熙年間，化身茗薇與十三阿哥胤祥、四阿哥胤禛相識相戀的傳奇。整個故事都是以茗薇的視角娓娓道來，在故事情節的推進中，具有薔薇靈魂與思想的茗薇以她現代人的視角看待康熙朝宮廷之中的權力紛爭，旁觀早已洞悉又正在發生的歷史，以現代人的價值觀、愛情觀對待自己的人際關係、友情與愛情，以現代的智慧去經營自己古代的生活。這與已知的清代的價值觀、愛情觀產生了很大的錯位與碰撞。因為追求個性自由而蔑視權力經營，從而在權力紛爭中雲淡風輕；因為洞悉歷史方向，因此努力使自己和自己所愛的人規避風險，實在是避無可避，也儘量在夾縫中求生存或者盡力消弭傷害的程度；因為對真性情的珍惜和執著，所以做我所想，愛我所愛，不畏外在的壓力與困擾，努力保護和經營自己的幸福；因為現代人的獨立自信，所以自力更生、積極樂觀地對待自己的生存環境，因為擁有現代的信息與智慧，所以可以在古代照搬一些現代文化、各種現代觀念悅人悅己，比如，將王菲的《明月幾時有》輕吟低唱，將現代建築的裝修理念化用到古典園林的重建之中，如此又使自身在古代的魅力指數更加高漲。在這樣的今古理念碰撞與交錯中推進的故事情節，既精彩又能讓人陶醉其中，還能窺探宮廷秘史，再加上與個性迥異但款款情深的或帥氣或才高的明星級男主的情感糾葛，自然讓如處身其中的讀者欲罷不能，愛不釋手。

如果說《夢回大清》是典型的穿越到真實歷史空間，以在場的方式經歷了已經發生的歷史的故事的話，小佚的《瀟然夢》則是一個穿越到異時空，並且夾雜了言情、武俠、科幻、玄幻、都市元素的故事。一個具有未來人血統、黑社會背景的現代女孩水冰依機緣巧合地穿越到了不同於任何已知歷史空間的天和大陸上，歷經了愛情、陰謀、權力紛爭的洗禮與錘鍊，最終完成了成長歷程，彌合了心靈傷痛，把握住了自己的人生幸福。在這個故事中，穿越帶來的異時空文化的碰撞與交錯帶來了更多的戲劇衝突與情節魅力。水冰依所擁有的是我們現代人的科技素養、文化氣質、個性、價值觀和幾千年積澱的智慧，與相當於中國古代三國時期水平的天和大陸的文化當然會有極大的反差。於是可以在故事中看到：現代的手槍殺死了武功蓋世的人；現代的流行歌曲如《隱形的翅膀》、《忘憂草》等成為令那裏的人們瞠目結舌的千

古絕唱；唐朝的戰船成爲水戰中克敵制勝的絕殺工具；《三國演義》故事中的謀略成爲志在爭奪天下人士眼中的奇珍異寶；平等、尊重、眞誠、同理心的人際交往原則成爲收穫魅力與大批朋友的「必殺」素養；坦誠、樂觀、富有愛心、獨立、自信、善良等個性特質成爲女主擄獲男性眞心的「必勝」法寶；當然最最重要的是歷久彌新的「死生契闊，與子成說，執子之手，與子偕老」愛情觀念在異時空徹底貫徹後所產生的纏綿俳惻、令人動容的情感傳奇。這些由跨時空文化的差異、碰撞與交錯帶來的情節魅力越發使這個精彩的故事更爲動人。

2.4　時空交錯中的「拼貼」

「拼貼」（pastiche）是起源於現代繪畫的一種對不同現成元素進行加工的工具性手法。「拼貼」原本是立體派畫家的一種繪畫技巧，後來被借用成爲一種文本生產技術，最初表現在波普藝術中，之後逐漸風行於各種文化生產活動。文學創作者也借用「拼貼」的手法，將各種典故、引文、表達法、諺語、笑話等雜糅在一起，混合不同作家作品中的詞語和段落，將文學作品、科學論文、哲學、歷史、心理、日常生活用語等不同風格的元素整合在一起，將彼此毫無關聯的散亂碎片拼貼成一個整體。這樣的手法使得文本的隨意性、零散性和片段性進一步加強，文本不再是一個封閉、同一的故事整體，而成爲能夠自由流動的、開放的拼湊物。「拼貼」是一種典型的後現代思維和表達方式，強調的是否定性、非中心化、破碎化、不確定性和非連續性，這在一定程度上消解了傳統文學所強調的整體性和連續性。〔註2〕美國著名的後現代學者傑姆遜（Fredric Jameson）就認爲，「後現代主義目前最顯著的特點或者手法之一便是拼貼。我首先必須解釋這個詞，人們總是傾向把它和所謂戲仿的相關語言現象混淆等同起來。拼貼和戲仿都涉及摹仿，或者還可以說，涉及對其它風格的特別是習性的模擬（mimicry），也涉及對其風格的挖苦。……是對一種特別的或獨特的風格的摹仿，是配戴一個風格面具，是已死的語言的說話。……沒有戲仿的隱秘動機，沒有諷刺傾向，沒有笑聲，……是空洞的戲仿，是失去了幽默感的戲仿」〔註3〕。

〔註 2〕參見董勝，論網絡文化視野中的穿越小說〔D〕，蘇州：蘇州大學文學院，2010。
〔註 3〕巴赫金，詩學與訪談〔M〕，石家莊：河北教育出版社，1998，170。

　　網絡穿越小說基於其「時空穿越」題材的獨特性，將拼貼的手法應用的淋漓盡致，突出表現在時空交錯中的「拼貼」敘事，主要有人物時空身份的拼貼，文本語言的拼貼，文化與價值觀念上的拼貼〔註4〕等。網絡穿越小說中的「拼貼」手法，爲網絡穿越小說增強了閱讀的趣味性與新奇感，也使得網絡穿越小說文本在文本生成、文本本身與文本閱讀中呈現出一種狂歡色彩。

2.4.1　人物時空身份的拼貼

　　「魂穿」是網絡穿越小說中最常見的穿越方式，通常是一個來自於現代時空的靈魂穿越到異時空的另一個人身上，從而展開異時空的敘事。這種「魂穿」的穿越方式就決定了現代人物與異時空人物的身份拼貼，一般表現爲人名、外貌、服飾、舉止等等的拼貼。

　　歷史穿越文《鳳囚凰》中，現代少女楚玉因爲飛機失事而靈魂穿越到南北朝的山陰公主劉楚玉身上。穿越之後，楚玉的名字被拼貼成了山陰公主劉楚玉，被別人稱呼爲「公主」，日常對話變成了文縐縐的古語，說話的口吻也要變得符合居上位者的身份，居室環境是古代的樣式，衣服當然也得是古代的衣服，且看楚玉感知中的古代用語、家居和衣物：

> 　　少年說話的口音有些奇怪，發音與現代漢語截然不同，像是某地的方言，卻又不是楚玉自己所知道的任何一種，可是奇怪的是，楚玉卻能夠毫無障礙的聽懂，好像她原本就掌握這門發音一樣。
>
> 　　……
>
> 　　這臥房內的擺設繁麗精美，透著一派婉雅秀麗之相，牆邊掛著鎏金鳳燈，屏風案几端莊典雅，皆是古式傢具。
>
> 　　……
>
> 　　楚玉這時候注意到，那衣服很寬大，製作得非常典雅，衣料是純白色的，但領口與袖口卻有一條大約一寸半寬的黑色鑲邊，其上紋著隱約滑過暗光的精美紋樣。〔註5〕

　　然後就是現代靈魂與古代身體的拼貼：

〔註4〕此處觀點主要來自於董勝，論網絡文化視野中的穿越小說〔D〕，蘇州：蘇州大學文學院，2010。

〔註5〕天衣有鳳，鳳囚凰，起點女生網，原文網址：http://www.qdmm.com/BookReader/1006744，20133231.aspx。

楚玉看著自己抬到了眼前的手，這根本不是她的手，骨肉均勻，白皙纖麗，細嫩的肌膚上沒有傷痕或粗糙的硬皮舊繭，這雙手簡直養尊處優到了極點，絕不是楚玉自己所擁有的修長有力的，曾經伴隨著自己攀援過高山，闖入過原始森林的手。〔註6〕

在葡萄的耽美文《青蓮記事》中，現代時空的女強人翹楚穿越時空來到異時空的古代，剛剛睜開眼睛，就發現自己處身於富麗堂皇的居室環境，身邊還躺了一個美少年，正想歡呼穿越真好之時，卻驚訝地發現自己的異世身體居然是一個男人，以至於發出這樣的咬牙切齒的狂呼：「該死的賊老天，我就說他不會這麼對我有好意，我居然成了個男人，還是個gay，而且一出場就是BL床戲，是為了吸引點擊率嗎？〔註7〕」一個現代女子的靈魂被拼貼到異世古代時空的男性權臣張青蓮身上，由此引發了一系列的令人啼笑皆非卻又合情合理的精彩曲折的故事，充滿了趣味性與新奇感。

2.4.2 文本語言的拼貼

在穿越小說中，基於時空交錯的基本情節設置，作者可以把不同時空的不同語體的語言拼貼在同一個語境中，口語、書面語、網語、今語、古語、外語、俚語、笑話、行話等等不同風格不同類別不同語境的語言被交融混雜在一起使用，這種共時性的存在「打破了語法規則，阻斷了常規文化語言和社會傳統文化的交流方式，不合語法，不合語境的語言雜糅拼貼在一起」〔註8〕，形成了一種雜語喧嘩的令人啼笑皆非卻又趣味盎然的語言風格，呈現出一種語言的狂歡。

比如，天衣有鳳的歷史穿越文《鳳囚凰》中古語與今語的拼貼：

山有木兮木有枝，心悅君兮君不知。

這是世界上最深的寂寞和絕望——我就在你面前，你卻不知道我愛你。〔註9〕

〔註6〕天衣有鳳，鳳囚凰，起點女生網，原文網址：http://www.qdmm.com/BookReader/1006744，20133237.aspx。

〔註7〕葡萄，青蓮記事，晉江原創網，原文網址：http://www.jjwxc.net/onebook.php?novelid=57114&chapterid=1。

〔註8〕參見董勝，論網絡文化視野中的穿越小說〔D〕，蘇州：蘇州大學文學院，2010。

〔註9〕天衣有鳳，鳳囚凰，起點女生網，原文網址：http://vipreader.qdmm.com/bookReader/BuyChapterUnLogin.aspx?bookId=1006744&chapterId=21309689。

　　網絡穿越小說中還經常出現在古代時空語境中拼貼進網語、現代版笑話、歇後語、俚語甚至是純粹搞笑無釐頭式的語言。清穿文《四爺 我愛宅》講述的是一位現代宅女穿越到了清朝康熙年間，且穿成了四阿哥胤禛的小妾耿綠琴之後，在九龍奪嫡的風雲變幻中如何維持宅女本色，努力經營自己的宅女生活的故事。文中的語言充滿了跨時空敘事中的各類拼貼，且看下面幾段文字：

　　　　耿綠琴拿了一個像拖把一樣的大毛筆，往倒滿了墨汁的瓷盆裏一蘸，然後在白綾上開始寫字。

　　　　收到消息的胤禛趕過來的時候，小院的門口扯著大橫幅，上面幾個斗大的字——本人已死，有事燒香，謝絕登門造訪。〔註10〕

　　這段文字，入目就是網語與古代語境的拼貼，如網語化的陳述「本人已死，有事燒香，謝絕登門造訪」，產生一種忍俊不禁的戲謔的效果。

　　　　晚上某四來過夜時就說了，「想看書不會跟爺要嗎？」

　　　　娘的，上次我又不是沒問，你丫的裝水仙不吭聲，老娘不得不另尋門路啊。耿綠琴心裏恨恨不平，嘴上還得笑著說：「爺的書房又不是奴婢可以隨意進的。」這就是小老婆的劣勢哇。

　　　　……

　　　　耿同學的紮小人工程在停了一段時間後再次繼續。〔註11〕

　　　　哇靠！

　　　　幕後的總黑手竟然是紫禁城裏的康熙！

　　　　耿同學立馬就沒脾氣了，這個時代皇帝就是天，她這小胳膊小腿的那是能跟天較真兒的嗎？

　　　　得咧，趁早找個涼快地兒歇著吧。〔註12〕

〔註10〕秋水伊人，四爺 我愛宅，晉江原創網，原文網址：http://www.jjwxc.net/onebook.php?novelid=631002&chapterid=24。

〔註11〕秋水伊人，四爺 我愛宅，晉江原創網，原文網址：http://www.jjwxc.net/onebook.php?novelid=631002&chapterid=6。

〔註12〕秋水伊人，四爺 我愛宅，晉江原創網，原文網址：http://www.jjwxc.net/onebook.php?novelid=631002&chapterid=24。

這是現代俗語、俚語、口語與古代語境的拼貼。

　　「這個是奴婢在外面的時候有次無意中聽一個客棧的老闆娘説的，」耿綠琴的大腦高速運轉中，「她説，老娘一向視帥哥與金錢如糞土，而他們也一直是這樣看我的。」

　　「噗，哈哈……」康熙大笑出聲。〔註13〕

　　胤禛也有此意，翻過來一看──兄弟兩個都噴了。

　　扇面一邊是畫著孔子與老子，兩人頭像旁邊吐泡泡似的吐出一圈字，孔子吐的是「此事恕劣者無能」，老子吐的是「孔子辦不了的事，老子幫汝解決」。另一面則畫著孫子，依舊吐出一團雲狀的圈，裏面寫著：「吾對孔子、老子完全沒想法了。」〔註14〕

這是現代笑話與現代繪畫手法與古代語境的拼貼。

還有如下的小説正文中被拼貼入與故事發展幾乎毫不相關、語境不協調、氛圍情緒大相徑庭的文字段落：

──────────三妖君演員吐槽分割線──────────

　　三妖君【沉思狀】：我今日思考，得出一個驚人的結論……

　　路人【瞥】：啥？中午吃烤魚？

　　三妖君【點頭】：嗯……烤魚是要吃的……呃？不，不是這個啦！這是個很嚴肅的問題！我發現，我的文裏，凡是頭一個出現的男豬，總是免不了人氣被後來者居上的悲慘命運……

　　從第一部《無邪賦》裏的鳳丹青少爺開始，丹青哥哥位子很快被溫未涼 SAMA 給搶了；然後，悲劇蔓延到了《何處覓廣寒》，段重錦大人被半路殺出的秦封雪 SAMA 給一刀斬落馬了……

　　呀呀呀……（一手指天，一手伏地）難道第一位出場的男主角注定了 BE 的 ENDING？！

　　柳哥哥啊～～～乃能否逃過此命運？～～～～～～～

────────────────

〔註13〕秋水伊人，四爺　我愛宅，晉江原創網，原文網址：http://www.jjwxc.net/onebook.php?novelid=631002&chapterid=16。

〔註14〕秋水伊人，四爺　我愛宅，晉江原創網，原文網址：http://www.jjwxc.net/onebook.php?novelid=631002&chapterid=21。

柳閒歌【冷語】：你既然知道爲何讓我第一個出場……

三妖君【抖】：呃……這個……

（因爲其它三位大人都潛規則我了……哈哈哈哈……）

韓涵【突然橫刀殺出】：我終於知道爲毛我整天生活在水深火熱中了！！！！！！！！作者！！！！納命來！！！！！！！

（～ ～韓涵筒子是第一個出場的哇哈……）〔註15〕

這是《囧女辣手催草錄》第 72 章「欲訴衷情終無計」正文中的一段文字，在小說的故事達到一個高潮——男主之一柳閒歌在正邪大戰中拼死相救被女主菱花鏡附體的夏子衿，身受重傷。兩人在傷後的第一次碰面中，柳閒歌向夏子衿表達了愛意，正當故事情節充斥著浪漫深情的表白氛圍時，文中突然出現了這樣的「吐槽分割線」，作者以三妖君自稱，與小說中的人物柳閒歌、韓涵來了一場人物、劇情大討論。這樣的原本與故事發展毫無關聯的內容被作者拼貼到了故事中，呈現出別樣的審美趣味。在同一部小說的 78 章「史上最強的怨念」正文中也出現了相類似的拼貼。在經過了一段驚心動魄的故事情節之後，作者又突然插入，與抱怨她如此情節安排的牢騷滿腹的小說女主來了一段令人捧腹的對話。女主大吐苦水，對自己在故事情節中又被害死表示極度的不滿，而作者則是擺出萬能導演的架勢，一邊毫無誠意地安慰女主，另一方面又頻頻與小說讀者們直接對話，進行解釋和鼓勵。這樣的作者直接介入小說情節之中，與小說人物進行對話或者劇情分析討論式的拼貼，使得小說正在進行中的故事情節給讀者的浪漫深情或者悲情情緒突然化爲虛無，呈現出一種閱讀情緒上的斷點，繼而產生一種荒誕感與愉悅感，小說的文本本身的同一性也被解構。

再看一段同樣出自於《囧女辣手催草錄》中的無釐頭式的拼貼描寫：

我踮起腳尖抬起頭，目光越過柳閒歌的肩頭，在擁擠的人群裏尋找洛風涯的身影……找了一圈兒才發現，向來遠離人群的教主大人，此時已經形單影隻得站在同樣形單影隻的馬車旁。

他懷裏抱著剛睡醒的小受，面無表情看過來。那墨色挺拔身影襯托著那素白的手與如玉的面容，在月下尤其蒼白，尤顯得風涯哥

〔註15〕三日成妖，囧女辣手催草錄，晉江原創網，原文網址：http://www.jjwxc.net/onebook.php?novelid=574038&chapterid=72。

哥的氣場，隱隱散發著幽怨之氣……

　　頓時……

　　瞧著風涯哥哥抱著柳哥哥的我，不知怎麼著的，頓時自動帶入以下劇情——

　　賢惠的正房在家裏抱孩子，受寵的姨太太和花心老太爺在外頭尋歡作樂……

　　正房很憔悴，姨太太很無恥，老太爺很禽獸……

　　正在我思緒都已經發散飛揚，穿越時空，至了晚清封建大家族之中時……〔註16〕

　　如此拼貼而出的無釐頭式搞笑描寫，大大增強了閱讀的趣味，令人忍俊不禁，捧腹不止，在這種近乎荒誕的描寫中得到精神上的放鬆與語言狂歡的快感。

2.4.3　文化與價值觀念上的拼貼

　　穿越時空的題材決定了其故事必然會涉及跨時空文化與價值觀念的碰撞與衝突。以現代時空身份的穿越人在異時空的傳奇經歷書寫爲基本模式的網絡穿越小說也存在這樣的跨時空文化與價值觀念的碰撞與衝突。網絡穿越小說的創作者與接受者大多爲青少年群體，小說文本則主要是基於現代時空身份的穿越人視角的對虛擬時空中的傳奇進行敘述，虛擬的時空和虛構的情節中映像出來的是當代青少年群體的欲望、情感與夢想，其中主要有對於人生成就的夢想與期待，對美滿愛情與幸福婚姻的渴望，也有對歷史與政治的認眞思考和理想抱負。網絡穿越小說的創作者和閱讀者就在對小說文本的創作和閱讀的過程中，尋找寄託自己理想、滿足自己欲望的美好途徑。而這一切集中表現在穿越小說文本中現代時空文化立場與價值觀念尤其是道德觀念的與異時空的拼貼融合之中。

　　在男性視野的網絡穿越小說之中，最常見的文化與價值觀念方面的拼貼主要集中在愛情對象的選擇與取捨，歷史走向的思考與抉擇上。在男性書寫的穿越小說中，借著古代歷史時空的掩護，男性坐擁美女、妻妾成群的欲望

〔註16〕三日成妖，囧女辣手催草錄，晉江原創網，原文網址：http://www.jjwxc.net/onebook.php?novelid=574038&chapterid=104。

原本就不存在道德上的問題。但穿越男主在異時空的情感歷程中卻往往不是欣喜若狂地享受這一特權，反而處處表現出對兩性關係處理上的現代意識，比如對身份低下的女性的同情、憐惜與幫助，對自己喜歡的女性的真誠的愛戀與守護，甚至有特立獨行的「一生一世一雙人」的愛情觀念的堅持和守護，比如唐家三少的穿越玄幻文《鬥羅大陸》中唐三對於小舞的忠貞不渝的愛情。即使是 NP 結尾、左擁右抱的男性穿越小說，穿越男主也是靠著自己的超強才能與真摯情感打動了眾多美女的心，如果不接受這些美女的愛，反而會顯得殘忍和不道德了。男性書寫的穿越小說就這樣找到了道德與欲望和諧交融的途徑，既滿足了創作者的創作意圖，也滿足了閱讀者對於優質美女、真摯愛情、幸福婚姻的欲望和情感期待。

男性書寫的穿越小說尤其是架空歷史穿越類的小說中還會體現出一種基於歷史思考的在社會政治上的遠大抱負與堅定理想。比如阿越的《新宋》中，作者花費了大量的筆墨闡述了穿越男主石越的社會改革理想，通過各種手段對大宋體制進行全方位的改革，使歷史朝向作者基於歷史理性思考後的理想方向發展。而這一切是通過文化與文明的拼貼完成的，將現代的科技文明諸如棉紡織機、煉鋼技術、印刷術等等拼貼到宋代；將現代的商業文明諸如市場經濟概念與制度、互助合作社理念等等拼貼到宋代；將現代的政治文明諸如議會制度、政治民主等等拼貼到宋代……這種將自己的理想嫁接到古代並成功實施的大膽拼貼，體現了創作者的歷史責任感與社會擔當，在創作者通過文本創作實現了傾訴欲望的同時，也使擁有著相似政治抱負與歷史期望的閱讀者獲得了「心有戚戚焉」的閱讀快感。

在女性視野的網絡穿越小說之中，最常見的文化與價值觀念方面的拼貼主要集中在愛情書寫與生活敘事之中。在男尊女卑的虛擬時空環境中，穿越女主會遇到男性本位文化意識中的性別身份問題。此時創作者守護「追求愛情、忠於愛情」的道德觀念的手法主要有兩類，一類是塑造基於現代智慧與理念在異時空充分展現出自身魅力的穿越女主，人見人愛，花見花開，不僅不會有一夫多妻的煩惱，反而是眾多優質男性環繞周圍，翹首期待她的情感選擇。這在諸如《夢回大清》、《瀟然夢》、《綰青絲》、《木槿花西月錦繡》、《秀麗江山》等等穿越小說中，對穿越女主銳不可擋的繽紛桃花運式的情感歷程書寫中得到集中體現。另一類則是諸如女強文中對於穿越女主超強能力與超高地位的設定，使得這些穿越女主們或者在能力或者在社會地位上凌駕於性

別制度之上，比如《風槿如畫》、《穿越之絕色妖妃》、《雲狂》、《傲風》、《扶搖皇后》、《11處特工皇妃》等穿越文中對女主的設定，穿越女主要麼是女皇，要麼是能力超強、智慧超群、個性獨立堅忍的女強人，贏得眾多優質男性的愛慕，還心甘情願地環繞女主四周，自然不會有男尊女卑文化環境中的愛情與道德的衝突。

體現純粹女性立場的女尊文，是女性欲望與情感的狂歡式書寫。女尊男卑的性別身份易位設定，使女性主動追求男性、擁有一個男性甚至多個男性的真摯愛情不再存在任何道德障礙，也使女尊文的女性閱讀者從中得到前所未有的揚眉吐氣的快感與情感欲望的想像性滿足。但值得注意的是，既使是在女尊文發展初期泛濫的豔情文、NP文（一對多的愛情小說）中，創作者依然堅守著對真摯美好愛情的道德追求。《蘭陵舊事》中的穿越女主蘭陵笑笑，對於身份卑微的男子始終秉承著尊重與平等的理念，愛護他們，幫助他們，盡自己之能讓他們幸福快樂。她原本也堅守自己的現代道德觀念，執著於「願得一心人，白首不相離」的忠貞於一人的愛情觀，在選擇了愛人任君行後，就堅守自己的抉擇，婉拒了其它男子諸如沈璧、丹麒、煙嵐等的癡心愛戀。但在一系列的變故中，在那樣的社會文化背景下，當被她婉拒的男子們癡情不改甚至為此而付出生命後，蘭陵笑笑體察到這一切的同時也發現她已無法放棄這些已經進入她生命中的人，為了他們的幸福也為了成全自己的心，她最終選擇接納了癡情相待的他們，並傾盡全力珍愛和守護他們，使雙方結局圓滿，得到了彼此期望的愛情與幸福。這樣的觀念拼貼、情節安排不僅不會引起讀者的反感，反而滿足了創作者與閱讀者雙方的情感期待，在那樣的文化環境下，實現了道德與愛情的雙圓滿。女尊文《執手逍遙》、《鳳舞天下》與此類似，無論是《執手逍遙》中穿越女主唐紫真對於蝶起、聽畫、無憂、沈舞天等的愛情選擇，還是《鳳舞天下》中軒轅福雅對於瑞雪、靈洛、紫千青、蘇夢寒、慕靈修、染香、幻櫻等眾男子的拒絕與接受，其過程同樣有類似的現代道德觀念、愛情觀念與異世女尊時空的觀念拼貼和融合。隨著女尊文的發展，逐漸出現了越來越多的一對一結局的小說，比如小莉子的女尊文《相思不悔》中現代穿越女媚對於愛人鐵焰的「一生一世一雙人」的始終如一的愛情堅守，還有現在非常盛行的女尊種田文中的一對一的忠貞不渝、始終如一的美滿愛情，諸如《蒹葭曲》、《一曲醉心》、《憨人有憨福》中的真摯愛情書寫。

　　無論是男尊女卑文化環境中生存並追求自身價值與幸福的穿越人的傳奇，還是在女尊男卑想像性設定中穿越女主的愛情追求和道德堅守，創作者始終如一的描寫和追求就是大膽且熱烈的追求愛情並忠於自己的愛情，這種忠貞的傳統道德愛情觀既是創作者的堅持，也是所有讀者的美好期待，是在這種古今文化觀念的拼貼中對傳統道德愛情觀的讚美和弘揚。

2.5　虛擬性

　　網絡穿越小說「穿越時空」的敘事模式中凸顯出來的審美特質就是虛擬性，是虛擬中的虛擬呈現出真實中的真實。

　　網絡穿越小說是在虛擬的賽博空間（Cyberspace）中生成的文本，其敘事結構本身又具有鮮明的虛擬特質。這種虛擬中的虛擬呈現出來的是現實的真實與藝術的真實。基於穿越題材的特質，在網絡穿越小說的文本中，既有基於現實時空中人的自然實在的生活的真實，又有基於文學想像中的藝術形象、人性與精神的藝術的真實。

2.5.1　關於虛擬與真實

　　美國著名學者尼葛洛龐帝（Negroponte）在《數字化生存》一書中指出人類的未來有兩個世界：物理世界和信息世界。未來世界有兩種基本元素：原子和比特（bit），原子是人們現實的物理世界的存在形式，而比特則是虛擬的信息世界的存在形式。比特世界不能代替物理世界，但它卻能使物理世界的存在形式發生質的飛躍。在互聯網迅速發展與在人們生活中佔據越來越重要地位的今天，人們會驚訝的發現，在不知不覺之中，自己不僅僅生活在一個現實的物理空間中，同時也存在於一個由網絡編織的虛擬空間中。〔註17〕「虛擬（Virtual）」這個詞從誕生之初，就與網絡和網絡編織出來的賽博空間緊密相關。人們可以在網絡的比特世界中實現虛擬化的生存，而在賽博空間裏出現的與現實存在相對應的事物被稱之為「虛擬真實」（Virtual Reality，又被翻譯為虛擬實在、虛擬現實、靈境等等）。「虛擬」在計算機領域被定義為「本身不是物理獨立，而是通過軟件實現的存在」〔註18〕。虛擬是「非（現實世

〔註17〕參見柏定國，網絡傳播與文學〔M〕，北京：中國文史出版社，2008，124～125。

〔註18〕參見黃鳴奮，比特挑戰繆斯──網絡與藝術〔M〕，廈門：廈門大學出版社，

界的）眞的」，但它又是可以被認爲是「類（現實世界的）眞的」，甚至是「近（現實世界的）眞的」和「超（現實世界的）眞的」〔註19〕，正如尼葛洛龐帝所説：「虛擬眞實能使人造事物象眞實事物一樣逼眞，甚至比眞實事物還要逼眞。〔註20〕」它的根本意義在於摒棄表面上的符號內容，專注於提供效能上的眞實。

「虛擬」可以分爲想像性虛擬和呈現性虛擬。人類最早的虛擬都是想像性虛擬，如古代神話的虛擬世界、傳統藝術的虛擬世界就屬於想像性虛擬，但無論是「女媧造人」、「后羿射日」、「精衛填海」式的神話式虛擬，還是「觀古今於須臾，撫四海於一瞬」（陸機）的文學性神思漫遊式虛擬，都既不是現實的，也不是眞實的，從本質上而言，這種想像性虛擬都是想像的、虛幻的。但網絡虛擬則大不一樣，基於電子數碼技術的網絡虛擬是一種呈現式虛擬。呈現式虛擬可以通過電腦虛擬人類生存的現實世界，如虛擬社區、虛擬城市、虛擬銀行、虛擬樂隊等等，也能虛擬神話世界、藝術想像世界乃至未來世界等在現實中非實存的東西，甚至能虛擬人的視覺、聽覺、觸覺、味覺或者直覺等身體和心靈感覺，並讓它們與現實、與他人產生實時交互的聯繫溝通。這樣的虛擬不是現實的，卻是眞實的，是可以予以重現和訪問的，這就是賽博空間中的「虛擬眞實」，它顯現和創造的是一個與現實世界完全不同的數字化世界，一個人類新的生存家園，無論現實世界有的或是沒有的，這個虛擬世界中都可以有，它是現實中「不可能的可能性」的虛擬顯現和「物化」形式。虛擬眞實的圖像化呈現方式，可能引發互聯網上語言文本與多媒體文本的互文性審美新變；虛擬眞實所蘊含的虛與實的超越邏輯，將創設人與對象之間的新型審美關係；而虛擬眞實所依憑的時空內生性，是人的開放性與未完成性的技術化審美拓展。賽博空間的虛擬眞實承載了人的精神旨趣和人性的價值訴求，是人通過思維構建的體現人性意志印跡的創造性成果，是人類用數字化技術編織的意義之網。虛擬最終還是手段而不是目的，其終極目的還在於它的人文審美的附加值——只有人性化的意義承載和價值實現，人的創造潛力的發揮與開拓，人類所永恒追求的合規律與合目的的辯證統一，以

2000，70。

〔註19〕 參見柏定國，網絡傳播與文學〔M〕，北京：中國文史出版社，2008，143。

〔註20〕 【美】尼葛洛龐帝，數字化生存〔M〕，胡詠、范海燕譯，海南：海南出版社，1997，140。

及所期待的必然與自由的審美化調節，才是虛擬真實的技術美學所依。〔註21〕
網絡原創文學作為在線漫遊的文學網民在賽博空間裏演繹的一種虛擬真實，
勢必也會有這樣的審美追求。在網絡穿越小說中，就非常明顯地在虛擬的虛
擬中呈現出生活的真實和藝術的真實，呈現出對人文審美價值的追求。

在傳統的文藝美學理論中，「真實性」指的是文學藝術作品反映現實生活
所達到的正確和深刻的程度。基於認識論範疇中主觀的審美反映與客觀存在
的對象之間是否一致、能否適應命題的「真實性」概念，預設了「生活真實」
與「藝術真實」兩個可供對比的概念。所謂的「生活真實」指的是現實層面
的真實的生活，是歷史和現實中客觀存在的人和事，是文藝反映論中檢驗一
個文藝作品是否具備客觀真實性的標杆和底線。而「藝術真實」的概念是指
觀念層面的具備真實性審美價值的藝術形象，是主體對生活現象進行藝術選
擇和加工後所形成的、能正確反映生活風貌和本質意義的藝術形象，是對生
活的真實反映和正確評價的主客觀統一。生活真實是「真有其人，實有其事」，
而藝術真實則是基於實在的想像和虛構；生活真實是人的經驗世界中現實性
和可能性的統一，藝術真實則允許藝術表象世界中現實性與可能性的背離或
斷裂。藝術是超越現實世界的幻想的真實，甚至是荒誕的真實，達成的不是
事理和真相的真實，而是情理與意義的真實。〔註22〕

2.5.2 虛擬中的虛擬的網絡穿越小說

網絡穿越小說的文本就生成於虛擬的賽博空間，是在線漫遊的網民們共
同創造的「虛擬真實」文本。網絡穿越小說的文本構成主要基於文字語言符
號，輔以圖像類、音頻類、視頻類等其它符號類型，共同溝織出新型的多媒
體文本。

在虛擬的世界中生成的網絡穿越小說文本，是古老的「穿越時空」文學
母題在網絡時代的文本演繹形式，其題材的本身就具有鮮明的虛擬性。網絡
穿越小說重點表現的就是不同時空的交錯和跨越，並在這種交錯與跨越中表
現文學敘事的靈活性和跨時空、跨文化碰撞與交錯的審美趣味。因此，在小
說的基本故事架構中，必然會存在虛擬的時空——虛擬的時間與虛擬的空間。

〔註21〕參見歐陽友權，網絡文學本體論〔M〕，北京：中國文聯出版社，2004，110
～122。

〔註22〕參見歐陽友權，網絡文學本體論〔M〕，北京：中國文聯出版社，2004，124
～126。

　　不同於其它的文學體裁，穿越題材往往會有兩條交叉的時間線，可能是現代─古代（或虛擬古代），也可能是現代─未來（或是虛擬未來），亦可能是古代（或虛擬古代）─未來（或虛擬未來），但不管是那一種時間的交叉，其基本模式都是以現代的時間線爲坐標橫軸，以虛擬的一條或古代（或虛擬古代）或未來（或虛擬未來）的時間線爲坐標縱軸，展開兩種時空的敘事。〔註23〕架空穿越的《扶搖皇后》講述的是現代傑出的考古工作者孟扶搖因古墓坍塌事故「魂穿」（靈魂穿越）到「架空」（虛構的時空）的五洲大陸成爲風雲人物的傳奇故事，小說的敘事就在現代時間與虛擬的古代異世時間的交叉敘述中展開。歷史穿越的《鳳囚凰》講述的是現代少女楚玉穿越到南北朝，成爲著名的山陰公主劉楚玉，小說的敘事則在現代時間與歷史時間（南北朝）的交叉敘述中展開。

　　小說的時間有敘事時間和故事時間的區別，敘事時間和故事時間的長短搭配所產生的效果就是不斷調整小說情節發展節奏，從而達到吸引讀者繼續閱讀的目的。穿越小說在處理故事時間和敘事時間上的獨特之處就在於用現代時間和歷史時間或虛擬歷史時間來推動故事情節的發展。〔註24〕一方面，小說作者在歷史時間或者是虛擬歷史時間中描述著當時的故事，另一方面又基於現代穿越人的視角穿插現代時間裏的敘述來調整小說的整個敘述節奏。以架空穿越文《11處特工皇妃》和《少年丞相世外客》爲例。

　　瀟湘冬兒的《11處特工皇妃》的開始部分是「軍事監獄」卷，這一卷使用現代時間的敘事描寫軍情11處代號005的特工楚喬被誣陷入獄之後的故事。當寫到已經成功逃脫的楚喬，將洗刷自己清白的關鍵證據交給了信任的朋友，繼而爲了維護國家的利益而犧牲之後，小說敘事跟隨楚喬靈魂的穿越來到了古代異世大陸的大夏皇朝，成爲一個名叫荊月兒的小女奴。自此，小說正式進入故事時間的敘事之中。讀者從充滿熟悉感與認同感的現代時間的敘事一下子轉入了被陌生化的充滿新奇感的異時空故事時間的敘事，閱讀的興趣就會大大提升。

　　小佚的《少年丞相世外客》講述現代少女林伽藍因爲一場車禍穿越至異世──伊修大陸，成爲女扮男裝的少年丞相秦洛，從此，每晚睡夢之中，她就會穿越到伊修大陸，以秦洛的身份在陰謀、暗殺、戰爭與各種情感中經歷

〔註23〕參見董勝，論網絡文化視野中的穿越小說〔D〕，蘇州：蘇州大學文學院，2010。
〔註24〕參見董勝，論網絡文化視野中的穿越小說〔D〕，蘇州：蘇州大學文學院，2010。

風雲變幻的異世傳奇。到了白天，她依然是現實時空的林伽藍，在她的起起落落、大喜大悲的愛情故事中甜蜜哀傷。小說的敘事不斷在現代時間與虛擬時空時間之間變換，反差極大的林伽藍的現代愛情故事與秦洛的古代傳奇故事雙線敘事並行，這使得小說的敘事既充滿現代時間敘事的熟悉感又充滿虛擬時空時間敘事的陌生感與新奇感，故事的節奏就在這樣的不同的故事時間的敘事中不斷跳躍，從而極大地提高了小說的閱讀趣味。

這種調節敘事節奏快慢的方式在穿越小說中屢見不鮮，比如《瀟然夢》中水冰依在現代時空與虛擬天和大陸的歷史時空之間的穿越，《花落燕雲夢》中現代大學生林希幾次穿越，以不同的身份——唐蕊、權元妍（燕燕）、青青來到明朝歷史人物朱棣的身邊，在刀光劍影的歷史風塵中，演繹了一段超越時空的生死之戀等等，採用的都是類似的敘事方式。而時間斷層是另外一種。在看穿越小說的時候，往往會看到這樣的情況，在歷史時間或者虛擬的異世時間的敘事中，會突然因為現代穿越人的現代時間痕跡或者現代時空記憶而出現讀者們非常熟悉的現代時間敘事的跳躍，從而改變了歷史時間或者虛擬歷史時間的可能顯得單調的同一的敘事節奏，大大增加了閱讀者的閱讀趣味。例如以下節選自網絡穿越小說《木槿花西月錦繡》和《扶搖皇后》中的敘述：

> 他忽地扳過我的身子，捧起我的臉，照著傷口就是一舔，於是我的左半臉全是口水，我又受了一回嚴重驚嚇，他莫非真得要做犬夜叉，我立刻把他推開，僵在那裏：「你，你，你，做什麼？」

> 「果爾仁說，女人的傷只要男人一舔就不疼了。」如果不是他面容非常嚴肅認真，我絕對會以為是黃世仁在輕薄喜兒，不過倒真沒看出來那個冷如冰山的果爾仁，如此有寫言情小說的天賦，唉！？不對，這家人家是怎麼教育小孩的？

> 「珏四爺，男女授受不親，你不可以這樣輕薄一個女孩的。」我暫時忘記我的悲憤，耐心地教導這位青春期少年，心底裏我也把他算作我圈子裏的人了，我的朋友裏是不允許有黃世仁之流出現的。

> 「哼，果爾仁說這些都是狗屎，」他振振有詞，毫無羞愧可言，「而且你遲早是我的人，舔個臉又算個什麼。」

> 這是他對我第一次說這種話，我一下子愣在那裏，而他氣不喘，

臉不紅，弱視的大眼睛定定地看著我。

我很想提醒他，他當初見面時，不也覺得果爾仁口中這堆狗屎是很有道理的嘛。

我也很想告訴他，你只是個十六歲的小屁孩，該是好好學習，天天向上的時候，而不是沉溺於早戀的漩渦。

我最想讓他知道的是，他媽的，對女孩的告白，同小狗之間表達友情似的舔來舔去是完全不同，不可以這麼粗魯且毫無浪漫可言。〔註25〕

孟扶搖默然，半晌長籲一口氣，道：「無論如何……把這個人解決，把你發羌的權柄搶回來先！這應該就是新任的宰相康啜……搞死他！」

「怎麼搞？」

孟扶搖陰森森的笑著，看看身後一路追出來的麻衣人和王宮巫師們，又揚頭示意雅蘭珠注意前方。

前方王宮大門外廣場上，突然亮起明亮的燈火。

燈火裏兩側高樹上，各自飄著一幅對聯，紅底黑字，字字斗大。

上聯：腳踩宰相他爸

下聯：拳打康啜他媽

橫批：宰相算毛！

燈下，一群被孟扶搖的護衛們半夜驚醒的官兒們巫師們術士們，正睡眼朦朧的被引到了廣場，瞪著那牛叉的對聯，不知所措望著鬧成一團的皇宮。

「你們扶風不是只有術法強大聲望卓著者才能坐穩高位麼？」孟扶搖齜牙，牙齒白亮亮好比探照燈，「貼他大字報！掛他破鞋！劃他右派！批他封資修！剃他陰陽頭……鬥他！」〔註26〕

〔註25〕海飄雪，木槿花西月錦繡，晉江原創網，原文網址：http://www.jjwxc.net/onebook.php?novelid=126983&chapterid=5。

〔註26〕天下歸元，扶搖皇后，瀟湘書院，原文網址：http://vip.xxsy.net/vipbook.aspx?

這就是網絡穿越小說文本上十分獨特的地方：用虛擬的歷史時間和現代時間的交叉敘述有效控制小說敘述時間和故事時間的快慢節奏，使讀者不斷在親切的熟悉感與陌生的新奇感之間跳躍，從而極大地提升了小說的閱讀趣味，增強了小說文本的敘事魅力。

穿越題材的空間也存在這樣的現實空間與虛擬空間的交叉性。穿越題材的作品一般都存在兩個大的空間，一個是主人公穿越之前的空間（通常是具有既定時空規定性的現實存在的空間），一個是穿越之後的異度空間（通常是超越了既定時空規定性的虛擬空間）。在穿越題材的作品中，作者通過這樣的空間安排，一方面創造出與現實空間相疏離的富有魅力的陌生化的主要敘事空間；另一方面通過夾雜講述打通現實空間與虛擬空間，往往會帶給具有現實時空規定性局限的讀者視覺的盛宴，使其跟隨故事主人公在陌生化的虛擬空間的傳奇經歷中獲得極大的審美愉悅。〔註27〕

小佚的《少年丞相世外客》中，在敘述生活在現代空間中的林伽藍的故事時，是甜蜜而苦澀的初戀，複雜的婚姻和喧囂繁雜卻比較單調的現代生活空間——林家、徐家、大學、公司等等。當林伽藍穿越到虛擬的古代伊修大陸成為秦洛時，作者的敘事空間、敘事內容和敘事角度變得宏闊而多元，諸國紛爭，朝堂權謀，江湖風雲，給讀者帶來了閱讀上的遼闊感和新奇感。從現代空間的家常小事、兒女情感到異度時空的爭奪天下、笑傲江湖——宏闊的戰爭、運籌帷幄的奇謀巧計、波雲詭譎的江湖傳奇，這些差異極大的敘事空間讓作者通過現代少女林伽藍同時並存的兩個世界的身份打通糅合，給讀者帶來閱讀的盛宴。網絡穿越小說的空間轉換基本上是圍繞朝堂和江湖兩個基本場所展開故事的敘述，無論是真實的歷史時空、虛擬仿真的歷史時空還是完全虛構出來的異時空都會存在現實權力或者江湖權力的爭奪，由此鈎織出風起雲湧、扣人心弦、傳奇色彩極為濃厚的精彩故事。而活躍在這些時空中的小說的靈魂——小說人物的故事就會顯得如此多姿多彩，網絡穿越小說也因此具有了極為豐富的敘事內容和極為廣闊的題材包容性，可以講述政治、歷史、愛情、俠義、神魔仙鬼，可以講述過去、現在和未來，可以是嚴肅的、輕鬆的、悲情的、搞笑的，也可以包含各種小說題材如歷史、言情、

---

zhangjieID=3255133&juanid=205&bookid=244402。

〔註27〕參見董勝，論網絡文化視野中的穿越小說〔D〕，蘇州：蘇州大學文學院，2010。

武俠、玄幻等類型的故事元素，可以無所不容、無所不包，從而鉤織出一個光怪陸離、令人目眩神馳的魅力世界。

這種超越既定時空規定性存在的虛擬性存在敘事是最能體現穿越題材文本獨特性的特質。

因此，網絡穿越小說文本的本身就是生成於虛擬的賽博空間的具有呈現式虛擬特性的一種「虛擬真實」，而由其題材帶來的故事結構的虛擬特質又是一種想像式的「文學虛擬」，是一種虛擬中的虛擬。這種虛擬中的虛擬的特性，給網絡穿越小說帶來了獨特的故事結構和故事魅力的同時，也帶來了一個極為廣闊的創作空間。

2.5.3 真實中的真實的網絡穿越小說

網絡穿越小說的基本故事模式是一個來自於現實時空的自然實在的人或者帶有自然實在的人的意識的靈魂進入一個虛擬的時空中，以一種親歷的、體察的方式，展開虛擬真實的傳奇故事。網絡穿越小說的敘事主要就在這樣的虛構語境中展開。

網絡穿越小說文本是在賽博空間中由作者和讀者共同完成的。在共同完成文本的創作過程中，無論是對於活躍在賽博空間的創作者還是閱讀者而言，就具有了穿梭於現實的自然實在和想像的虛擬實在之間，並在這種差異和碰撞中尋找自己情感、欲望和夢想的渲泄或想像性實現的途徑，從中獲取精神愉悅和審美快感，這是穿越文最大魅力所在。也正是在這樣的共同完成文本的創作過程中，真實的現實世界以及真實的現實世界中人的情感、欲望和夢想伴隨著現代穿越人進入虛擬的時空以親歷式傳奇的方式呈現出來。網絡穿越小說就在這樣虛擬中的虛擬的敘事中，呈現出生活的真實和藝術的真實。

網絡穿越小說的敘事主要是以現代穿越人的視角圍繞現代穿越人的經歷展開，當然就會在小說的虛擬時空歷史時間的敘事中不經意地展現現實生活的真實，那些存在於千千萬萬生活在當下的現實時空的人的日常生活的東西就很自然地呈現在了虛擬的歷史時間敘事中，比如現代生活中的手機、白金項鏈、人工水鑽等物品，但更多的是現代人的特色語言、生活方式、科學技術、行為方式、文化積澱以及無所不在的大眾娛樂產品如流行音樂、影視劇集、網絡遊戲等等。這些都是人的真實的現實生活存在，卻基於穿越題材的

特殊性，眞實地呈現在虛擬中的虛擬的敘事中。

小佚的《瀟然夢》中，來自現代世界的水冰依本體穿越到異世的天和大陸上，隨身攜帶的手機和白金十字項鏈成爲小說中非常重要的兩件鈎織情節的物品。伴隨著水冰依穿越的還有展現冰依才華的《三國演義》中的政治智慧，優美抒情的現代流行歌曲以及戰無不勝、攻無不克的穿越人必備中國古詩詞名篇諸如李白《將進酒》、蘇東坡的《水調歌頭》等等。

現代技術的展示則有諸如《穿越錦繡田園》中的現代織染技術，《琥珀記》中女主賴以爲生的化學制皀技術，《鳳舞天下》中的火炮技術，《憨人有憨福》中的豆腐製作和泡菜製作技術，《只願君心似我心》中的麻辣燙與燒烤類食品製作技術等等。這些在現代人日常生活中司空見慣的或者專業學習者非常淺顯的技術都成爲穿越人在異世養家糊口或大展神威的神奇本領。

金子《夢回大清》中小薇對於十三王府的居室裝修、花園改造、日常器物的改良發明無一不是現代人的家居理念和習以爲常的生活方式。

波波的《縮青絲》和紫曉的《鳳求凰》中讓女主能夠自立於世並綻放才華的是現代的商業策略、營銷理念、經營手段和商戰智慧。

穿越者們在異世的傳奇旅行中往往會增強自身人格魅力的「法寶」則是現代人自由、平等、民主、人權等的現代社會思想和理念。

這些眞實存在於現代人思想與生活中的種種存在印跡使虛擬中的虛擬的穿越小說中呈現出了現代生活的眞實。

網絡穿越小說還通過它塑造出來的生動鮮活的藝術形象呈現出藝術的眞實。在虛擬時空的時間敘事中，基於天馬行空的想像而生成的各類人物和情節，在奇異絢麗的外衣之下，呈現的是眞實的人性和情感。

唐家三少的玄幻穿越文《鬥羅大陸》，創造了一個完全不同於現實世界的純粹幻想的盛行「武魂」修煉的鬥羅大陸的奇異世界。但在穿越者唐三的傳奇經歷中，讀者們感受到的是在奇異虛幻的世界中無比眞實的親情、友情、愛情，是逆境中的奮鬥與成長，是困境中的堅持和勇氣，是激烈尖銳的矛盾衝突中的眞實人性和美好人性。

虛擬的世界大多擁有與現實世界不同的思維模式和價值觀念，並具有自身的嚴整的邏輯性，大多與歷史文化或者虛擬的文化背景相關聯，但這些歷史文化或者虛擬的文化背景，大多建構在對現實的人類世界價值觀的改造模仿的基礎上。穿越小說的作者和閱讀者在創作和閱讀作品的過程中，可以透

過現代穿越者的視角在虛幻的異世時空中創造自己基於真實社會文化認知與理念的理想的歷史、理想的社會，構建自己理想的愛情、婚姻和幸福生活。

　　架空歷史穿越小說《新宋》，作者阿越的現實身份是一名歷史專業的碩士研究生，他基於自己對於宋史的研究，在《新宋》中大膽地顛覆歷史，改造歷史，興利除弊，建立了一個自己理想中實力強大、繁榮富庶、吏治清明的新宋社會。這種對自己理想中的歷史圖景的構建是男性視角架空穿越歷史文的共性特質，一般都是基於對固有歷史的濃厚興趣和研究探索，尋找問題或者弊端所在，而後借穿越者的前瞻性重回歷史的起點，改變歷史的發展方向，創造完美的歷史，滿足自身對於民族、傳統文化的熱愛之情。中華楊的《中華再起》、月關的《回到明朝做王爺》等作品皆屬此類。虛擬中的虛擬呈現的是現實的真實，是藝術的真實。

　　瀟湘冬兒的《暴君，我來自軍情九處》、《11處特工皇妃》等特工系列穿越文，也都借由穿越女主曾為國家軍情特工的身份和信仰，通過自己的努力，構建了一個理想的歷史發展與社會圖景。且看《暴君，我來自軍情九處》結尾處，延續故事結局的所謂「史料」：

　　　　參商九年，冊封了六年的南楚皇后莊青夏終於回到盛都，登上國後之位，尊號大榮，登位大典持續三天，大赦天下。楚皇昭告四方，一生只娶一妻，並在南楚境內大力提倡一妻制，此政令一經推行，登時成為大夫士子彈劾的對象，然而百年之後，華夏境內的一妻制已經成熟，並列為政法之內。

　　　　參商十年，楚皇開始了他登位之後的第一次大型改革，改革的範疇涉及吏治、賦稅、土地、軍隊、通商、貨幣、教育等多個方面，大力發展工商，加大力度開闢海市，發展遠行航船，不到十年之內，造船業飛速發展，有巨輪能出使西班牙葡萄牙等國，領先西洋人上百年，西方蠻夷無不垂首歡服，驚歎於東方大國的強盛。

　　　　參商十一年三月，北秦宣佈歸順。秦楚南北兩面夾擊西川，七月，西川都城被破，燕回於亂軍之中被西川護國少將莫昭南救走，就此絕於世間，不知所蹤。西川復於華夏版圖，三百年來，華夏大陸再一次歸於一個大一統的政權之下。

　　　　參商十三年，南楚消滅了關內的一些游牧政權，統一戰爭全部

完成，正式更名爲大楚皇朝。同時，出兵草原，取回河套平原，以此爲跳板，分化草原諸侯，並以經濟通商駕馭西域，經過長達兩年的戰爭，匈奴在龍格阿術的帶領下，歸順大楚。楚皇迅速頒佈了一系列的政令，派遣官員，駐紮軍隊，發展文教，振興工商，鼓勵農耕，移民漢人，徹底將草原一帶同化成大楚的馬場。

參商十七年，大楚發展北地，移民墾荒，將國土邊境足足擴大了八千里之遠，大楚強大勢不可擋。俄羅斯君主索菲亞女皇親自朝拜大楚，在邊境楚軍的壓力之下，宣佈稱臣，一直持續了四百多年，才結束了臣子的身份。

......

歷史總是有著驚人的巧合性，一個支點發生了改變，就能扭轉太多的事件。參商二十年，南楚大皇的兒子，楚青陽冊封爲太子，這位，就是後世有名的青陽大帝，同時，也是一位出色的航海家，甚至還有史書說他是史上最成功的海盜。因爲，正是在他將來的統治之下，大楚徹底的走上了海上霸主的地位，他們依靠堅船利炮，將琉球、倭國等地收歸囊中，作爲大楚海外的行省。並趕走了美洲的白種人，將大楚的旗幟遙遙的插到了世界的另一個盡頭，威懾西方諸國，世世代代。

然而，楚青陽不知道的是，正是因爲他遵照母親所言的這一囂張舉動，消滅了後世一個非常強大的國家的誕生，很多著名的歷史事件，將再也不會發生。

因爲兩個人的到來，整個華夏大陸發生了驚天動地的逆轉，本該兩世而亡的大秦意外的堅挺了上千年，而在歷史的舞臺上本不該留有影子的大楚，卻成爲了華夏的主流，將四爪金龍的民族帶上了一個絕高的巔峰。〔註28〕

這段小說結局處的文字，是一段跟隨小說故事人物和情節的發展而延續的「歷史」記述。這段虛擬的歷史記述源於一個來自於 21 世紀的軍情特工唐小詩（莊青夏）穿越至兩千多年前改變歷史的結果。完全的對歷史的虛擬呈

〔註28〕瀟湘冬兒，暴君，我來自軍情九處，瀟湘書院，原文網址：http://vip.xxsy.net/vipbook.aspx?bookid=122927&juanid=206&zhangjieid=1881882&pid=6。

現的卻是當今中國青少年的一些對於中國歷史和世界歷史發展的眞實的狂
想。

　　而在女性視角的網絡穿越小說的創作和閱讀中，無論是穿越歷史還是穿
越架空的言情文，還是塑造女性強者形象、書寫女性強者傳奇的女強文，抑
或是基於純粹女性想像的耽美文的男男戀世界、女尊文中的女尊男卑的性別
易位書寫的世界，在虛擬中的虛擬敘事中，凸顯出來的是女性對於眞實的人
類親情、友情、愛情的思考，尤其是對人類愛情世界的探討。

第三章　跨越性別——網絡穿越小說的敘事結構

本章從敘事結構的角度分析了網絡穿越小說跨越性別的發展歷程，重點研究網絡穿越小說的女性書寫特質。

從網絡穿越小說的發展歷程中，可以明顯看出跨越性別的發展軌跡：從亂穿歷史到架空穿越，從兩性閱讀關注焦點到女性視角文的全面鋪陳，從歷史的狂想曲到情感的詠歎調。網絡穿越小說由此呈現出了鮮明的女性文化審美特質。本章通過對網絡穿越小說女性書寫典型類型——穿越言情文、穿越女強文、穿越耽美文和穿越女尊文的分析梳理，從女性話語體系構建和女性主體意識敘事結構的分析兩個方面展開了對網絡穿越小說女性文化審美特質的分析，並最終得出其價值和意義：人類書寫中真正的「人」的回歸和女性主體意識的呈現與張揚。

3.1 跨越性別的發展歷程

從穿越文的發展歷程中，可以很明顯地看出從穿越歷史到架空穿越的發展趨勢。

從閱讀者或者接受者的角度看，穿越文有一個明顯的發展趨勢：從兩性閱讀關注的焦點類型到女性視角穿越文的全面鋪陳。

在男性的創作與閱讀視野中，穿越文由一種具有相對固定模式的類型逐漸成為其它類型的主要故事元素，最終形成交叉類型特色的穿越文，如穿越

武俠仙俠文，穿越玄幻文等；而在女性創作與閱讀的視野中，穿越文不僅繼續盛行，而且在自身類型發展的層面繼續前行，出現了創作上的不斷創新和類型的細化趨勢，穿越文逐漸成爲女性寫作的重點類型，並在不斷創新推動穿越文發展的過程中，呈現出穿越女強文、穿越耽美文、穿越女尊文等女性視角文全面鋪陳的趨勢，網絡穿越小說也由此成爲體現和推動女性寫作的重要通俗小說類型。

從穿越文敘事意圖的重點來看，則有從對歷史的好奇和狂想到女性視角的穿越小說中重點表達的對情感與人性的思考。

當穿越題材的小說在網絡原創小說的創作中掀起第一波高潮的時候，穿越文成爲兩性關注的焦點類型。在穿越歷史與穿越虛擬歷史的發展時期，男性通過穿越小說表達自己的男性欲望與夢想——憑藉自己的智慧與謀略翻天覆地，實現對不太滿意的固有歷史發展的顛覆與改造；個體層面上則是在奮鬥中功成名就，愛情美滿。當然男性對此的理解更多的表現爲掌控乾坤、富甲天下、美女環繞中的其樂融融的理想狀態。隨著網絡穿越小說的發展，當對歷史回視的狼煙逐漸散去，架空穿越帶著它更爲寬廣的創作視域逐漸成爲穿越文的最主要類型，男性性別立場固有的對權謀爭鬥與成功期待（對財富權力、美女和幸福家庭的擁有的期待）的關注逐漸轉移到更適合表現這種關注的小說類型諸如武俠、玄幻、歷史軍事類小說中，穿越文作爲類型逐漸淡出男性視野，化身爲主要的故事元素糅合在其它主要小說類型之中。

女性視角的穿越文的發展則呈現出與此迥異的趨勢。在最初的對歷史的關注中，女性視角的穿越歷史小說，是基於對淹沒在時光風塵中的歷史人物和歷史故事的好奇，展開自己的親歷式的歷史想像。這種對歷史的想像表層上是對歷史的好奇與關注，其深層意旨卻是對女性愛情的關注，對被稱爲女性靈魂的感性的「愛」的關注。隨著穿越架空文成爲穿越小說的創作主流，女性寫作者們卻利用了架空穿越提供的寬廣的創作視域與無限的想像空間構建表達女性主體意識的陣地，穿越女強文、穿越耽美文、穿越女尊文等新的類型不斷被創造出來，在這些熱熱鬧鬧的創新背後，體現的卻是女性基於自己的主體性地位對人類情感、人性、社會和歷史的探視與思考。

許多穿越小說的女性作者，在因勢而起、應潮流而動而開始的寫作中，往往是從穿越歷史寫到穿越架空，在歷史的夾縫中營營役役之後，會在穿越架空文中借架空的背景和與現實有疏離感的傳奇人物、故事淋漓盡致地表達

自己基於女性主體性地位的情感與追求。從對古老歷史的好奇激發的文學想像開始，隨著創作和閱讀的深入，逐漸會過渡到對人類精神世界的探查與反思。網絡穿越小說的作者們往往會借由女性讀者最喜愛和關注的愛情書寫，探視其後的人性和世情，進而有意識地追逐小說創作的人文關懷、社會價值等深層主題與意義。

3.2　女性書寫

在網絡穿越小說的發展過程中，逐漸呈現出女性書寫的鮮明氣質。

網絡穿越小說的大紅大紫，就是源於女性視角的清穿文，也可以看做是穿越言情文。之後在穿越題材盛行的大潮中，穿越文成為兩性關注的焦點，不過卻呈現出涇渭分明的兩性閱讀氣質差異：男性視角的穿越文關注的是歷史風雲、政治權謀、功成名就，熱衷的情節是穿越人是否富甲天下、權傾天下，或者是扭轉乾坤，顛覆和改變固有的歷史走向（如：架空歷史文）；而女性更為關注的是真摯的情感、幸福的生活、理想信仰的堅守、自由精神的嚮往、理想人格的追求，也因此女性視角的穿越文無論是寫權謀、宮鬥還是歷險、傳奇，中心意旨都是對理想精神世界的嚮往和追求。隨著穿越文的發展，在男性視角的小說創作中，穿越小說作為一種類型慢慢淡出視野，更多地是作為一種故事元素廣泛出現在男性熱衷的武俠仙俠、玄幻奇幻、歷史軍事、遊戲競技、同人類小說中，主要體現為交叉類型的穿越小說。而在女性視角的小說創作中，穿越小說卻不僅成為最重要的小說類型，還被細分為更多的類型，呈現出極為繁盛的創作景象。女性視角文也由此呈現全面鋪陳的盛況，從言情文、女強文、耽美文到女尊文，女性的主體意識從蘇醒到張揚，從自發到自覺，在通俗類小說的領域中創造了一種女性書寫的奇觀。

3.2.1　書寫歷史的回溯

翻開人類書寫的歷史，我們會赫然發現：「自從父氏社會成為人類社會基本結構形態以來，父權宗法制君臨天下的統治地位，在漫長的歷史文明進程中，造就了以男性話語為中心的文化形態。男性執文化霸權之牛耳，男性意識與男性創造的上帝神話一樣無所不在──它通過社會化與教化的途徑，直接侵蝕社會中每一個人的心理甚至生理，使之成為每一個人生存的提示、暗示、甚至壓抑，造成並最終沉澱為社會每一分子似乎是『自然的』、與生俱來

的人性意識。男性視角、男性觀點、男性聲音成爲普遍性，而女性視角、女性觀點、女性聲音被排斥、被抹去、被忽略、被稱爲特殊性。」〔註1〕在這樣的父權意識——男性本位文化意識統治下，人類書寫的歷史實質上是男性書寫的歷史，在男性中心意識所造成的「成規與想像」中，女性被書寫和對被書寫的抵制與反抗成爲擺脫不掉的宿命。

在女性被書寫的歷史中，從語詞結構到敘事結構，處處體現出男性中心意識。

「自有文字以來，文字本身與語詞、敘述言語、通用語言都比比皆是鐵證如山地刻畫了以男性文化爲主體的創作者地位、創作者視角與創作者意識。」〔註2〕比如中國語言文化體系中的「乾——陽——天——日——男」與「坤——陰——地——月——女」的話語體系，男性是陽剛的、強大的、宏闊霸氣的主導者，而女性成爲陰柔的、弱小的、纖細溫順的依附者。這樣的語詞結構造就了男性意識爲中心的話語體系，在這樣的話語體系中，就出現了無數經典男性女性形象符號，諸如古詩《孔雀東南飛》中的「君當如磐石，妾當如蒲草，蒲草韌如絲，磐石無轉移」，男子是「磐石」，是大氣的、厚重的、穩健的、主導性的角色氣質，而女性則是「蒲草」，是卑微的、纖弱的、柔美的、依附性的角色氣質。但女性的這種「蒲草」形象符號並非天生如此，是被男性意識中心的書寫塑造而成的。

考察一下中國古代的神話文本的變遷，就會發現男性書寫是如何通過神話故事的敘事結構來構建男性中心意識的話語權的。這一點，在「女媧」的故事和形象變遷上體現的最爲典型。「女媧補天」是中國最古老的神話之一，女媧補天的故事中女媧拯救天地、捏泥造人的敘事結構暗含了女性爲人類創始者的地位。但之後的「盤古開天闢地」替代了「女媧補天」的故事，世界和人類的創造者由女性神角色的女媧娘娘變成男性神角色的盤古大帝，暗示了女性主體意識的沒落和男性主體意識的崛起。之後的神話故事中，女媧的形象也一再被重塑。先是由創世造人的女神被改造成男神伏羲的妻子，與伏羲連體主理宇宙陰陽。之後又被改造成主大水大旱的月神女媧，主五屬五殘刑殺的西王母，讓人避之不及時時驅逐的旱魃，最終在「嫦娥奔月」的神話

〔註1〕林丹婭，當代中國女性文學史論〔M〕，廈門：廈門大學出版社，2003，4～5。
〔註2〕林丹婭，當代中國女性文學史論〔M〕，廈門：廈門大學出版社，2003，5。

中，被改寫爲女性劣根性集大成者嫦娥。〔註3〕至此，大慈大悲、拯救世界的女媧娘娘終於在男性書寫的話語體系中被完全改造成符合男性權力話語期待的主陰、主凶、主惡的女性形象。女性話語權力完全隱退，淹沒在高高在上、不可一世的男性話語權力之中，女性在被書寫的歷史中成爲男性的附屬物，成爲被閱讀、被觀看的對象，成爲被創作的藝術品，失去了本有的與男性並駕齊驅的獨立完整的人性。

　　女性被書寫的歷史也是一部女性抵制和反抗被書寫的歷史。從歷史上武則天的無字碑到男性敘事者拼命改造、詆毀、貶斥的女媧形象，從男性敘述者的「異類」——清代李汝珍《鏡花緣》中「女兒國」易位書寫的超越性虛構的嘗試到 20 世紀以後女性寫作者們通過「母親形象」、「姬別霸王式顛覆」（張愛玲）對女性形象的正位與吶喊，女性書寫由沉默中的反抗到隱語直言中的女性形象重塑，再到 20 世紀 80 年代以後通過描摹兩性對峙形態、重構理想雙性世界申訴女性主體性地位的努力與迷茫，女性書寫就在這樣的環境與進程中艱難前行。但無論是當初的丁玲、蕭紅、張愛玲們的「書寫自己」，還是鐵凝、張抗抗們的「自己的書寫」，抑或是 20 世紀 80 年代之後女性書寫的多方探索，女性書寫始終處於陽春白雪式的、非主流的、被邊緣的尷尬境地。在通俗小說領域的瓊瑤們依然在某種程度上延續著傳統書寫中的女性形象，雖有主動意識的抵制與反抗，依然是重壓之下的竭力掙扎，申明女性主體性卻又在無意中被淹沒的狀態。幾乎統治華文通俗小說領域半個世紀的武俠小說，則是以鮮明的陽剛霸氣的男性書寫姿態依舊忠實著男性敘述者的角色，就連武俠小說最高成就者金庸也不例外。

　　但網絡時代的到來，全民書寫時代的到來，終於給予新時代的女性書寫前所未有的機遇。

3.2.2 女性視角文本的全面鋪陳

　　網絡空間中的書寫是一個沒有「把關人」的寫作世界，網絡空間的虛擬性、匿名性特質則給了兩性書寫平等的權利。在這樣一個前所未有的對所有書寫者敞開懷抱、消弭性別書寫地位差異的虛擬空間中，女性寫作的創作力、靈性以及天生的內傾型的對精神世界探索的內在渴望被充分激發出來，

〔註 3〕參見：林丹婭，當代中國女性文學史論〔M〕，廈門：廈門大學出版社，2003，62～63。

從而造就了網絡原創文學領域的蔚爲大觀的女性寫作繁盛景象。據統計，各大華語原創網絡文學的創作者中，女性創作者已經過半，並基於女性對於小說網站、小說類型、小說作者極高的忠誠度與穩定度，女性創作者與女性閱讀者成爲各大原創文學網站爭取拉攏的對象，更是網絡小說出版商們要籠絡的市場資源，因此造就了一大批主要針對女性網友的小說原創網站（如晉江文學城、瀟湘書院、起點女生網等），也成就了專門從事女性出版策劃機構諸如悅讀紀、彩虹堂等等的成功神話。而最能集中體現網絡寫作中的女性書寫繁盛現狀的就是穿越文發展過程中的言情文、女強文、耽美文、女尊文的發展與繁盛。

言情文是女性視角穿越文早期的主要類型，主要體現在穿越歷史與穿越架空歷史的時期。有別於男性視角穿越歷史中展現的權謀爭鬥、掌控世界的成功期待，女性視角的穿越歷史文中更加關注的是女性的愛情選擇、人生選擇的情感幸福期待。無論是早期大紅大紫的清穿文中周旋於眾位英俊多金、各有風采的阿哥、王爺、皇帝中的女性情感傳奇，還是後來架空文中穿梭在異世大陸迷倒一片各類絕世帥哥、俊酷王爺的異世生存歷險，穿越女們關注的始終是個人的眞摯情感、精神追求、美好人性、信念堅守的完滿。

女強文則是女性視角穿越小說發展過程中伴隨言情文出現的一個變異類型。一般突出表現的是作爲女主的穿越人在固有的男尊女卑世界中創造的頂天立地的女子傳奇。此類文中一般是來自於現代社會的穿越女基於現代世界的兩性平等理念，在異世之中憑藉自己的機智、能力、奮鬥終於成爲強者的故事。以往小說中居於主導地位的男性在這樣的傳奇中往往只是最終成爲強者的穿越女們奮鬥歷程中的陪伴者和守護者。

耽美文，是最爲純粹的女性書寫的題材類型之一，也是網絡小說中的新興類型。它發源於日本少女漫畫的作品之中，主要描寫的是美少年之間的戀情。後來這類漫畫的劇情文字版就成爲最早的耽美小說。耽美類小說傳入中國後，伴隨網絡小說的發展，中國逐漸出現了本土的耽美小說創作。由於男男戀題材的特殊性，即使在女性寫作領域中依然是小眾狀態。耽美文從小眾類型成爲女性寫作的流行類型，要歸功於穿越文發展過程中爲追求創新而出現的性別轉換類的穿越耽美文，最經典的莫過於《青蓮記事》和《鳳霸天下》。經過這種基於女穿男的靈魂穿越的耽美文的大熱，耽美文開始爲大量的女性讀者接受，繼而出現了耽美文女性寫作和女性閱讀的熱潮，由此才使中國本

土的耽美小說有了長足的發展。中國本土的耽美文大大拓寬了小說創作的領域，依然是描寫美男戀情的傳奇，但敘事背景既有虛構的古代世界，也有現實的當代世界，是謂古言耽美和現言耽美。耽美小說與同志小說的最本質的區別就是它的女性視角、夢幻氣質與幻想性。它的敘事主旨並非描寫男男戀這樣有悖主流社會戀愛觀念的愛情，而是以美男子之間戀情故事為主要情節設定，基於女性的視角，將男性作為被書寫、被觀看與被閱讀的對象，描摹一個基於女性主體意識的男性形象世界，並通過這樣無性別身份差異的戀情描寫，探討真正的純粹的理想愛情。從這一意義上而言，耽美小說實際上是女性視角的另類的、純粹的愛情書寫。

女尊文，是另一個最為純粹的女性書寫的題材類型，同樣是網絡小說中的新興類型。女尊文中的女尊男卑的書寫背景設定原型，應該來源自李汝珍《鏡花緣》中兩性易位書寫的「女兒國」──那裏女人穿靴戴帽主宰乾坤，男人著裙施粉以色侍人。但不同於《鏡花緣》「女兒國」中的以男性的敘述者視角進行的簡單的、局部的對性別文化的反思與虛構性超越，伴隨網絡穿越小說的發展而誕生並迅速發展起來的女尊文，已經完全是女性敘述者們對男性書寫中兩性文化身份的徹底顛覆與反動，是純粹的女性書寫，創造出了自身體系的語詞結構與話語體系，「以彼之道，還施彼身」，在虛構的女尊男卑世界中徹底反轉了現實中存在兩千多年的男性中心意識的話語體系，並基於這樣的書寫背景張揚女性的主體意識，重新構建理想的兩性世界與和諧的兩性關係。

3.2.3 女性書寫解讀

3.2.3.1 女性話語體系的構建

在綿延著父權制文化結構的社會中，處處都是滲透著男性意識的文字刻畫，以及類似於文字結構形成的語詞結構形成、語言結構形成等等人類藉以通往思維與呈現思維的文字符號系統的渠道。〔註4〕正是滲透了男性意識的語詞結構與話語體系塑造了男性中心意識的主體地位，也使男性的書寫成為人類的書寫，在絕大部分的人類歷史長河中，居於權威性的地位，牢不可破，堅不可摧。

〔註4〕參見：林丹婭，當代中國女性文學史論〔M〕，廈門：廈門大學出版社，2003，
　　　7。

網絡時代的女性書寫正是首先從語詞結構與話語體系入手，在女性寫作的小說中創造出獨有的一套語詞結構與話語體系，也在女性寫作文本中，大大加強了非傳統女性文本氣質的語言色彩。以下就從三個方面來分析這一點：

其一，非傳統女性文本氣質的語言色彩。

傳統的女性寫作文本，總是脫不去細膩柔婉、清麗雅致的語言氣質。而在網絡時代的女性寫作文本中則呈現出極為豐富的語言色彩，也有婉約雅致、清麗細膩的文風，但更多的卻呈現出一種陽剛豪放甚至粗獷的很具有男性氣質的語言色彩。比如天下歸元的架空穿越文《扶搖皇后》中的文案語言：

> 【豐滿正劇版文案】
>
> 考古界「紅髮魔女」挖墓挖得動靜太大，墓室坍塌光榮做了烈士。
>
> 十七年後，穿越到五洲大陸、在底層掙扎的混混孟扶搖，一刀劈開即將另娶他人的心上人的五指。
>
> 「相信我，她會是個十全十美的夫人，你帶著她，就像貴婦牽著貴賓犬，到哪都身價百倍，相得益彰。」
>
> 不忠所愛，棄如狗屎。
>
> 從此後海闊天空，跋涉萬里，奪七國令，爭天下先，為了心底回歸的信念，與七國權謀皇室悍然碰撞，同天下英才逸士際會風雲。
>
> 而這一路相逢的愛情，是蒼山之巔溫暖的篝火、是刀光劍影清冷的回眸、是秋日金風飛掠的衣袖，還是冷月深林如箭的長奔？
>
> 當愛情與抉擇狹路相逢，誰勝？
>
> 她說，我能獻給你，不過這一身熱血，你若不要，我只好放你的血。
>
> 她說，我一生的所有努力，都在與真愛背道而馳，天意弄人是麼？那我就只好弄天吧。
>
> 裂帛三尺，濺血一丈，擴疆千里，橫屍萬計。
>
> 鸞鳳一日同風起，扶搖直上，九萬里。〔註5〕

〔註 5〕天下歸元，扶搖皇后，瀟湘書院，原文網址：http://read.xxsy.net/info/244402.html。

文案中的語言氣質，就猶如小說中塑造的穿越女主孟扶搖一樣，明烈鮮亮，大氣雄渾，遣詞造句之間，一種陽剛豪放的氣質自然生發出來。再來看以下這段女性寫作的穿越文中的文字語言：

> 我見丫醉醺醺，淫蕩地笑著，掛著一尺來長的口水向我撲來，我就氣不打一處來！
>
> 飛起一腳，直接秒殺。
>
> 把他踢翻在地，然後順勢一腳踩在他的豬肚上。
>
> 王富慘叫了一聲在地上摔了個大跟頭，還打了幾個滾。一下子就把酒都給摔醒了，瞠目結舌得仰面盯著我。
>
> 「你……你你你……」豬頭的眼睛都瞪大了不少，「你是誰……」
>
> 我踩著他，頓生豪氣，一巴掌排在旁邊的紅木圓桌上，只聽「唭嚓」一聲，圓桌應聲而碎！貨真價實的手刀劈圓桌啊！
>
> 「色欲薰心的大肥豬！你給我聽好了！老娘我乃是上天入地無所不能人見人愛，呸，口誤，見人殺人，遇佛殺佛，純爺們爆菊花一匹狼！你他媽的不給老娘乖乖聽話！老娘我就一刀閹了你！再挖你左眼！剁你右手！再開你肚皮，拖出你滿是肥油的腸子……」〔註6〕

從以上的小說文字中可以很明顯地看出網絡女性寫作文本語言的常見特色，那就是行文中夾雜很多粗口，穿越女主在古代背景的穿越文中也經常明裏暗裏不自禁地說粗話。比如以上引文中的他媽的、丫等等。在穿越文中，很多穿越女主不僅氣勢如虹、面不改色地爆粗口，而且動輒明裏暗裏地自稱「老子」、「老娘」、「你大爺我」、「本少」、「爺」等等，更有「老娘OOXX（也叫圈圈叉叉，大意是指強暴或者男女發生性關係）了你」等驚人之語。在這些粗俗甚至粗野的在男性書寫者們看來性別錯亂的自我稱謂或者行文用詞的書寫表象之下，卻有著網絡時代女性寫作彰顯自身主體性的深層用意。「老娘」、「大爺」這樣的在男性書寫語詞結構中性別代語意義鮮明的指代語詞，穿越女們卻是有意無意地混雜在一起使用，這本身就是對男性書寫語詞結構的一種顛覆。而無論是語言與行文的霸氣、豪放、雄渾氣質，還是頻頻的爆

〔註 6〕三日成妖，囧女辣手催草錄，晉江文學城，原文網址：http://www.jjwxc.net/onebook.php?novelid=574038&chapterid=11。

粗口或夾雜粗話穢語的行文，都是在男性書寫的語境中最具有男性色彩的語言與行文氣質。這種原本在男性書寫中附於男性話語之中的陽剛雄渾的語言色彩頻頻出現於女性書寫的作品中，恰恰呈現出女性寫作中基於兩性平等理念，彰顯女性主體性，構建平等話語權力的努力與有意為之。

其二，耽美文的女性話語體系。

傳統的男性書寫中，女性的形象大抵由以下這些類型構成：妲己式的「禍女」、潘金蓮式的「蕩婦」、呂后式的「妒婦」、霍小玉式的「怨婦」、孟麗君式的「假男人」、賈人妻式的冷心無情的女俠「酷婦」，當然最多的就是被男性意識馴化、被朝廷樹碑列傳的貞女烈婦。在將女性作為欣賞對象與閱讀對象的男性書寫中，女性是被創造的藝術品，但一定是符合男性中心話語期待的女性形象。如美豔的羅敷、柔美絕世的碩人、溫柔的劉蘭芝等等。

耽美文作為最純粹的女性書寫的典型文本，是女性站在自己的主體意識的性別立場將男性作為被閱讀、被觀看的審美對象，描述具有「雙性共同體」[註7]特質的美男之戀的故事類型，是基於女性立場的對男性世界的想像性書寫。在耽美文的創作與閱讀中，誕生了一系列的專有語詞，構建了耽美文獨特的話語體系。

耽美文話語體系中最基本的兩個詞就是「攻」和「受」。「攻」是指在戀情關係中相當於兩性關係中男性的一方，而「受」則反之，是指在戀情關係中相當於兩性關係中女性的一方，是非常典型的「雙性同體」符號。耽美文中「攻」與「受」的最基本的區別實質上就是性關係中主動或者被動的差異，是純粹生理意義上的差異，卻不存在兩性身份的文化意義的差異，亦即是說，耽美文中的男男戀的雙方，在現實性別文化身份上是平等的，這就從根本上消除了兩性性別身份的文化意義上的差異。於此意義而言，耽美文中「攻」與「受」的愛情關係，在實質上是能夠體現歐美女權主義批評者弗吉尼亞‧沃爾夫們所提出的「雙性同體」思想的「雙性共同體」，從而保證了愛情關係

〔註 7〕參見朱立元（主編），當代西方文藝理論，上海：華東師範大學出版社，2005，344，20世紀前半期，英國的女權主義批評者弗吉尼亞‧沃爾夫明確提出「雙性同體」的思想，認為「在我們之中每個人都有兩個力量支配一切，一個男性的力量，一個女性的力量。……最正常，最適意的境況就是在這兩個力量一起和諧地生活、精誠合作的時候……」文中所用詞彙「雙性共同體」即從此思想而來，主要是指書寫語境中能夠體現兩性平等、和諧的雙主體意識的形象符號。（作者注）

中雙方的絕對平等，也因此可以實現一種純粹的愛情關係。所以，耽美文實質是一種消弭了性別文化身份差異、探討純粹愛情的女性書寫。

所謂耽美，就是「沉溺於美」的意思。沉溺於什麼樣的美呢？基於這個題材的特質，當然是沉溺於美男子的不同類型的美，沉溺於美男子之間的純粹的愛情的美。因此，耽美文實質上是女性基於自己的主體意識的性別立場將男性作爲審美對象，書寫、閱讀和欣賞不同的男性（一般是美男子），構建自己理想中的男性世界的女性想像。於是，喜歡耽美文的女性會自稱爲「腐女」或者「耽美狼」，「耽美狼」眼中的耽美世界，當然存在各種各樣令人垂涎欲滴的美男。於是，耽美文中開始出現一種約定俗成的以形容詞或者名詞作爲美男類型代稱的語詞，這些語詞，隨著耽美文在女性寫作和閱讀視野中的廣泛傳播和女尊文的強化，形成了耽美文獨特的語詞結構，也成爲一種基於女性主體意識的話語體系。例如：「腹黑」（表面溫和無害實則心機深沉的美男類型）、「妖孽」（容顏絕世氣質妖嬈的美男類型）、「忠犬」（具有忠貞不二特質的美男類型）、「女王」（任性跋扈氣場強大的美男類型）、「冰山」（氣質高冷的美男類型）、「面癱」（通常沒有表情變化的美男類型）、「悶騷」（外表清冷沉默內心熱情如火的美男類型）等等詞語都是不同類型的男子代稱。於是，耽美文中的主人公往往會被冠以諸如「冰山女王受」（意爲作爲受方的表面冷情又高高在上、不可一世的美男類型）、「腹黑面癱攻」（意爲作爲攻方的表面溫和無害、實則心計深沉、通常面無表情的美男類型）、「養成忠犬攻」（意爲被受方照顧成長的對受方忠心不二的攻方身份的美男）、「寵溺妖孽受」（意爲對攻方悉心照顧、溫柔寵溺、長相極爲妖豔、具有絕世容顏的作爲受方的美男）等等稱號。這種不掩飾對美男的欣賞喜愛並公然將男性擺出來加以觀賞鑒別的話語體系當然是對男性書寫話語體系的顛覆。這些話語體系的背後，隱藏的是基於現代女性獨立自主、兩性平等理念的女性主體意識的理性認知、呈現與張揚。女性不再是書寫歷史中被書寫的一方，而成爲視男性爲書寫、閱讀與觀看對象的書寫的一方。

其三，女尊文的女性話語體系。

耽美文之後大熱的純粹女性寫作的類型就是女尊文。

所謂女尊文就是故事背景是女尊男卑性別文化背景的小說類型，其實質是男女兩性的易位書寫。女尊文中的易位書寫，已不僅僅是《鏡花緣》中的局部的、簡單的、男性立場的對性別文化的反思，而是全面的、立體的、女

性視角的對傳統男性書寫語境的徹底顛覆，從語詞體系到敘事結構，處處體現的是女性主體意識甚至女性中心意識的呈現與張揚。

女尊文其實與耽美文有著密切的聯繫。從創作者的角度而言，大部分女尊文的作者都有寫作耽美文的經歷，比如宮藤深秀（女尊穿越文《四時花開》作者）、阿琪（女尊穿越文《蒹葭曲》作者）等等。很多女尊文的寫手在描寫女尊文的男性形象時，都是將其作為耽美文中的「受」描寫的。從閱讀者的角度來看，耽美狼們一般都會很喜歡女尊文。這是因為，對於男子尤其是美男子的觀看、閱讀與欣賞是耽美文與女尊文的本質相同之處。兩者的這種關係在一部名為《當腐女穿越女尊國》一文中有精彩描寫：

> 當一個滿腦子都是男男之愛的腐女穿越到女尊國的時候。
>
> 在她看來所有的男人都是受。
>
> 這個是誘受，這個是聖母受，這個是腹黑受，這個是冰山受，這個是小白受，這個是……平胸受……～_～|||
>
> 「我想過了，我不是個花心的人，我不要後宮佳麗三千，只要三夫四君就夠了！」
>
> 「美受們，你們就從了我吧！！」〔註8〕
>
> 有句話是這麼說的：一入耽門深似海。
>
> 我就那麼一頭栽進了**這條道，然後再也找不到回頭的路，最後只能一條黑路走到底……
>
> 一個女人，滿腦子想的都是男男之愛，男人在我眼中不是攻就是受。甚至開始幻想自己是攻，然後和美受一起纏綿……
>
> 我多想搞一次同性戀，那是多麼美好的事情……
>
> 可惜上天並沒有給我這個機會。我是個女人，無論我多麼不願我都是，所以小攻夢對我而言就是鏡中花、水中月。〔註9〕

這段文字清楚地剖析了喜歡耽美文的「腐女」們的渴望，那就是「小攻夢」，在想像的耽美世界中化身為「攻」，將不可一世的男性壓在身下，為所

〔註8〕淪陷，當腐女穿越女尊國，晉江原創網，原文網址：http://www.jjwxc.net/onebook.php?novelid=642094。

〔註9〕淪陷，當腐女穿越女尊國，晉江原創網，原文網址：http://www.jjwxc.net/onebook.php?novelid=642094。

欲為，以這種混亂倒錯的荒誕方式踐踏男權中心意識，體現自己的主體性地位。於是，當「耽美狼」們發現了女尊文這條途徑，終於可以光明正大地以女性的身份在女性本位文化意識的女尊世界中堂堂正正地實現「小攻夢」了。這就是女尊文的作者很多都是耽美文寫手的原因。

女尊文有著自己一套獨特的語詞體系，只有熟悉這個語詞體系，在閱讀女尊文文本的時候，才會有會心一笑、賞心悅目的感覺，否則就如墜殼中、不知所云了。比如以下這段文字：

> 她，軒轅福雅，金碧皇朝的三皇女，年方十六，當今的女皇是她娘，已故的鳳后是她爹。還有一個大她十歲同父同母的姐姐，便是當今皇太女，未來的女皇，軒轅福容。因她長的酷似已故的鳳后爹，又是鳳后爹拼死為母皇娘生下的皇女，所以女皇和姐姐都待她如珠如寶。可惜她自由體弱多病，故此已年方十六仍在深宮靜養，除了服侍她的伺人，未曾見過外人。〔註10〕

這段文字並不長，但卻包含了豐富的話語信息，也使人能稍稍瞭解女尊文的語詞體系，比如「女皇」、「鳳后」、「太女」、「母皇」等等女尊文的特有詞彙，還有「鳳后爹拼死生下皇女」句子中隱含的女尊文的特殊設定：男人生育繁衍後代等等。事實上，典型的女尊文已經形成了比較固定的語詞體系。比如女尊社會中，皇帝是女子，稱為女皇，而她的後宮中，地位最高的男子就是「鳳后」，其次是「貴君」，再其次就是「侍君」。平常人家，女子主外，是家庭的頂梁柱，掙錢養家，被稱為「家主」，而男子主內，相妻教子，依附於女子生存。男子要稱呼自己的妻子為「妻主」，女子三夫四侍，稱自己的丈夫是「夫侍」，地位最高的丈夫是正夫，通常被稱為「主夫」；而地位其次的丈夫是側夫，再往下就是妾侍和沒有名分的暖床小侍。這種語詞體系的背後就是女子中心意識，女子尊貴，男子卑下，是女子的附屬品。女尊文中，更有這樣讓現代男性毛骨悚然、退避千里的語詞，如「閨閣男子」、「賢良淑德的男子」、「男工」、「男紅」、「男誡」、「美人（對女尊文中美貌男子的稱呼）」、「孕夫」、「寡夫」、「柔弱小男子」、「彪悍大女人」等等。在早期經典女尊文《四時花開》的書籍介紹文字中，有這樣的編輯推薦文字可以準確描繪現代男性對女尊文的驚悚感覺和排斥心理：

〔註10〕小莉子，鳳舞天下，晉江原創網，原文網址：http://www.jjwxc.net/onebook.php?novelid=347381。

被喻為史上最令男人爆寒的最瘋狂女尊穿越文！

據說，有一萬名男青年拒絕結識作者宮藤深秀——「她就是個仙女，我們也不想認識她！因為她，她，她，太女尊了」。

《四時花開》其實只是早期典型性女尊（具有「女子擁有絕對的社會主導權，地位尊崇，身強力壯；男子是女子的附庸，地位卑下，氣力弱小，且男生子等」基本背景設定的女尊文被稱為典型性女尊文）的經典之作，現在的女尊文，這樣的背景設定已經成為不需專門描述，讀者自然心知肚明的常規語境。

3.2.3.2 女性主體意識的敘事結構分析

網絡穿越小說中的女性書寫，還要從對穿越言情文、穿越女強文、穿越耽美文和穿越女尊文的敘事結構的分析解讀中加以考察。

其一，穿越言情文的敘事結構分析。

穿越言情文中，最能體現女性書寫敘事結構特色的是它基於女性視角的愛情書寫。無論是穿越歷史的「清穿文」，還是完全虛構的穿越架空文，女性視角的穿越小說關注的焦點永遠是故事中的愛情書寫，最津津樂道的則是小說中圍繞在現代穿越女身邊、對現代穿越女情深一往、守望愛戀的各類優質美男。

愛情是最古老卻也最持久的文學主題。在傳統的男性意識的愛情書寫中，「中國式的『窈窕淑女，君子好逑』的開場白在歷經『孔雀東南飛，五里一徘徊』的禮教摧殘，白蛇、化蝶的天國團圓之後，終於焚燒在黛玉書稿的灰燼裏」。[註11] 男性視野中的愛情書寫，女性的愛情依附在男性身上，情感世界的主宰者也是男性，對於男性而言可有可無或者只是生命一部分的愛情，對於女性而言卻是全部生命。這樣的愛情書寫背後隱藏的依然是男性中心意識的幽靈。這個幽靈即使是在現當代的男性視角優秀通俗小說的創作中也固執地存在著。比如金庸的武俠小說中，「眾女倒追一男」的敘事模式和「黃蓉」、「趙敏」、「任盈盈」們的為了獲取愛情不惜放棄一切的故事講述背後無不飄蕩著男性本位文化意識的幽靈。

文學的可貴在於它能表達出人內心深處的真情實感，而女性，出於文化和本能造就的兩性心理結構差異，比男性更注重各種與自身世界相關聯的情

〔註11〕劉巍，中國女性文學精神〔M〕，上海：學林出版社，2008，124。

感，比如親情、友情和愛情。因此，女性寫作中的愛情書寫就佔據了很重要
的地位。女性作者們在愛情書寫中將「情與理的衝突，心與性的矛盾，本我
與超我的搏擊所凝成的苦難」〔註12〕雜糅到小說主人公的情感歷程中，探討
愛情眞諦，體味愛的歡娛，體察愛的苦痛，並在這種深入靈魂的情感體驗中
書寫人性，書寫對人類精神世界的觀照與解讀。在女性書寫的發展歷程中，
由於時代與文化語境的原因，純文學領域中女性的愛情書寫更多的是愛的慘
痛與慘烈，是受難的愛情，無論是殉情式的毀滅生命，或立足於愛情追求而
呈現出的兩性的對抗，亦或者江山美人、革命信仰與個體幸福之間的痛苦抉
擇，隱藏在這樣的愛情書寫之後的是女性爲爭取自己的主體性地位而發出的
抵抗與吶喊的聲音。通俗小說領域中的愛情書寫，則大抵是瓊瑤、席絹式的，
雖有女性主體性意識的覺醒，但更多的是深藏在潛意識中基於男性本位文化
意識的被塑造出來的「女性」的愛情抉擇與愛情取向。

　　網絡時代的女性書寫，尤其是女性視角穿越文的愛情書寫，將筆觸伸向
了愛情背後的人性抒寫，開始自由暢意地眞正體現女性的主體意識。「眾男倒
追一女」的敘事結構，無疑是女性視角的穿越言情文中最主要也是最基本的
敘事模式。

　　「眾男倒追一女」的敘事意圖很明顯，就是反轉了男性視角愛情書寫中
的男女愛情關係的地位。男性視角的愛情書寫中，女性是愛情的承受體，是
被動的、依附性的，永遠是「少女思春」、「閨中怨婦」式的癡癡等待，等待
被男性的愛情選中而得到被賜予的幸福；或者「一往無前」、「生死相依」的
完全無我的追隨。而「眾男倒追一女」的敘事結構，首先提供的敘事意圖就
是在愛情關係中，女性由承受體轉變爲選擇體，是選擇而非被選擇，女性成
爲把握愛情主動權的一方。基於這樣的敘事結構，兩性在愛情關係中的地位
被易位書寫。此種敘事結構中當然是「癡男」居多，「怨女」較少。夢想中的
愛情對象，對於穿越女們而言，不再是遙不可及的奢侈品，而是唾手可得，
只需弄清並尊重自己的心意即可。愛情的難題亦不再是「能否被選中」，而是
「該選哪一個」。穿越女對於愛情，不再是無盡的等待與追隨，而是學會選擇，
學會拒絕，減少對愛自己的男性的傷害。比如《夢回大清》中現代少女薔薇
穿回康熙年間，與康熙的各個兒子相識，十三阿哥、四阿哥等先後愛上了她，
面對阿哥們的深情，小薇基於自己的現代女性理念與對自己愛情的認知選擇

〔註12〕劉巍，中國女性文學精神〔M〕，上海：學林出版社，2008，130。

了十三阿哥，拒絕了其它男性的愛情。她的痛苦不在於有沒有人選擇她，而在於面對男性的眞摯情感時如何將傷害降到最低，又如何讓自己所愛的男性獲得最大的幸福。而童話式的架空穿越文《瀟然夢》，現代少女水冰依因墜崖穿越時空，在異世的天和大陸上與那個世界的最傑出的幾位男子相識，其中蕭祈然、衛聆風、洛楓等都對水冰依萌生了愛情，尤其是蕭祈然與衛聆風（蕭祈軒）兄弟，作爲天和大陸的絕頂人物，典型的鑽石王老五，都深深愛上了冰依。面對他們眞摯而熱烈的愛情，水冰依選擇了自己所愛的人——蕭祈然，但對衛聆風卻永遠都抱有一份愧疚與虧欠，這是水冰依最大的愛情苦惱。而婚後的水冰依的情感苦惱就是丈夫蕭祈然對她完全無我式的過於濃烈的愛，濃烈到他的生命因她而存在。這樣的愛讓持有兩性平等理念的冰依感到沉重，因爲她希望蕭祈然在愛情關係中能多爲他自己考慮，多愛他自己一些。這就是瀟然夢的後傳《瀟然夢之無遊天下錄》中的愛情書寫最著重表達的內容：如何讓一個男人少愛你一點？不因你的消失而走向毀滅。

在這樣的敘事結構中，所呈現出的女性形象也與以往的愛情書寫大相徑庭，不僅豐富多彩、類型多元，更是個性獨立，愛憎分明，有自己堅守的原則、信念和價值觀。在愛情的關係中，做自己喜歡做的事，說自己願意說的話，基於自己的理想的愛情期待，主動熱烈地追求自己的愛情和幸福，堅定地拒絕自己不想要的愛情，敢愛敢恨，果決勇敢又至情至性。這樣的女性形象，大大迴異於以往女性的愛情書寫中的慘烈的、苦難的女性形象，也摒棄了瓊瑤式的柔弱哭泣的女性形象，這體現了社會的進步，更是女性書寫的進步。

當然，這樣的故事模式中女性顯得過於自我。但這種有些誇張的敘事結構卻恰恰表明了女性主體意識的覺醒。正是基於這種覺醒，女性在愛情書寫的過程中，基於自己的主體性立場，構建自己理想中的愛情模式與愛情對象，使自己的愛情期待獲得想像性滿足。

其二，**穿越女強文的敘事結構分析。**

穿越女強文的關鍵就在於一個「強」字，它的敘事結構中最典型的模式就是穿越女在異時空的奮鬥、成長、成功史，是穿越女如何在男尊女卑的異時空中成爲強者並以強者之姿與男性並肩而立甚至凌駕於男性之上的故事，是一部部「強大的女性是如何煉成的」傳奇書寫。在這種傳奇書寫中，撲面而來的是濃烈而張揚的女性主體意識。女性不再是傳統男性書寫中的「非人」

（是附屬的「物」，是被欣賞和寵愛的藝術品，是被欣賞和被閱讀的對象），而是擁有自己獨立自主的人格、擁有自己獨立自主的精神，擁有自己追求和堅守的信念和夢想，以主體之姿與男性並立，書寫歷史，主宰天下，擔負責任的大寫的「人」。這類文，從語言到行文風格，從故事到人物，一般是色彩鮮亮的，是大氣雄渾、豪爽奔放的。

風行烈的《雲狂》是一部典型的結局一對一（1VS1）的穿越女強文。故事從一位現代武林世家的天才少女因復仇而亡，靈魂帶著前世的不堪記憶穿越至異世大陸的柳家，成為柳家女兒（這就是所謂的「胎穿」，穿越到異世的未出世的胎兒身上，作者注）柳雲狂，從此開始了她在異世的成長、學藝、奮鬥，最終成為揚名天下的強者的故事。在她成為強者的傳奇旅程中，有很多優秀的男子陪伴她成長，給予她關愛、忠誠、友情和忠貞的愛情。愛戀她的男子們，在那個男尊女卑的社會背景中，面對雲狂對自己戀人葉少秋的唯一愛情承諾，依然選擇的是作為朋友知己陪伴在側，無怨無悔。而雲狂依靠自己的奮鬥，在戀人葉少秋和眾多的同性朋友與異性朋友的支持與幫助下，擁有了絕世武功、龐大財力和強大勢力，成為異世大陸的不折不扣的強者，締造了那個時空的傳奇。在小說的結局篇中，功成名就的柳雲狂在眾美男眾星拱月式的陪伴下，與心上人葉少秋攜手歸隱，笑傲江湖，擁有了前世未曾有過的愛情的美滿、朋友的忠誠和家庭的幸福。

君子顏的《穿越之絕色妖妃》則是另一種類型的女強文，基本的敘事結構就是現代穿越女穿越到異時空的柔弱女子身上，替代了異時空女子的身份之後，依靠自己的智慧和謀略，由弱變強，改變自己男性附屬品的地位，成為異世的強者，一般都是 NP 結局（即一妻多夫）。故事講述了現代少女雲曉月因摔下樓梯而穿越到異時空一位后妃身上，穿越之後的雲曉月，憑藉自己的智慧，逃出皇宮，行走江湖，周遊各國，最終成為異世大陸的女皇，並娶了十位愛上自己的優秀男子為皇夫，開創了異世大陸天下一統的太平盛世。

如果說這兩種類型的故事看起來更像是青少年時期的女孩們胡思亂想的白日夢的話，那麼諸如天下歸元的《扶搖皇后》與瀟湘冬兒的《11 處特工皇妃》這樣的穿越女強文則更有深度與內涵。

天下歸元的《扶搖皇后》是一個帶有玄幻、武俠色彩的架空穿越文。它的敘事結構是一個現代穿越女在異世堅守信念的奮鬥史。穿越女孟扶搖原本是一個性情開朗、個性獨立、心地善良的現代青年女子，與母親相依為命。

作為一個考古工作者，在一次發掘古墓的過程中遭遇坍塌事故而靈魂穿越到了異時空——五洲大陸。穿越後的孟扶搖始終有一個堅定的信念，那就是尋找「回家」的路，陪伴孝敬母親，盡為人子女的責任。為此，她在五洲大陸奮力打拼，不斷使自己強大起來的同時不停尋找「回家」的線索和契機，最終找到了「回家」的可能性，就是借助長青神殿的大神通者的能力，穿越時空，回到母親身邊。小說的愛情書寫在孟扶搖與幾位愛上孟扶搖的男子之間展開。孟扶搖在尋找「回家」途徑的過程中，與五洲大陸上的最優秀的男子諸如長孫無極、戰北野、宗越、燕驚痕等相遇相識，這幾位優秀的男子逐漸都愛上了性烈如火、堅強獨立的孟扶搖，孟扶搖也在堅守信念與聽從心意，拒絕或接受長孫無極的愛情的矛盾之中苦苦掙扎。即使如此，在宮廷與江湖的風浪中，孟扶搖堅守著愛人之責與朋友之義，用自己的行動詮釋了一個依靠自己的努力不斷強大、堅守自己原則、百折不撓、愈挫愈勇的女性強者形象。另一方面，在小說對政治權謀的書寫中展現了孟扶搖的機智與聰慧，同時展現了她的另一面，她的奮鬥歷程也同時伴隨了她努力履行她的社會身份——城守、瀚王、女皇——所賦予她的社會責任的過程，這個過程中展現出來的孟扶搖，已經超越了相對狹隘的女性意識的價值追求，而是作為一個大寫的「人」的價值的追求。

北京語言文化大學的學者閻純德先生在他的文章《試論女性文學在中國的發展》中指出：「從創作客體看，女性文學包括三種類型：一是有『性』的，即女性意識強烈的一類，作家以女性立場、女性視角、女性意識、女性話語等思想方式看待歷史、社會、生活和人生；二是無『性』的，即女性意識較少或者根本沒有的那種文學創作，追求『人』和社會的主體價值；三是作家追求作為『人』和作為『女性』價值的雙重自覺，即『人』的自覺和『女人』的自覺的統一，就是說作家在創作中既不偏重於『為人』的社會意識，也不偏重『為女人』的性別意識，而是從以上兩個視角來考慮社會歷史，塑造人物形象，描述人生。」〔註 13〕天下歸元在《扶搖皇后》中所創造的孟扶搖這個女性形象，就屬於第三種類型，她的奮鬥歷程體現的是作為「人」和作為「女性」價值的雙重自覺。

《扶搖皇后》中有一段令人深思的敘事：為追尋「回家」途徑而在異世奮力打拼的孟扶搖，終於得到了長青神殿殿主賜予的機會：「你有何要求？」

〔註13〕參見閻純德，試論女性文學在中國的發展〔J〕，中國文化研究，2002，（2）。

此時的孟扶搖卻在短暫的沉默後一個頭磕下去，說：「請放長孫無極！」因為她的愛人長孫無極為了保存她的生命、實現她的心願而苦心經營，暗中對抗長青神殿，更不惜以身犯險，被長青神殿殿主囚禁在冰風肆虐的寒洞之中，日日夜夜飽受折磨，生死懸於一線。小說原文中對這一段情節有著長長的細膩豐富的心理描寫，而這段心理描寫精準地書寫出孟扶搖作為一個具有主體性的「女子」的價值選擇，在自己的心願和付出鮮血與生命代價的愛人之間，她選擇的是愛人的生命。如果劇情就此戛然而止，孟扶搖與其它的一些穿越女並無本質上的不同，但當長孫無極生還，兩人重逢，即將開始狗血但經典的大團圓結局時，孟扶搖卻做了一個出乎意料的選擇，她決定自行進入神殿地宮，冒險穿越時空，回到母親身邊，送病重的母親最後一程，為此不惜以自己的生命為代價。當然，作者天下歸元還是給了故事一個很好的結尾，長孫無極依靠自己繼承的神力，以自身生命為代價送孟扶搖回到原來的時空，了結了她長久以來的夙願。孟扶搖也在長孫無極耗盡神力、生命垂危的最後一刻重返五洲大陸的時空，接續前緣，成就美滿愛情與幸福結局。結局依然很狗血，但孟扶搖的選擇卻讓她與眾不同，她是一個擁有主體地位的大寫的「人」，在可以選擇時，作為女性的魔咒的愛情牽絆也無法磨滅她對自己信念的堅持，當愛人的生命無恙，她依然會做出堅守自己信念的抉擇。

瀟湘冬兒的《11處特工皇妃》與此類似，其基本的敘事結構就是一位特工職業身份的穿越女在異世堅守自己信仰的奮鬥史。《11處特工皇妃》是典型的特工穿越文，講述的是一位身手不凡的女特工楚喬被自己的組織出賣遇害，靈魂穿越到異世大陸的女奴身上，依靠自己的謀略和超人的身手，基於自己的做人原則和信仰的堅守，在異時空中努力奮戰，成為守護百姓安寧與幸福的「秀麗王」的故事。這個故事中的愛情書寫也有與《扶搖皇后》中的相似表達，女性基於對自己的信仰與做人原則的堅守而選擇或者放棄自己的愛情對象。楚喬基於自己有恩必報與同情弱者的做人原則，在故事的開始時與落難王子燕洵相戀並對之全力扶持。但伴隨著復仇之中的燕洵的種種行為與楚喬的信仰的一次次背離，楚喬終於與燕洵分道揚鑣，既使對方依然傾心於她，從未改變。楚喬最終選擇的愛情對象是一直默默愛著她、支持她的諸葛玥，最重要的原因是諸葛玥認同楚喬的信仰並不斷改變自己，終於在與楚喬信仰相同的努力方向上得到了楚喬的愛情。這種基於女性自身信仰而做出愛情抉擇的行為，無疑是女性主體意識的彰顯。小說的最後，楚喬也面臨了

愛情與責任的選擇，她最終的選擇是遵守承諾，盡朋友之義，履行自己作為秀麗王的責任，守護好友李策交託給她的卞唐的江山和百姓，明知前途兇險，成功機會渺茫，依然放下了對愛人諸葛玥的牽念與不捨，千里奔行，拼死一搏。這種抉擇，這種勇氣，使得楚喬這個女性形象光彩奪目，令人不可逼視。

孟扶搖、楚喬這樣的女性形象，有鮮明的女性氣質——溫婉美麗的外表，眞摯細膩的情感，善良美好的品行，同時也具有主體性極強的人格特質——對自己信念或者信仰的堅守，獨立自主的人格，堅忍不拔的毅力，無所畏懼的勇氣。她們的身上更具有眞正的「人」的表現——那就是基於對自己做人原則和價值觀而做出的對履行自己社會身份責任的抉擇與堅持。這不能不說是穿越女強文對女性書寫的最大貢獻。

穿越女強文其實也是女強人的傳奇。但對比以往女性寫作中的「女強人」故事，可以更清楚地看到網絡穿越小說中女性書寫的進步。比如 20 世紀 80 年代的臺灣女性作家的「女強人」形象，諸如蕭颯的《如夢令》中的于珍、孟瑤的《一心大廈》中的呂眞，朱秀娟的《女強人》中的林欣華、廖輝英的《紅塵劫》中的黎欣欣等，「她們的人生經驗大致都是事業成功、婚姻失敗的模式，就是說，這些『女強人』的主體意識都是事業上不讓鬚眉、敢與男性一爭長短的巾幗英雄，她們憑著自己的意志和毅力不僅建立了自己的莊嚴人生，也成就了自己顯赫的事業。但是，伴隨著她們的成就，往往是愛情的失敗，婚姻的不幸，家庭的破裂，其代價無一不與痛苦相關聯。」〔註 14〕這類小說往往把事業與愛情的矛盾尖銳對立起來。這種愛情與事業尖銳對立的敘事模式恰恰是傳統男性本位文化意識長期佔據主導地位對女作家們造成的根深蒂固的影響的潛意識的反應。反觀穿越女強文中的「女強人」故事，她們的主體意識同樣是事業上不讓鬚眉、敢與男性一爭長短，也同樣是憑著自己的意志和毅力不僅建立了自己的莊嚴人生，也成就了自己顯赫的事業，但其結局卻恰恰相反，正是穿越女身上的這種特質，吸引了很多優質男子的關注，繼而是深刻而眞摯的愛情。問題就在於穿越女強人這樣的發光體魅力太強，桃花太多，她們的痛苦在於不得不作出的愛情取捨，總會有心無心地傷害愛自己但自己卻不愛或者不能愛的男子。為了消弭這樣的選擇痛苦，就有了類似《雲狂》中的愛情一對一，但允許愛自己的男子以藍顏知己的身份陪伴在側；或者乾脆像《穿越之絕色妖妃》中的 NP 結局，給那些「可憐的」對「女

〔註 14〕閻純德，試論中國女性文學的多元形態〔J〕，洛陽師範學院學報，2005，（6）。

強人」一往情深的男子們一條相對幸福的出路。無論是哪一種，穿越女強文中的女性書寫，很明顯完全擺脫了傳統男性本位文化意識影響的陰影，這當然是網絡時代的女性書寫大大進步的表現。

其三，**穿越耽美文的敘事結構分析。**

穿越耽美文的肇始，是女穿男的性別換位的構思而成就的穿越小說的創新，最基本的敘事結構就是現代穿越女穿越到古代美男的身上，頂著異世男性的身體與性別文化身份，骨子裏仍舊是現代女性的心理與思想，與異世美男相戀的故事。最經典的作品就是葡萄的《青蓮記事》和流玥的《鳳霸天下》。

《青蓮記事》的網絡原名是《變成 BL 男人的倒楣女人》，一對一的愛情結局，講述的是現代女強人類型的女子翹楚在飛機失事中喪生後，靈魂穿越到異時空古代的大貪官並且愛好男色的張青蓮身上，隨後發生的一系列傳奇故事。有與被其逼為男寵的美少年姚錦梓的曲折纏綿的愛情，有波雲詭譎的朝堂權謀之爭，有金戈鐵馬的慘烈戰場之鬥，有高深莫測的江湖歷險，最終是與姚錦梓倆倆攜手，共遊江山湖海的隱世結局。

《鳳霸天下》則是另外一個類型的故事，NP 的愛情結局，講述了一個現代黑幫女保鏢玥因救主而死，靈魂穿越到異時空古代大陸玄武國的美男王爺流玥身上，從此替代流玥在那個時代生存下來。流玥的命運本是個天諭，他將是這個時空一統天下的王，但新生的流玥並沒有爭霸天下的野心，有的只是身體裏縈繞多年的一份對玄武皇帝流夜的愛戀。為此，流玥依靠前世的智慧謀略與超強身手，全力守護自己的愛情，不料卻被流夜背叛，九死一生，流落江湖，周遊列國。在這個過程中，邂逅了一個又一個類型不一、身份各異的美少年。這些進入流玥生命與視線的人，紛紛被流玥吸引，愛上流玥。原本無心霸業的流玥，為了守護這些進入他的羽翼之下和生命之中的愛人，被迫主動出擊，掀起了一場又一場波雲詭譎的權力爭鬥，最終走向他一統天下的命運，與眾位美男們攜手共治天下。

女穿男式的穿越耽美文，其實質是女性穿越言情文的變種類型，表面是在寫男男戀，本質上仍然是異性戀，因為主導男性身體的是現代女性的靈魂。但在這樣的敘事結構中，卻無意間造就了「雙性共同體」——男子身份、女子靈魂的人物，從而在這樣的愛情書寫中，顯現出了沒有性別文化身份障礙，只是基於普遍人性的純粹的愛情，而這樣的消弭了性別差異的愛情，是以往的男性書寫和女性書寫都極渴望達到但介於各自的性別文化身份的差異永遠

也不可能達到的對純之又純的人類愛情的理想表達。「愛情是人類所有情感中最具有互生性的,也就是說它是這樣一種絕對平等的情感:產生它必爲雙方。雙方都處於愛與被愛之中,雙方都既是愛情的主體,同時又是愛情的受體,既施愛於對方,又受愛於對方。只要其中任何一方感到它的不存在,那麼它便消失。任何壓迫、勉強、牽制、不平等的接受與付出,愛情便煙消雲散,不復存在。愛情是如此純淨,一旦染上一個差異處處存在的世俗社會意識,它便會消失無蹤」。〔註15〕這種女穿男的穿越耽美文,憑藉其新奇的構思、與眾不同的視角讓很多不瞭解或不理解耽美文眞正內涵的讀者尤其是女性讀者們開始瞭解耽美文的魅力,並在這種另類的愛情書寫中很愉快地接受了原本很小眾的被眾人視爲異端與變態的耽美小說,耽美文由此一躍成爲女性寫作關注的焦點,其中最主要的原因就是女性天性中對愛情本身的重視與關注,更何況耽美文提供了這樣一個前所未有的純粹的愛情關注視角。

穿越耽美文在後來的發展中逐漸弱化了基於性別轉換的男男戀,而改爲純粹的男男戀的敘述,其基本的敘事結構就是來自現代時空的男子穿越到異世(一般是古代)時空中(一般也會是一個美男子),與異時空的美男子在各種類型的傳奇中相遇相識相戀的故事。這些或本體穿越或靈魂穿越了的現代男性,開始時大部分都基於自己原本的性取向而拼命抵制這種邊緣愛情,最終卻都沉醉在了這種超越性別差異的純粹的愛情迷夢中,並在這種純粹愛情的美夢中理解和思考美好的人性和幸福的人生。「耽美」這個詞就此意義而言實在是貼切至極。例如吳沉水的穿越耽美文《公子晉陽》。

《公子晉陽》講述了現代男子林凜,女友移情別戀,他在參加女友與別的男子的婚禮上因心臟病的舊疾突發而逝,他的靈魂卻帶著前生的記憶穿越到異世時空的一位名叫蕭墨存的美少年身上。蕭墨存原本是天啓朝皇帝的侄子,因其容貌絕世被稱爲「天啓第一美人」,他委身於皇帝成爲其男寵,性格暴戾殘忍。被林凜靈魂附體重生之後的蕭墨存,爲了自己的人格尊嚴,擺脫男寵身份,殫精竭慮,以出色的謀略智慧與出眾的才華爲自己爭取堂堂正正做正常男子的機會,也因之締造了一段天啓的朝堂傳奇。這一過程中,有著林凜靈魂的蕭墨存綻放出出色的人格魅力——君子端方,溫潤如玉,智謀超群,驚才絕豔。這種出色的人格魅力先後吸引了眾多傑出男子愛上了蕭墨存,

---

〔註15〕參見:林丹婭,當代中國女性文學史論〔M〕,廈門:廈門大學出版社,2003,181〜182。

諸如朝廷心腹大敵——淩天盟盟主沈慕銳、天啓朝少年將軍厲崑崙、瀟灑不羈的神仙醫師白析皓等。而原來只是存有玩弄之心的天啓朝皇帝蕭宏鉞也逐漸眞的愛上了他。這些圍繞在蕭墨存身邊的同性之愛令蕭墨存無限苦惱，同時與愛情共存的還有基於利益考量的各種陰謀與圈套、陷害與利用。小說用細膩的文筆講述了蕭墨存身陷交織在愛情中的陰謀與圈套、陷害與利用的漩渦中，幾番奮力掙扎求生，卻在眞正交付眞心後又發現被愛人欺騙和設計，因此心灰意冷，直到在淩天盟的水陸道場上被逼以死明志。後來幸得神仙醫師白析皓的回春妙手相救逃過生死大劫。原本就深愛蕭墨存的白析皓在蕭墨存最艱難的一段人生中，用純粹、無私而溫暖的愛陪伴照顧他，重新喚回了蕭墨存的生存意志，逐漸敲碎了他因兩次情傷而冰冷堅硬的心靈堅冰，找回了對愛情的勇氣與信任，在施展計謀獲得了光明正大的自由身份後，與白析皓攜手田園，終於擁有了期望中的愛情，過上了自己夢想中的平淡卻自由幸福的美好人生。

《公子晉陽》中最爲核心的理念就是愛情中最重要的是什麼？它給出的答案是平等和尊重。蕭墨存兩世爲人所追求的無非如此。因此，在眞心喜愛並追求墨存的三人中，唯有對他眞正做到理解基礎上的平等與尊重的白析皓最終得到了蕭墨存的愛。蕭宏鉞失去了墨存，是因爲將墨存作爲所有物，而沈慕銳得到又失去墨存，也恰恰是他不能給予墨存平等和尊重，他給他的是利用和欺騙，而這些是再多的寵愛與付出也彌補不了的，因此，蕭墨存才會寧爲玉碎，不可瓦全。

這些描寫眞正的男男戀的穿越耽美文，敘事的最主要意圖依然是純淨愛情的書寫。因爲在耽美文的世界中，無論是「攻」還是「受」，愛情的雙方都是「雙性共同體」，唯一的不同來自純粹生理意義上的分工的不同，性別文化身份卻沒有絲毫的差異。當愛情的關係不再存在人類書寫歷史中永遠無法完全消除的性別身份差異的障礙時，眞正的、理想的、絕對平等的愛情卻在這樣的虛擬的男性之戀中眞正呈現出來，這就給予了更加嚮往平等、純粹愛情的女性極大的心理滿足與情感期待，這才是耽美文風靡女性創作與閱讀領域的眞正原因。

對於耽美文的這種敘事結構，其實還有一個很發人深思的問題，爲什麼這種主旨描寫男男戀的敘事卻出自於女性的筆下又只被女性讀者所接受和熱衷？耽美文，是女性基於自己對男性的想像與期待而創造出的烏托邦式的純

愛世界。對於女性的創作者和閱讀者而言，這個美好的世界，令人「沉溺」的絕不僅僅是純淨而美好的愛情，還有令人垂涎的符合女性期待的各類美好的男子。創作與閱讀耽美文的過程，也是站在女性主體性的視角，欣賞、閱讀和解讀男性的過程，只不過，耽美文中的各類男子，是最符合女性想像與期待的理想美男而已。

穿越耽美文中還存在一種現象，就是有很多不倫之戀的書寫，比如「父子」、「兄弟」之間的戀情描寫，比較經典的作品如《束縛》、《西北》、《傾盡天下》等。男男戀原本就是邊緣愛情書寫，而男男戀中的不倫之戀更是邊緣中的邊緣。傳統男性書寫中的同性之愛的描寫，是基於男權中心意識的男子在性對象上追求別樣刺激或者不同生活方式，其本質是男子的享樂方式；而之前的女性書寫中的同性愛故事如陸昭環的《雙鐲》〔註16〕表達的卻是女性基於對異性的恐懼與厭惡的選擇，其實質是通過這樣的邊緣愛情的選擇抵抗兩性關係不平等的現實。穿越耽美文中的邊緣愛情書寫意旨與此大相徑庭。從表層敘事結構而言，它是女性基於好奇和自身的主體意識對男性世界進行想像性的書寫與觀賞，表達的依然是女性對於愛情的關注和重視。不倫之戀的書寫只是對想像中的男性世界的一種誇張變形的創作，男性與男性情感成為可圓可扁的被創造的藝術品，當然也不乏有女性的獵奇心理。在質量比較高的此類作品中，作者對不倫之戀的書寫中會貫穿不倫之戀的一方或者雙方掙扎在倫理道德與真摯愛情的矛盾痛苦之中，如《束縛》中的父子之戀（兒子玄澈的靈魂是現代穿越人），不僅增強了故事情節的內在張力，而且站在人性的角度對人類的情感與道德、理性與感性做了更加深入的探索與解讀，大大提升了作品的意義深度。

如果繼續深入考察穿越耽美文中的愛情書寫，就會發現這種女性書寫更深刻的動機——基於「人」（一元的無性別文化身份差異的人）的視角的對自然的男性的重新發現，這通過耽美文中的男性形象書寫、人性探討與情感挖掘的途徑實現。另一方面，則是基於女性主體性的對純淨美好愛情的嚮往與追逐，也就是對現實兩性平等關係的深切期待，是女性主體意識的另類呈現。

其四，**穿越女尊文的敘事結構分析**。

最早的女尊文一般都是穿越文。女尊文的基本敘事結構是在想像中的女性本位文化意識的世界中，穿越女們站在現代時空男性本位文化意識中的男

〔註16〕參見：陸昭環，雙鐲〔J〕，福建文學，1986，（4）。

性性別文化身份上，在異世奮鬥求生、尋找幸福的傳奇經歷。這樣的歷程可能是江山爭奪、宮廷爭鬥的傳奇色彩濃厚、宏闊大氣的奪權史或者爭霸史，比如《笑擁江山美男》、《蘭陵舊事》、《金鳳皇朝》、《鳳舞天下》等等女尊江山文、爭霸文或者豔情文，這類模式的女尊文通常會伴隨女性征服男性的情感史，NP的愛情結局比較多；也有可能是市井商賈、田園桑麻、布衣生活的異世謀生求存的小人物的種田史和養夫記，比如《蒹葭曲》、《一曲醉心》、《心素若菊》、《姑息養夫》、《憨人有憨福》等女尊種田文，這類文則出現比較多的一對一愛情結局。但無論是那一種敍事結構，其敍事的重點都在於現代穿越女對成長在異世女性本位文化意識中的男子們基於平等與尊重理念下的愛戀、珍視與守護。

當現代的穿越女們站在易位而處的女性本位文化意識的土地上，她們要扮演的就是現實世界男性本位文化意識中男子們的性別角色。她們要出將為相，主持朝政，廝殺疆場；她們要經商務農，操持家業，鏖戰商場；她們要辛苦奔波，營營役役，養家糊口。所以小説的主要敍事也就圍繞這樣的性別角色必須應對的朝堂風雲、行商侍田展開。但在這樣的敍事結構中，女性作者們關注的從來都不是男性視角的權力財富等外在的物質佔有的成功期待，她們關注的依然是真摯愛情、溫馨情感的幸福人生的擁有與守護。在女尊文中，則更多的是體現在基於平等、尊重理念前提下的對兩性關係的處理，通常是呵護、珍愛女尊世界作為弱者一方的男性們並「執子之手，與子偕老」的敍事。穿越女們在女尊世界的奮力拼搏，執掌權勢與財富的最終目的是對自己愛情和家庭幸福的執著守護。

錦秋詞的穿越女尊文《蘭陵舊事》中，女主蘭陵笑笑（蘭陵悅）的本尊原是一個「理想是做米蟲」的現代平凡女，一開始在異世時空中也僅僅存有吃飽喝足、輕鬆生活的小女人思想。但隨著故事的推進，當蘭陵笑笑找到自己的愛情時，才開始萌生為守護自己的愛情好好謀算、努力打拼的想法。而當越來越多的身邊男子一片癡心相付，曾經只願和心上人任君行雙宿雙飛快活逍遙的蘭陵笑笑，抵擋不住這樣的溫情與犧牲，當她嫉妒別人向沈璧的接近示好，抵抗不住丹麒把整個人生和命運砸過來的狠勁，感念煙嵐危難中挺身而出不離不棄的情義，惺惺相惜於男扮女裝、才華橫溢的喬玨……，當一個又一個的男子進入她的生命，牽絆她的情感，為了他們，為了守護自己的愛情，為了保護和扶持患難相交、情義糾結的太女慕容媗，蘭陵笑笑輾轉於

商場、官場、皇室和江湖之間，奔波往復，創造了那個時代一個王女的輝煌傳奇。當蘭陵笑笑遠離那片大陸，奔赴大海彼端的黎國成爲女皇，創造了一個屬於自己和夫君們的世外桃源時，她即刻將所有事務的處理權分配給她各有特長的夫君們，然後做自己的悠閒米蟲女皇，專心經營自己的家庭和婚姻的幸福。

小莉子的穿越女尊豔情文《鳳舞天下》也是如此。前世曾爲女強人的現代女子穿越重生在異世金碧皇朝的三皇女軒轅福雅身上，原本只是想平淡生活，低調度日。但女皇母親和太女姐姐的親情，夫君瑞雪、靈洛的眞摯愛情溫暖了軒轅福雅原本封閉的情感與冷漠的內心，她開始爲自己在意的親情和愛情努力，成爲那個世界有著「寵夫如命」美名的靈王爺，並履行自己的社會身份和情感身份所賦予的責任。當朝堂形勢劇變，母親與姐姐先後死在了權力爭奪的陰謀之下，深愛的王君瑞雪也遭人毒害，命在且夕，原本沒有任何野心和權力追求欲望的軒轅福雅施展自己的謀略和才華，一步步走上並坐穩了最不想要的皇帝寶座。在這個過程中，一個又一個男子走入她的生命，她的傳奇就是守護自己心愛男子與幸福生活的奮鬥史，她在她能力所及的範圍內，基於平等與尊重的理念，給予那些愛她也爲她所愛的男子們最大的幸福。

穿越女尊種田文雖不再有風雲變幻的朝堂、波雲詭譎的江湖、爾虞我詐的商場，敘事的主題是平平淡淡的布衣生活，踏踏實實的創業奮鬥，瑣碎平凡的家長里短，但其敘事重點與敘事意圖並無本質變化。

阿琪的穿越女尊種田文《蒹葭曲》，講述一位現代女醫師簡伽，因爲病患家屬不明事理的報復遇害，靈魂穿越到了異世女尊世界中一位很混賬的無賴林蒹葭身上。原來的林蒹葭經常對自己買來的夫侍淺清施虐，粗暴殘忍。重生之後的簡伽對淺清的遭遇很是同情，抱著這份同情之心開始善待淺清，並發揮自己前世的醫學造詣，採藥行醫，養家糊口，改善淺清的生活，依據藥理調養淺清的身體。在兩人的日常相處中，兩個各有傷痛的靈魂彼此吸引，相互溫暖，簡伽漸漸對溫柔善良的淺清生發了愛情，知曉自己心意的簡伽更是全心全意地利用自己的一技之長開設醫館，與淺清建立了一個屬於自己的溫馨家園，許給了淺清那個世界中幾乎不可能的奢望——一生一世一雙人。淺清獲得了那個世界中每一個男子都祈求得到的幸福，簡伽也在淺清眞摯的愛情與溫暖的陪伴中獲得了前世心靈的救贖。整部小說沒有大起大落的傳奇

情節，沒有死去活來的情感糾結，只有小老百姓的平常生活，柴米油鹽，最動人心的是滲透其間的是淡淡溫情和暖暖愛意。這就是種田文的魅力。

眞的江湖的穿越女尊種田文《一曲醉心》與此類似，講述一位冷情冷面的現代女外科醫師穿越到異世女尊世界的女混混易曲身上，遇到了備受原來的易曲冷落與虐待的買來的姓林的啞少年。易曲對這個境遇糟糕卻堅強善良的啞少年由憐生愛，爲他取名爲林醉心，並依靠自己前世的技藝努力賺錢，操持生計。在逐漸改善生存環境的過程中，通過自己的溫情與努力，打開了林醉心的心結，恢復了他說話的能力。最後，易曲憑藉自己與林醉心的努力，擁有了自己追求的平淡幸福生活。

穿越女尊文中書寫的主人公，無論男女，其實都是一種「雙性共同體」。文中的女主，通常是穿越女，有著現世女性的靈魂，卻有著相當於現世男性的性別文化身份；而文中的男子，有著男子的生理屬性，卻有著相當於男尊女卑文化下的女性的性別文化身份。而當有著現代理念的穿越女遇到女尊世界的成長在女性本位文化意識下的男子，穿越女們就基於自己的平等與尊重的理念處理兩性關係，眞摯而純粹的愛情就自然而然地呈現出來，無論是江山文還是種田文，無論是大起大落的傳奇，還是平淡如水的普通人生，穿越女們基於自己的女性主體性理念，通過自己的努力，平等地對待女尊世界的弱勢男子，得到自己最期待的愛情與幸福。這就是女尊文敘事的表層結構。

女尊文的敘事表層結構之下，還隱藏著一個深層結構，就是基於女性主體意識，對現實世界的男性本位文化意識宣戰，希望構建平等和諧的兩性關係。穿越女尊文的敘事中，總會出現這樣的模式，那就是當穿越女擁有了與現實世界男性本位文化意識中的男性性別文化身份之後，並沒有像當初的男性一樣，在男性本位文化意識的世界中趾高氣揚、居高臨下地對待女性，只是將女性看做自己的附屬物和必須順從自己的玩賞對象和繁衍工具。恰恰相反，當穿越女擁有了這樣的文化身份和對男性的絕對控制權，她們對待男性的方式是基於平等與尊重理念的守護、照顧與關愛，並不遺餘力地向他們灌輸兩性平等的理念且身體力行。女尊文中的穿越女一個共同特質就是「寵夫如命」，將生命中的男子視爲平等的人生伴侶，互敬互愛，相濡以沫，以自己的最大力量給予對方關愛和幸福。這種敘事主題，明顯是對現實男性本位文化意識的挑戰與反詰，也更鮮明地張揚了女性主體意識。

3.2.4 女性書寫的價值和意義

網絡穿越小說中的女性書寫，其價值與意義首先在於女性作者們在一種交錯時空的想像中構建了一個兩性關係的烏托邦，在人類書寫中力圖還原和構建具有主體意識的真正的「人」。其次，在網絡穿越小說的女性書寫中，還鮮明地呈現出了女性的主體意識，這種文本書寫中的女性主體意識的呈現和張揚，反映出當代女性主體意識的進一步確立和發展。

4.2.4.1 人類書寫中真正的「人」的回歸

網絡穿越小說中的女性書寫首先將女性形象由男性本位文化意識中的「非人」還原爲具有主體意識的「人」，還給了女性原本有但長期被男權話語弱化或者剝奪的人的天性和權力。

魯迅先生曾經精闢而指出：女人天性中有母性、有女兒性，無妻性。女性的生理特徵決定了她負有繁衍後代子孫的性別分工，因此女性天性中原本最突出的就是母性。而作爲一個獨立完整的人而言，女性的天性中最明顯呈現的是女兒性——浪漫感性，細膩重情。在男性的書寫中，女性最終被改造成妻性第一的性別文化身份——要謹守妻（婦）道，視丈夫（男性）爲天，順從丈夫（男性），是丈夫（男性）的所有物、附屬物，是被丈夫（男性）賞玩的對象，是丈夫（男性）繁衍子孫、延續香火的工具，所謂「不孝有三，無後爲大」，爲人妻者的最大功能是替男子生育後代，最大的過錯也莫過於「無所出」。這種由男權話語創造並賦予女性的「妻性」，弱化了母性的光輝，遮蔽了原本自由獨立的女兒性。

女性視角的穿越言情文首先將女性的「女兒性」從妻性的桎梏中剝離出來，讓其在最能體現也最爲追求兩性平等互生的愛情書寫中盡情綻放。穿越言情文的敘事主題和敘事重點都會落腳在女性的愛情歷程上，在與心儀的男性相遇相識相知相戀的過程中，女性的「女兒性」被充分展現出來。穿越女們基於現代的自由、平等與尊重的愛情理念，在異世大陸的傳奇歷程中，與不同的男性相遇，在眾多男性的愛情追逐中尋找、選擇自己最心儀的愛情對象，傾心相戀，自由展現自己天性中的既溫柔感性又堅韌勇敢的女性特質。

女性視角的女尊文則更多展示了女性天性中母性的光輝。女尊文的女主大多是蘿莉（少女的代名詞）的身體成熟女子的心理。在男女性別文化身份顛倒的女尊世界，男子就如同男尊女卑文化中的古代女子一樣，十幾歲就要嫁人生子，在穿越女們看來根本就是孩子的男子，卻要承擔爲人夫爲人父的

責任。當穿越女們遇到這樣的男子，尤其是與自己的婚姻有關的或者身世堪憐的男子，會情不自禁地出於天性中的母性對這些男孩子產生憐惜關愛之情，進而逐漸演變成男女之情。這種基於母性而產生愛情的模式在女尊文中比比皆是。比如《蘭陵舊事》中蘭陵笑笑之於出身青樓煙花地的少年煙嵐；《鳳舞天下》中軒轅福雅之於身世淒涼、自賣青樓的少年靈洛；《折草記》中寶珏之於少年墨珠、紫玉；《執手逍遙》中的唐紫眞之於少年蝶舞；《蒹葭曲》中的簡伽之於少年淺清等等，都是這一模式。

女性視角的穿越文無論是哪一類型，都會在故事的講述中展現女性的智慧和能力，尤其是可媲美男性甚至超越男性的智慧與能力，因此在穿越文中，穿越女往往在男性佔據主流話語權的背景中依然光彩奪目，傲然與男性並肩而立，共同掌控世界的主導權。這一點在穿越女強文和女尊文中尤其突出。女強文中的穿越女，都是異世時空中的強者，也就是女強人，當然有不輸於男兒的各種能力。而女尊文中的穿越女，頂著相當於男尊女卑文化土壤中男性的性別文化身份，當然也要做符合男性本位文化意識中的男性角色身份所有要做的事情。故事的發展往往表明，來自於現代世界的穿越女在做這些事情的時候，絲毫不遜色於現代世界中的男子，甚至要更出色。這種敘事展現的是女性作爲「人」可能有、應該有、實際也有的無關性別的能力與氣質。

正是通過這些方面——淡化和消除男性話語中強加給女性的「妻性」，彰顯女性天性中的母性與「女兒性」，展示女性與男性無二的各種能力和智慧，網絡穿越小說中的女性書寫將女性在男性本位文化意識中的「非人」形象還原爲「人」，還原爲被改寫、被塑造之前的女性的「人」。

在將女性由「非人」還原爲「人」的同時，網絡穿越小說還將男性由原來的「超人」還原爲本色的「人」。

男性本位的文化意識不僅將女性扭曲、改寫爲「非人」，也將男性自身抬升爲「超人」，不僅要自立自強，還要陽剛霸氣、果決勇敢、豪邁粗獷，要成爲主宰世界和秩序的中流砥柱。這在一定程度上也扭曲了男性的一些原本很正常的天性的價值判斷，比如溫柔、軟弱、細膩、不愛江山愛美人的過於重情等的特質在男性看來就是負性的、女性化的、令人深惡痛絕必須加以更正的品性。殊不知，生而爲人，各種品性特質原本就是無性別之分的，正是男權中心意識將符合自己性別文化身份期待的品性特質視爲男性的美德，而另外一些不符合這種角色期待的就統統加以醜化和剔除，男性最終被迫以主宰

世界的「超人」角色期待重塑自己。而在兩性關係中，被塑造之後的「男性」就必須是主導性的、主動的，在愛情關係中體現爲「追尋」模式，而女性則恰恰相反，是被主導的、被動的，在愛情關係中體現爲「等待」模式。

網絡穿越小說的女性書寫也在一定程度上改變了這種被塑造和扭曲的「男性」，將之還原成本色的「人」。比如穿越言情文中的「眾男倒追一女」模式中體現的男性的被選擇。而在穿越女強文中，這種模式進一步被強化，是男性們心甘情願地「被選擇」，並且基於對女性的愛而無怨無悔地付出、守護和默默「等待」。這一點我們可以從女強文《扶搖皇后》的文案中通過小說中的男性人物如長孫無極、戰北野、宗越等的自述來展現劇情人物發展的文字佐證：

長孫無極：

我要她像這朵生於我血肉體膚之中的蓮花一般，永遠伴隨我身側，無論四海之遠，五洲之闊，無論刀鋒之利，血火之烈，直到跨越生死和時間，照見我和她同時湮滅成灰的末日之終。

皇天后土，永不離棄。

戰北野：

看著我的劍，那劍柄上雕著天煞皇族蒼龍在野的圖騰，我握劍時，中指指腹按著的是蒼龍的血晶石雙眼，那是無上尊貴的劍神之目，整個天煞皇族，只有我能按在那個位置，現在我將劍交給你，我允許你，觸碰天煞皇族最爲神聖的劍神之目，以及…我的一切。

宗越：

過最複雜的人生，做最簡單的人，扶搖，我只想最簡單的愛你，哪怕你給我，最簡單的拒絕。

長孫無極：

和你在一起，需要下地獄麼？

那麼，我去。〔註17〕

——天下歸元《扶搖皇后》的「自述抒情版文案」

〔註17〕天下歸元，扶搖皇后，瀟湘書院，原文網址：http://read.xxsy.net/info/244402.html。

　　這些絕對的優質男性在處理與孟扶搖的愛情關係中，心甘情願的被選擇。付出鮮血、生命或者是其它所能付出的一切，守護與扶持孟扶搖，無論能不能被選擇，都無怨無悔。這些男性形象在傳統的男性書寫中恐怕是不多見的，即使是有，也會被斥爲「唐玄宗」式的昏君傻男，被幸災樂禍，被嘲笑譏諷，被鄙夷唾棄。而在女性視角的穿越文中，這種選擇的男性卻是比比皆是，並被大加讚美，因爲這是基於兩性平等的愛情立場的無關性別的選擇。這樣的選擇能體現的只是眞摯愛情中的爲對方好、無私、超功利等被視爲愛情中能體現出的最美好的人性。這樣的愛情書寫在一定程度上還原了最追求平等的兩性愛情的本色面貌，更正了被塑造被扭曲的男性中心文化中的男性「固有」的立場與特性。

　　而在穿越女尊文和穿越耽美文中，被還原和被肯定的是男性天性中不符合男性性別文化身份期待的一些本色特質。比如男性的父愛天性中與女性的母愛天性一致的溫柔慈愛，被「父權」、「夫權」的陰影淹沒，代之以「嚴厲冷酷」的情感表現。在穿越女尊文中，這種扭曲被女尊世界中生兒育女、「溫柔慈愛」的爹爹形象改變和更正。

　　穿越女尊文中的男性角色，大都是男性書寫中的男性形象的傾覆與反轉，相當於男性本位文化意識中的古代女性角色。在這樣的角色設定中，男性身上原本的被視爲女性化特質加以摒棄的品性特質如感性重情、溫柔細膩、多愁善感等等被發揮到了極致，以一種誇張放大的形式被呈現，被肯定，被接受，被讚美。而穿越耽美文中的「受」們在愛情關係中凸顯出的類似特質也殊途同歸。耽美文中的世界是個純粹的男性世界，在這個只有一元性別的愛情書寫中，無論是「攻」還是「受」，他們體驗和經歷的是純粹的本色的人的眞摯情感，自然包含了本色的人性特質。這樣的語境當然會還原被文化語境扭曲了的男性天性，他們的原有的喜樂悲歡、七情六欲得到豐富的展示與呈現，不再存在傳統文化語境的價值評判，只有相愛的雙方對對方心靈和精神的無限探索，以及由此帶來的無限喜悅。這就最大限度地還原了男性作爲本色的人的所有屬性，將被塑造的「超人形象」還原爲本色的「人」。

　　網絡穿越小説的女性書寫，通過對被文化語境扭曲重塑的女性和男性的人的本性的還原，試圖提出的是「太極圖式」的兩性和諧的願景。

　　用陰陽二元對立概念來解釋宇宙間萬事萬物的生成與運動，可以說是中國古代哲學思維的起點之一，也是中國傳統文化的最大特色之一。陰陽二元

概念表述的是一個（一切）事物的兩個方面，它們互爲條件而存在。在雙方的對立中，又相互依存，相互聯繫，並相互催化。中國的太極圖像最能形象精妙地解釋陰陽二元對立概念的內涵意境。在太極圖像裏，宇宙被視爲渾圓一體，其間有黑白陰陽之分，但柔曲流暢的分界線卻充分顯示了它們之間無時不有無處不在的可能嵌合和變化的動態與動感；黑夜與白晝相交相替，陰陽相反相成，你中有我，我中有你，此消彼長，相互依存，相互彌補，在比較中存在，在共存中顯示。它們充分注釋了宇宙間任何事物由二元對立所構成的和諧與平衡。陰陽後來具有的性別意義是分別意指男女性別特徵，可用於男女性別的代名詞與形容詞，陽爲男，陰爲女。如宋周敦頤《太極圖說》中所言：「乾道成男，坤道成女，二氣交感，化生萬物。」述的是陰陽二元對立關係模式的平衡生態。陰陽男女應爲一體，是一體之兩面。二元各有特性，才致各有妙用，在交合互感中才致有滋生萬象萬物之契機，是萬物存在的應備必備之存在雙親，缺一不可。〔註18〕兩性關係的理想狀態其實恰恰應該是類似陰陽二元對立關係模式的平衡生態，交互共生，只有性別的差異，卻無文化身份的對立與不平等，這樣的兩性關係的世界的構建無疑是網絡穿越小說女性書寫者們的期待和理想。

4.2.4.2 女性主體意識的呈現與張揚

網絡穿越小說的女性書寫，通過對被文化語境扭曲重塑的女性和男性的人的本性的還原，希望構建這樣的兩性關係的世界，那就是只有性別的差異，卻無文化身份的對立與不平等的具有主體意識的人的平等和諧關係的世界。

「女性的主體意識是女性作爲主體對自己在客觀世界中的地位、作用和價值的自覺意識。具體地說，就是女性能夠自覺地意識並履行自己的歷史使命、社會責任、人生義務，又清醒地知道自身的特點，並以獨特的方式參與對自然與社會的改造，肯定和實現自己的需要和價值的意識。」「只有能夠自覺地意識到自己對客觀的主導地位和作用，同時意識到自己是自己命運的主人，有獨立自主的人格，即意識到自己的主體身份和主體價值，才是具有了主體意識的自覺主體。」〔註19〕在看似荒誕的網絡穿越小說中，女性的主體意識卻得到了極大的張揚。網絡穿越小說中的穿越女們幾乎都是自立、自信、

〔註18〕參見：林丹婭，當代中國女性文學史論〔M〕，廈門：廈門大學出版社，2003，20～22。

〔註19〕參見：魏國英 ，女性學概論〔M〕，北京：北京大學出版社，2000。

自強的形象，無論是如《夢回大清》中小薇式的溫柔婉約類，是《瀟然夢》中水冰依式的古怪精靈類，是《鳳囚凰》中楚玉式的善良堅強類，是《扶搖皇后》中孟扶搖式的豪放大氣類，是《雲狂》中柳雲狂式的狂傲不羈類，還是《11處特工皇妃》中楚喬式的堅毅果敢類；無論是什麼身份：公主、貧女、女奴、後宮嬪妃，無論是什麼容貌：美豔如花、清麗靈秀還是平凡普通甚至醜比無鹽；無論是風雲變幻的朝堂，爾虞我詐的商場還是波雲詭譎的江湖；無論身陷何等困境：生死一線、一貧如洗還是置身於重重陰謀與算計之中，穿越女們都不會任命運宰割，恰恰相反，她們會運用自己的現代人的知識智慧，依靠自己堅毅、果敢的人格品質，奮力拼搏，巧妙周旋，尋找自己的生存或成功之道，自立自強，展示自己的主體性與追求平等尊重的理念。網絡穿越小說中的女性角色也不再是花瓶式的被觀賞被書寫的陪襯優秀男子形象的配角綠葉，而是具有鮮明的主體意識，擁有自己理想信仰、價值觀與精神追求的獨立自主的女性個體，她們活的暢情適意、自由瀟灑、熱烈奔放，她們的生命與傳奇也因此綻放出豔麗奪目的色彩。這些鮮明的個性形象、獨立自主的個體追求和豐富多彩的女性傳奇書寫，無不是女性主體意識的顯現與張揚。

　　如果說穿越言情文還是女性主體意識的覺醒的話，穿越女強文就是女性主體意識的熱烈張揚。如果說穿越耽美文是另類的女性主體意識的彰顯和基於女性主體意識的對男性的思考和欣賞的話，穿越女尊文則是用兩性易位書寫的方式向男性本位文化意識宣戰，用對理想中的兩性關係的烏托邦式的構建展示了現代女性的兩性關係主張——構建平等和諧的「太極圖像」式的雙主體兩性關係。

　　當然，不容否認的是，很多女性視角的穿越小說是以一種近似「白日夢」式的敘事成就自身對現實中無法企及的夢想的心理代償，很多穿越言情文和女尊文中對於愛情和兩性關係的書寫反而印證了書寫者存在於意識的深層結構（人們的世界觀、人生觀、價值觀、思維方式、知識結構形成具有相對穩定性、含蓄性特質的意識的深層結構〔註20〕）中的現實傾向的認知，這種認知與理性中的女性主體意識認知相反，是對現實男性本位文化的承認和順從，表現出女性的依賴性、自卑感和怯懦心理。這種現象說明了女性主體意識發展中的矛盾，主要有理性認知與日常經驗、實踐之間的不同步性，表層

〔註20〕魏國英：女性學概論〔M〕，北京：北京大學出版社，2000。第93頁。

認識與深層認識之間的差別性，傳統觀念與現代意識交織並存的現實矛盾。然而，這種矛盾的存在無礙於在網絡穿越小說的女性書寫中體現出來的對女性主體意識在理性認知和意識層次的進一步確認，而這種確認會在現實中推動女性主體意識的繼續發展。

縱觀世界範圍的網絡原創小說的現狀，華語網絡原創小說無疑遠遠地走在了世界的前端。而在華語網絡原創小說的創作與發展中，女性寫作呈現出一道亮麗的風景。這種奇異的現象與中國社會推行婦女解放、兩性平等理念與現實生活中女性地位的不斷提高密切相關。當今的世界，女性，尤其是中國的女性，在社會的各個職業領域中展現出自己的智慧和才華，在取得獨立的經濟地位和社會地位後，她們擁有了越來越多的自信和勇氣，實現兩性真正平等的願望與女性主體意識的張揚就集中體現在了男性本位文化意識影響最弱的網絡原創小說的創作之中。

在虛擬的網絡文化空間中，普通的女性創作者們以空前的激情和活力書寫著寄託自己夢想、情感期待與價值理念的各類小說作品，並創造出獨屬於女性寫作與閱讀視野的諸如女強文、耽美文、女尊文等小說類型。女強文中的縱情肆意、耽美文中的邊緣書寫、女尊文中的大膽顛覆，無一不展示出寫作和閱讀它們的現代青年女性的主體意識的張揚，她們借小說中掌控天下、把握愛情甚至觀賞男性的書寫，向現實社會中的男權話語宣戰，展示自己對於兩性平等的追求。當「誰說女子不如男」成為整個社會的共識之時，真正的兩性平等的世界也就距離不遠了。

第四章　混雜雅俗──網絡穿越小說的語言風格

　　網絡穿越小說題材上的獨特性就是時空的跨越和交錯，它的時間向度主要是指向古代或者虛擬古代，故事也主要是現代人（或者是本體或者是靈魂，但無論那種情況，都帶有現代人的思想意識）在古代或者虛擬古代生活狀況的描述。這樣的題材，在推進情節的敘事中，既存在古代或者未來想像世界的語境，也存在一般作為故事主人公的現代穿越人的心理時間與心理空間特徵的現代時空語境，這就決定了網絡穿越小說語言上最突出的特質──今古語言的雜糅交匯、交錯混雜。今古語境與用詞上的衝擊與碰撞帶來了網絡穿越小說敘事上的新奇感與趣味性，這樣的敘事也體現出一種無釐頭式的、荒誕的後現代主義審美風格。誕生於網絡文化土壤中的穿越小說，其語言色彩、語言表達都會帶有網絡原創文學的特徵，在語言色彩上凸顯出濃鬱的民間氣息和通俗小說的審美趣味。在語言表達上，由於今古交錯的題材特性，既給創作者提供了繼承和發揚中國古典文學語言風格和意境的空間，又使穿越小說具有了其它古代背景小說不太凸顯的網語化的語言表達特色。網絡穿越小說這些語言上的特質造就了其語言風格上的「混雜雅俗　網語言說」的特質，也體現了網絡穿越小說的民間性審美特質。

4.1 時空交錯中的今古語言交錯混雜

　　網絡穿越小說一般是現代人在異時空（一般是古代或者虛擬古代）生活

經歷和生活狀態的描述，這種特殊的情節架構就會帶來基於今古語境和用詞差異上的衝擊和碰撞，形成了獨特的敘述方式和審美趣味。

網絡穿越小說中一般是現代人在古代或虛擬古代的異時空經歷記述，故事的敘事語境決定了敘事方式應該是古色古香的古代語境。但帶著現代思想意識的穿越人在文化環境迥異的古代異時空生活，在文字的敘述上就會出現不同語境的交錯和混亂，這種不同語境用語的交錯混雜會給讀者帶來一種充滿新鮮感的陌生化效果，產生很強烈的敘事趣味。比如，穿越小說的故事主場景一般在古代或者虛擬古代，人物對話的敘述自然要有古代文言文的古韻，而現代的穿越人在古代生活的時候，要入境隨俗地用文言文來與異時空的人們進行交流，但內心深處卻總是以現代人的思維邏輯感受、描述和評價異時空的一切。這就使得穿越人在異時空的環境中，要麼是情不自禁地流露出現代詞彙，要麼就是嘴上是蹩腳的古語，心中卻是現代時空特色分明的流行語。例如：

> 喜妹樂滋滋地嚼著一塊凍豆腐，咽下去後跟謝重陽道：「沒想到咱爹還是個腹黑呢，咱爹是百分百公爹，咱娘也越來越像百分百婆婆了。」
>
> 謝重陽怔了下，：「什麼是腹黑？百分百就是極好麼？」
>
> 喜妹點了點頭，給他解釋腹黑的意思。
>
> 謝重陽凝目看著她，一臉要求她解釋從哪裏聽來這樣的詞彙的表情。〔註1〕

> 我聽聲抬起了頭，淚眼汪汪哭道：「芳兒姐姐！」眾人大喜，叫道「好了！」
>
> 「好個頭啊！你們剛才那麼多人說是讓人去找芳兒姐，剛才也有人跟她打招呼，我能不認識嘛？！」我暗自感慨幾句，又拉了下身旁喜由的衣袖道：「喜由姐姐，我腦子裏什麼都記不起了，只記得你們都對我很好。」
>
> 然後一副悲切的表情，心道：「TMD 的好倒楣，怎麼就這麼幸

〔註 1〕桃花露，穿越錦繡田園，晉江文學城，原文網址：http://my.jjwxc.net/onebook_vip.php?novelid=996347&chapterid=58#。

運的事也讓自己趕上了？！死了也能還魂，還是在這種難民營，還是古代！」〔註2〕

再看一段《扶搖皇后》中現代穿越人孟扶搖在異時空大陸戲耍異世古人的古今語言交錯拼貼的文字：

> 洗完一千次臉的時辰後，再催，答曰：「洗面奶還沒洗乾淨，這個東西很要緊，殘留了後果嚴重。」
>
> 百官面面相覷——洗面奶？是不是某種練武的高級藥物？
>
> 再等，等到估計不僅洗面奶可以洗乾淨，便是一個十年沒洗澡的人也可以乾淨得毫無殘留的時辰，再請，答曰：「等爽膚水乾透。」
>
> 爽膚水？外用功力增長劑？
>
> 爽膚水乾透之後，要擦珍珠霜，珍珠霜擦完，要擦防曬霜，負責催請傳信的禮部官員來來回回跑斷腿，最後一次死狗一樣爬回來問：「大王說，防曬霜沒有達到艾斯屁愛膚（SPF）50，怕曬著，問彤城有沒有？」〔註3〕

現代時空女孩子們習以爲常的化妝用品用語被交錯在古代異時空，從洗面奶、爽膚水、珍珠霜、防曬霜到SPF（防曬指數），使得古代異時空的璿璣國大臣們面面相覷、一頭霧水，也使小說的閱讀者捧腹不止，對那些異時空古代的大臣們抱以千萬分的同情。而孟扶搖孟大王在爲文中神寵——天機神鼠元寶大人——下毒報復無惡不作的紫披風們出言壯行時的今古交錯的用語更是令人叫絕：

> 「去吧。」孟扶搖以手加於鼠額，聖潔慈祥的道：「有光的地方就有黑暗，黑暗呼喚光明，光明也呼喚黑暗，你是愛與正義的水手服美少男戰士，你要代表月亮，消滅他們！」
>
> 「去把那些得罪你的人，褲子都脫下來吧！」
>
> 穿著黑色水手服，紮著刺客黑領巾的元寶大人立即激昂地、迅速地、狼血沸騰地，背起那兩個小布袋，蹭蹭蹭沿著山壁爬了

〔註2〕幾境塵，巧婢奇緣，晉江原創網，原文網址：http://www.jjwxc.net/onebook.php?novelid=109691。

〔註3〕天下歸元，扶搖皇后，瀟湘書院，原文網址：http://vip.xxsy.net/vipbook.aspx?zhangjieID=3226393&juanid=204&bookid=244402。

下去。〔註4〕

　　此等文字，此等用法，閱讀者就不僅僅是忍俊不禁，莞爾一笑，而是捧腹狂笑了。

　　網絡穿越小說中這樣的今古語言交錯與雜糅的現象比比皆是，往往是大量古代詞彙夾雜著現代的流行語、網絡用語，表面稱呼上是恭恭敬敬的「皇上」、「嬤嬤」、「老爺」、「阿哥」、「公子」、「小姐」、「少爺」、「奴婢」，背後卻是「老康」（特指康熙皇帝）、「老妖婆」、「死變態」、「小鬼」、「色魔」、「小蘿蔔頭」、「蘿莉」、「正太」、「BL」、「老子」等等稱謂，諸如「大 BOSS」、「被雷的外焦裏嫩」、「很囧」、「寬麵條淚」、「瀑布汗」、「秒殺」、「星光大道」、「曼秀雷敦」、「T 臺秀」、「洗腦」、「社會主義現代化建設」、「無神論者」、「科學發展觀」、「人權」、「民主」之類的網絡流行語或者現代社會氣息濃鬱的流行語就更是不計其數了。

4.2　傳統文學語言風格與意境的繼承與追求

　　網絡穿越小說的主要敘事語境大多是在古代時空或者虛擬古代時空，這就給了創作者們向古代文化尤其是中國古代文化致敬的機會。許多創作者有意識地在行文敘事間繼承和發揚中國古典文學語言的風格，追求中國古典文學的審美意境，這既滿足了古典文學愛好者的需求，也增強了文本的文學性。也正因如此，在網絡穿越小說中，有很多文采斐然、優美動人、充滿古韻、有意識地追求中國古典文學審美意境的文字。這些小說，要麼是引經據典，將大量的中國古詩詞直接爲我所用。比如穿越人必備、屢試屢爽，驚倒一片的李白名篇《將進酒》、蘇軾的《水調歌頭》、岳飛的《滿江紅》等等。要麼是追求優美行文，用充滿個性化的、流暢優美的文字營造詩情畫意的故事和人物，追求具有古典文學語言韻味和審美意境的語言風格。比如天衣有鳳的穿越文《鳳囚凰》，講述的是一位現代少女楚玉穿越到南北朝年間臭名昭著的山陰公主劉楚玉身上，爲了解決前任劉公主留下的一堆被收爲男寵的美男子們的爛攤子而努力奮鬥、不懈拼搏的故事，也因此開始了她與小說男主容止的曲折戀情。這樣的故事背景和人物架構，作者天衣有鳳就採用了優美典雅、

〔註 4〕天下歸元，扶搖皇后，瀟湘書院，原文網址：http://vip.xxsy.net/vipbook.aspx?zhangjieID=3224455&juanid=204&bookid=244402。

充滿古韻的語言風格將這個好看的故事娓娓道來，引經據典的流暢行文情境交融，令人閱讀時猶如身臨其境，回到南北朝那個峨冠博帶、長衫廣袖、縱情高歌的年代，不自禁地為故事人物的命運沉浮悲喜慨歎。比如以下這段文字：

> 楚玉跪坐在雪地裏，慢慢地回想。
>
> 從最初到現在。
>
> 最初，是那春日杏花吹滿頭，誰家年少足風流。
>
> 後來，紅了櫻桃綠芭蕉，流光容易把人拋，伴隨著緩帶輕裘疏狂事，天闊雲閒向歌聲，拋了流光，便迎來那大多好物不監牢，彩雲易散琉璃脆。
>
> 她想，此情應是長相守，你若無情我便休，本以為，相見爭如不見，有情總似無情，分開來總是好些……
>
> 可是，為什麼臨到終來，竟是這般境況？
>
> 楚玉彷彿感覺不到雙腿被凍得麻木，時間好像停滯了一般，她定定看著容止身影消失的地方，眼中所有的光彩都在剎那間寂滅。〔註5〕

這段文字描述的是小說的最後，當女主——穿越人楚玉眼睜睜地看著男主容止因為救她而為人所害，滿身鮮血，在她面前跌落深淵之後的震驚痛苦至呆滯時的心情和回憶。在簡約明快又華麗典雅的文字間，如電影蒙太奇般的楚玉和容止的相識、相知、相戀直至這般慘烈結局的片段以大段化用的古典詩詞堆砌表述的形式閃回在楚玉的腦海，貼切地表現了楚玉此時遭逢大變後傷心到極致的茫然、恍惚、呆滯的狀態。

這樣的文字，將充滿中國傳統文化韻味的詩詞碎片重新拼接，優美典雅又簡約自然，既具有濃厚的古典文學色彩，也具有情境人物鮮活的親和力，正是回到古代的穿越文中的上佳作品。

4.3　富有草根性與通俗小說審美趣味的語言色彩

先來看一段衛風奇幻穿越小說《青蛇》中的文字：

〔註 5〕天衣有鳳，鳳囚凰，起點女生網，原文網址：http://www.qdmm.com/mmweb/
1006744.aspx。

我經過的朝代有唐宋元明清～～這是能記得的，亂七八糟記不清的就更多了，後來翻一翻人間的歷史說，得，敢情兒他們也只記得這幾個，那我就不算太離譜了。你看，連以會記仇出名的凡人都記不全的事兒，我一條小蛇記這麼清楚幹嘛，又不是我們蛇家的族歷族譜。

不過話兒說，我媽是誰？

我爸又叫啥？

誰知道？

＝＝『天知道吧～～

我這表姐吧，不喜歡現代生活，她懷舊，所以從地府的回溯泉回去了幾百年前，還在古代慢慢悠悠的過日子。她最大的愛好就是扮靚，成天打扮得花枝招展香氣襲人，勾得一群色胚暈暈乎乎不知東南西北。

啊，忘了說，我表姐她是個狐狸精，我就喊她表姐，她老改名，今天叫貂嬋明天叫師師的，幾天沒見就改一個，實在讓人沒話說。

……

這次表姐找我，卻是爲了教訓她的對頭。

她的冤家老對頭是個錦貂精，也是個愛臭美愛改名字的。我表姐去哪兒她去哪兒，總要和她分高低勝敗不可。

……

我正走針引線繡一朵牡丹花兒，要說我的針線活兒做的那可不是一個好字能說盡的，當年在西湖湖底，我用松刺爲針，藕絲爲線，白荷爲緞，給師傅做的那件荷葉領兒寬邊兒裙，上繫蘭縧，下垂珍珠，師傅就是穿那身兒衣服去見的許仙，當場把那沒見過世面的書呆子給迷個死。

「嗚，後來的人都爲我抱不平，說我明明就比那個錦貂精強，可是那又有什麼用呢，我輸了就是輸了，雖然寶玉他後來爲我出家做了和尚，可我就是沒嫁成他，沒當成名正言順的寶二奶奶……讓

那個死錦貂精占去了名份……」

我一愣，針尖狠狠在指頭上扎了一下。

寶玉？寶二奶奶？

「姐，你上回變的人……不會是叫林黛玉吧？」

表姐眼一亮：「咦？你怎麼知道？」

我大驚：「那錦貂精變的，是叫薛寶釵？」

表姐一拍手跳起身來：「就是就是，你聽誰說的？」

我苦笑，這還用聽誰說，在書店裏隨便翻本紅樓夢就看到了呀。沒想到表姐鬥起氣來這麼投入，鬥得如此纏綿緋側蕩氣迴腸，我還一直以為她只是玩玩而已呢。

不過表姐沮喪了一會兒又笑起來：「哼，不管怎麼說，上次我贏的可是絕頂漂亮，她輸的一句話也沒有。」

我看看她：「你上次又叫啥，沒準我聽說過。」

表姐頭一昂，漂亮修長的頸項雪白如練：「我上次叫衛子夫，她叫陳阿嬌。」

哦，也聽說過。〔註6〕

《青蛇》中的這段文字是網絡穿越小說富有民間氣息與通俗小說審美趣味語言色彩的典範。首先，文字很直白淺顯，口語化色彩濃厚，閱讀此類文字時就好像是小說主人公翠兒就坐在讀者的對面娓娓講述。其二，字裏行間中充滿了顛覆、惡搞與諧謔的荒誕色彩，如對白蛇與許仙傳說的顛覆與惡搞；對經典名著《紅樓夢》故事人物的顛覆與惡搞，還有古典文學或者民間傳說中的「李師師」、「陳阿嬌」等也不能幸免，蕩氣迴腸的愛情故事、流傳千載的歷史佳話被顛覆為狐狸精與錦貂精的鬥法過程。

網絡穿越小說中常常有香豔的場面描寫，上佳的穿越文作品的香豔描寫往往將描寫尺度把握的很好，是服從於故事或者人物情感活動的需要，往往是隱晦而朦朧的。而穿越時空的題材特質也往往會在這些香豔的描寫中注入諧謔的色彩，比如《鳳囚凰》中的這段文字：

楚玉昏昏沉沉地，也是慌慌張張地，胡亂親吻著容止的頸項，

〔註6〕衛風，青蛇，夢遠書城，原文網址：http://www.my285.com/cy/qs/index.htm。

她幾乎不知道自己在做什麼，只本能地渴望再多一些溫存，如此方能證明，容止是活著的。

不知不覺間，容止被按著躺在了青石臺上，他有些好笑地望著楚玉，她一邊哭一邊胡亂親著他，又親又咬，她哭得滿臉淚水，好像一個受盡委屈的孩子，在汲汲求取著一點點的安慰。

好笑之餘，他又有些心疼，便抬手輕撫她的背脊，溫柔地撫平她的不安。

也不知過了多久，楚玉逐漸回過神來，她擦了擦眼淚，看清眼前的情形，不由得驚呆了：這個，全是她幹的？

容止上半身的衣衫已經被扒到了腰下，他烏黑的頭髮如雲一般柔軟地散開來，仰面躺在青石臺上。

這青石臺正好能容納一人躺下。

吻痕和咬痕從他帶著傷痕的白皙頸項開始，漫延到圓潤的肩頭，順著起伏的肌理向下漫延。他傷痕之外的肌膚原本還算光潤，可是此時被楚玉咬了一遍下來，傷上加傷，有幾處還滲出血絲。

楚玉腦子裏嗡的一下，臉上好像有火炸開：她剛才都幹了什麼？被山陰公主附體了麼？

就算是好不容易見面太激動，她也不必把容止啃成這樣吧？

還是說，其實她骨子裏有很濃重的 SM 傾向，只是從前沒開發出來而已？

現現現現現在要怎麼辦？

楚玉羞愧不已地抬起眼，一不小心瞥見容止身上累累傷痕，更不知道該把眼光往哪裏放。

是要鎮重地扶起他說：「我會對你負責的。」

亦或掩面而去地說：「今天的事就當沒發生過……」〔註7〕

網絡穿越小說的語言是煽情的，如以下這段出自於瀟湘書院寫手天下歸元的穿越文《扶搖皇后》中的文字描寫：

〔註 7〕天衣有鳳，鳳囚凰，起點女生網，原文網址：http://www.qdmm.com/mmweb/1006744.aspx。

「我殺了你——」一聲厲喝突然自殿內傳出，黑色的纖細身影攜著玉白微紅的絢麗光芒，自九重大殿之上突然爆發，驚虹渡越華光萬里，一線烈電般直射而出！

那烈電像一柄足可劈裂長空的刀，攜著無窮的殺意和無盡的仇恨，決絕而一往無前的奔來！

不能弒敵，寧可自碎！

深紅劍光在她身前綻開，直逼敵人前心，她用盡了全身的所有力氣，無論如何也要將長青殿主捅一個對穿，不成功，便成仁！

她驚鴻烈羽一般掠下來，自三千玉階之上一瀉千里，四面漂浮的桐花為那騰騰殺氣和猛烈飆風所驚，齊齊一停，再猛地一揚，刹那間天地間彷彿鋪開了紫色的煙錦。

而裹著煙錦衝下的女子，黑髮如墨，眼神嫣紅，頰上卻是玉似的霜白，像玉盞之中決然潑開了胭脂汁，嘩啦啦鋪開清豔的烈。

階下的男子，金色衣袍被風捲動，輕輕仰首看著她自云端捲下，捲過這漫漫征途風煙萬里，帶著火般的熱烈和血般的灼痛，捲向他。

那一霎他的眼神變幻千端，欣慰……疼痛……喜悅……感慨……慶幸……哀傷……塵埃落定。

在延伸向天的三千玉階之上，不滅浮沉。

他突然，輕輕張開懷抱。

對著挈劍而來的孟扶搖，空門大張，展開懷抱。

隨即他輕輕道：「扶搖。」

「嚓。」

無可控制的前衝之勢，劍光刹那及體。

孟扶搖在半空僵住。

她不敢置信地盯著那男子，此刻才看清他複雜目光，看清他眉宇之間風華無限，看他雍容璀璨，從來只深深凝注於她身上的綿邈眼神。

　　而他身側，淡淡阿修羅蓮異香飄散，如流雲變幻。

　　日光升起，照耀在雪山之巔的長青神殿，反射華光閃耀的孤城玉階，玉階之上，那一對相愛的男女，終於在衝破重重藩籬，跨越無數生死後，相遇，對視。

　　風靜，落花悠悠。

　　孟扶搖手一鬆。

　　身子一軟。

　　突然便失去了所有的力量。

　　她落了下來。

　　撲入他張開的懷抱中。

　　像一隻高飛的鳥，帶血自長空劃過，奔向宿命裏的回歸，在最疼痛最驚豔的剎那，落在了等候了很久的，懷中。

　　——————————

　　塵埃，落定。〔註8〕

　　近乎慢鏡頭回放似的對很短時間的很詳盡的長長描述，讓閱讀者們體會到了「山窮水盡疑無路」的心碎絕望，又體會到了「柳暗花明又一村」的欣喜如狂。在閱讀這樣的文字時，絕不會感到冗長繁瑣，反而會有酣暢淋漓的情感宣泄快感。這就是穿越文語言煽情特色的魅力。

　　網絡穿越小說的這種語言色彩特質，無論是直白簡約的口語化色彩，還是凡塵俗愛的或高雅或粗俗的香豔色彩，抑或是顛覆、惡搞、諧謔的荒誕色彩，都體現了網絡時代的民間價值取向，文學敘事由宏大書寫走入日常生活，以私人生活的全面回歸來確立自己守護世俗人性的精神立場，所以著重表達的是個人的內心體悟，私人的情感追求，大眾喜聞樂見的眞摯愛情、政治權謀、宮廷爭鬥、江山爭奪、武打暴力、香豔場面、奇妙幻想、英雄夢想、功成名就等等，與最普通的讀者情感相通，心意相同，摒棄了傳統文學中的宏大主題、深刻思想、高雅追求，而專注於私人生活領域的成長、奮鬥、情感、夢想與成功的書寫，以最簡單明瞭的立意來追求最普通大眾的情感需求。

　　——————————

〔註 8〕天下歸元，扶搖皇后，瀟湘書院，原文網址：http://read.xxsy.net/info/244402.html。

4.4 網語化的語言表達

網絡穿越小說的語言特色是遠離經典，傾向民間，以達到作者讀者之間口語化的交流效果，藉以表達現代青少年的欲望、情感與夢想。因此，網語化的語言表達就成爲穿越小說語言的鮮明特質。

網絡作爲一種新興的電子媒體，在人們的社會生活中扮演著愈來愈重要的角色。當人們在網絡的用戶端，通過鍵盤的敲擊，在網絡構築的虛擬的電子空間中不斷進行對話和交流的時候，語言類符號作爲人們在此過程中的信息表達和傳播的主要符號類型，必然會出現與這種使用環境相關的語言特色的變化，這種變化包括新的語言或原有語言的新用法的誕生，也包括語言表達的風格出現了不同的變化。

人們通過網絡進行虛擬空間中的交往，最初主要體現在論壇（BBS 電子留言板）和聊天室中。在論壇或者聊天室中通過鍵盤輸入的文字語言與他人交流，是最初的網絡提供給人們最主要的交流方式。於是，在這樣的交流過程中，爲了達到在虛擬空間的仿眞對話聊天效果，人們開始想盡辦法提升打字速度，並在文字的使用上竭力營造一種「在場」感，當然也通過遣詞造句來打造自己在網絡虛擬空間的個性化形象，而這些都促使了大量新詞彙和詞彙新用法的誕生，同時形成了別具特色的網語表達的語言風格。

爲了營造虛擬空間的仿眞對話聊天效果，交流中的人們開始想盡辦法拼命提升打字速度，以使之趨近於口語表達的實時的語音速度。於是，出現了阿拉伯數字諧音符號詞語，例如：5555：嗚嗚嗚嗚（哭聲）；88：拜拜（再見）等等。還有，使用英語縮略語或者漢語拼音縮略語，例如：GTG：got to go（要走了，不聊了）；OMG：oh my god（我的天哪！表示極度驚訝，崩潰等等感情）；YY：意淫（指滿足自己情感的對小說人物故事、命運等的想像）等等。另外，還有敲擊鍵盤時的將錯就錯而產生的新詞或者舊詞新用法。過去的漢字拼音輸入法沒有現在這麼方便，往往在一些輸入法中，輸入拼音時跳出的第一列選項中的詞彙被使用者爲追求速度而錯用，但當這種有心或者無心之失的錯用被理解並被廣泛轉用後就形成了一些新詞或者舊詞新用法，這種新詞或者舊詞新用法往往是原意詞的縮略或者音相近的詞語。以至於這種「將錯就錯」成爲現在網絡用語中的一種造詞法，當生造出來的詞爲眾人廣泛理解並使用時就誕生了網絡新詞新用法。例如：偶：我（是因爲在敲擊鍵盤輸入拼音時，「偶」的輸入比「我」的輸入更省事）；爲毛：爲什麼（只需敲擊

拼音首字母就可以直接出來，方便快捷）；筒子：同志（只需輸入「同志」拼音的一半就出來了「筒子」這個詞語）等等。這種將錯就錯的用詞，恰恰體現了網絡語言強調視覺和聽覺的相互依賴的特色，在信息解碼的過程中，必須利用聲音（讀音）來輔助視覺的認知過程，成為網絡用語的一大特點。

為了營造虛擬空間的仿真對話聊天效果，交流者們用文字的不同用法來增強「在場」感、「畫面」感、「親臨」感，以至於出現了很多富有特色的網語表達方式。主要有以下幾種途徑：

其一，增強對話人動作感的語詞的使用。在網絡上的對話和交流中，交流者往往會使用一些描述對話者動作的詞語來增強「在場」感，如：飄過——；遠目——；跪求——；淚奔——；捂臉——；狂汗——；握爪——（對「握手」的幽默說法）；抽風——；頂鍋蓋爬走——；風中凌亂——；冷汗中（或者「冷汗 ing」）；磨牙中（或者「磨牙 ing」）等等。現在由於動漫情感符（如兔斯基等的各種表情動漫）的大量使用，也有相應的描述詞彙，如：石化（意思是因為吃驚、震驚等心情導致的目瞪口呆的呆滯狀），黑線或滿頭黑線（意思是鬱悶、尷尬等心情導致的呆滯狀態）等等。

其二，表達說話人心情的象形表情符。網絡上的交流和對話最初只能通過鍵盤文字輸入，為了增強畫面感，交流者們就用計算機鍵盤上特有的字符串組成的圖形來表達自己對話時的心情，有效地消解了純文字對話中的疏離感。這就誕生了網絡語言中獨一無二的「表情」語言。如：

:)　　最簡單的笑臉；

:(　　最簡單的不高興；

?%$@#　　莫名其妙中；

~~〉_〈~~　　痛哭，十分傷心；

o　　陶醉；

=^_^=　　臉紅的人兒；

\（╯～╰）/　　很沒勁/無奈的意思；

（*@^@*）　　悲，暈；

（⊙o⊙）　　目瞪口呆；

@_@　　崇拜的眼神；眼睛為之一亮等等。

這種方式，是一種網絡新型語言符號的創造，大大增強了在論壇或聊天室中對話交流的人們在虛擬空間中的現場畫面感。時至今日，越來越多的動

漫形象表情符如 QQ 表情符、兔斯基等逐漸替代了簡單的鍵盤表情符，但基本的鍵盤表情符仍然活躍在電子郵件、手機短信、網上聊天室、網絡小說的作者讀者互動中，有些已經以描述詞語的形式存在於傳統文字語言中，如表示「陶醉」的表情符「*o*」的描述詞語就是「星星眼中」，表示很花癡或很崇拜的狀態。

其三，象聲詞的大量使用，如：「啊啊啊——」或「嗷嗷嗷——」（表達悲憤、鬱悶等消極心情的發泄）；「嗚嗚嗚——」（表達沮喪或者傷心）；「嘎嘎——」（得意的笑）；「呵呵呵」（開心的笑）；「嘿嘿嘿」或「hia hia hia」（奸詐、陰險、曖昧的笑）等。這些象聲詞的大量使用更容易使在網上交流的人們產生如臨其境的現場感，也因此造就了網語表達的口語化特色。

通過機智、詼諧的用語進行個性化的表達被大量轉用後成為約定俗成的語詞也是網絡用語的重要組成部分。

這些首先是為了網上交流者展示自己的與眾不同或者個性而創造出來的。比如：罎子（指論壇）；斑竹（論壇的版主）；爬牆（光看不說的看帖子）；灌水（發長帖或者短時間內在同一主題下發大量的短帖的行為）；拍磚（批評）；頂（支持）；踩（反對）；樓上樓下（論壇帖子中的上下部分，發帖者稱為「樓主」，第一個回覆者稱為「一樓」，依此類推。還有一種約定俗成的叫法就是一樓的稱為「沙發」，二樓的稱為「板凳」，三樓的稱為「地板」，如在同一個回覆下支持回覆者觀點進行對回覆者的回覆叫「蓋樓」）。這些語言鮮活生動，充滿個性特點。

其次，網絡虛擬空間的交流還存在不同圈子的特定用語，類似於江湖切口，在一定的圈子裏大家都心知肚明，但圈外人就可能會一頭霧水，充分體現了網絡空間是由共識或共同興趣建構的想像的社會交往場所的特性。比如女性視角網絡小說中的耽美文、女尊文在寫作與閱讀過程中出現的大量專用語，如：

「年下攻」（「攻」是指耽美文男男戀人關係中相當於男性角色的特殊稱呼，反之則稱為「受」，而「年下攻」是指「攻」的年齡小於「受」的年齡）；

「正太控」（「控」的說法來自於日本漫畫，是英文單詞 complex（情結）首字母「C」的諧音字，義為對某某的情結。「正太控」就是指具有美少年情結的人，一般是指在戀愛對象的選擇上偏愛美少年的類型，「大叔控」則相反，一般指偏愛年齡比較大的男子的類型）；

「鳳后」（女尊文中對於女皇帝的後宮之主的稱呼，類似於傳統古典小說語境中的皇后）；

「妻主」（女尊文中男子對於自己妻子的稱呼）；

還有對於小說人物主要個性特質的特殊指稱詞語如：

「腹黑」（主要是指表面溫和謙恭但城府、心機很深的人的類型）；

「聖母」（主要指善良過分的老好人的類型）；

「面癱」（主要指表面冷清，經常面無表情的類型）；

「妖孽」（主要指容貌絕世、風流倜儻、對異性有絕對的吸引力的類型）

「忠犬」（指忠誠無比、忠貞不渝、死心塌地等的類型）；

「傲嬌」（主要指驕傲、任性、經常頤指氣使的類型）；

「悶騷」（主要指表面很木訥、笨拙、淳樸但骨子裏卻浪漫多情的「表面冷情、內心狂野」的類型）。

瞭解了這些，才能看懂網絡小說中的在圈中人看來淺顯易懂卻又生動有趣的文案，比如晉江文學城中妄想車廂的女尊穿越文《相公 你也在》的文案：

> 喜娘說：「傲嬌骷髏一隻，悶騷正太一枚，狠毒暴躁自戀狂一個，聖母型唐僧一頭，外加綻放的天雷小花一朵。以上就是你的所有夫郎，準備好拜堂成親了嗎？」
>
> 我認真地思考兩分鐘：「能逃婚嗎？」
>
> 五雙眼刀射了過來：「你——敢！？」〔註9〕

這段文案其實是預告了本小說中會出現五位男主，分別是傲嬌型的男鬼一個，悶騷型的男孩一個，脾氣暴躁、自戀且有些行為狠毒的男子一個，老好人類型的男子一個，還有出人意料的年齡較小的男子一個，小說就是寫女主如何在異世界中與這五位未來夫君相識、相知、相戀並最終喜結連理的過程，這部小說會帶些奇幻色彩，比如會有鬼怪出現。再如一泓雨煙的女尊穿越文《美男也穿越》的文案：

> 本文講述一隻美男穿越女尊國的囧史……
>
> 某隻美男——
>
> 一不小心穿成了後宮妃子……

〔註9〕妄想車廂，相公 你也在，晉江原創網，原文網址：http://www.jjwxc.net/onebook.php?novelid=679898。

又不小心救了個風流刺客……

還不小心捲入了皇位之爭……

也不小心搞了段兄妹相戀……

再不小心演了場逃婚私奔……

最後不小心被撲倒生娃娃……

雖然有皇位之爭，但本文走的是輕鬆路線

雖然有兄妹相戀，但本文絕對不會搞亂倫

雖然有私奔生子，但本文保證是三觀端正

本文純屬 YY～～偶而淡定抽風～～保證 1V1～～

　　（圖片是由雨落的 p 圖小站為我製作的，對於我這種代碼白癡來說真的是幫了大忙，O（∩＿∩）O 謝謝～～）

　　我寫得開心，希望大家看得也開心，(*^＿^*) 嘻嘻～～～喜歡就收藏吧～～～〔註10〕

這段文案中的文字語言，就包含很多的圈中特定用語，比如 YY，比如 1V1（結局女主男主是一對一的結局，NP 就是指一女多男的結局或者一男多女的結局）等等。圈中人看到這樣的文案，會覺得無比親切生動，在對小說的未來走向有大致瞭解的同時，感覺作者似乎就在自己面前，笑嘻嘻的給自己介紹相關情況，自然會心生親近之意，如果自己又喜歡這種故事類型或者喜歡這個作者，就不妨點擊鼠標一看文中乾坤。而圈外人或者首次看到這種文案的人，恐怕就會有如墜霧中、不知所云的感覺。

正是基於網絡虛擬空間交流的這種特性，網絡語言呈現出一種靈活變通的方式，與常規語言相比，具有新奇、簡單、有幽默感的特點。具體而言，則有如下特點：（1）追求面對面交流的即時性；（2）弱化語言的抽象性，增強語言的可視性、形象性；（3）表達隨意，個性化色彩濃厚；（4）強調視覺、聽覺的相互依賴等等〔註11〕。而網絡表達則體現出一種凡俗模式，「網絡是一個擁有巨大包容性的文化空間，其平等性、兼容性、自由性和虛擬性使它得

〔註10〕一泓雨煙，美男也穿越，晉江原創網，原文網址：http://www.jjwxc.net/onebook.php?novelid=739873。

〔註11〕程潔，張健，網絡傳播學〔M〕，蘇州：蘇州大學出版社，2007，76～81。

以保持平民姿態，向社會公眾特別是弱勢人群開啓文學話語權，網絡寫作在運用傳統的語言時，常常遠離典雅而親近凡俗。」具體表現在：句式簡短，語言表述的簡單化、時尚化、切口化，語言表達的諧謔與炫技色彩〔註12〕。而這恰恰體現了網語表達的草根特性與民間話語的色彩。

誕生於網絡虛擬空間的網絡原創小說，在語言風格上也會體現出網語表達的特質。這種網語表達的特質尤其體現在「現代都市」等現代背景類的小說中。網絡穿越小說基於自身的今古交錯的時空穿越特性，其語言風格也很明顯地呈現出網語表達的特色。下面先來看一段節選自晉江清穿文《四爺 我愛宅》中的文字：

> 網絡是個好東西，眞正讓人做到了秀才不出門，能知天下事。
>
> 所以宅男宅女也因此多了起來，當上網的資深宅女眼前一花，陷入黑甜鄉之後，醒來會是什麼情形？
>
> 答：穿了！
>
> 可惡的花盆底鞋，可惡的旗裝，可惡的滿清大辮子，可惡的被削了前腦門頭髮的清朝髮型……最可惡的就是，她竟然穿到了這個可惡透頂的時代！
>
> 李小如甩著手上長長的帕子，踢著腳下高高的花盆底鞋，滿肚子的憤懣與不甘。
>
> 「格格，站要有站姿，坐要有坐姿……」
>
> 來了，又來了，娘的，能不能不要這麼嘰嘰歪歪的啊？
>
> 穿就穿了吧，還偏偏穿到了滿族八旗裏，這也不打緊，更悲摧的是她才穿過來要面臨的就是三年一度的選秀。
>
> 靠之！
>
> ……
>
> 衰！
>
> 豈止一個「衰」字可以形容。
>
> 「啪」的一聲，又挨一戒尺。

〔註12〕歐陽友權（主編），網絡文學概論〔M〕，北京：北京大學出版社，2008，152～153。

　　娘的，一下子從人權平等的現代社會落到這麼個等級森嚴的封建時代，落差哇落差。從小沒受過一丁點兒的體罰，現在全補上了。

　　想她李小如，好吧，現在，她是耿綠琴——綠琴，這是個啥名啊，啥名……尼加拉瓜瀑布淚 ING……

　　這名字讓她想到了綠綺琴，那個一手促成卓文君與司馬相如寅夜私奔的千古名琴啊名琴。

　　紅果果的 JQ 哇！

　　……

　　於是，耿綠琴童鞋決定改換戰略戰策，從現在起，聽嬤嬤的話，跟嬤嬤走，做一個滿清時代的好格格！

　　哦耶！

　　好歹也是十幾年升學考試機制下教育出來的社會主義現代化建設的人才，至於到底是不是真的可以當棟樑，那個問題耿綠琴認為就不必深究了，反正如今落到這麼個時代，棟樑橫豎是當不成了。

　　……

　　但是讓耿綠琴抓狂想撓牆的事又出現了，有一個竟然不識字……5555555555 娘的，這證明義務教育是何等的有必要啊。

　　……

　　於是，耿童鞋華麗麗的被留牌了，等待她的是第二輪復選。

〔註13〕

　　這段文字中，基本上都是短句式、淺顯簡約的口語化敘述；有大量的語氣詞、象聲詞的使用，如「嘎嘎」、「啪」、「哇」、「娘的」、「哦耶」；有英漢詞語、阿拉伯數字表意符的混用，如「尼加拉瓜瀑布淚 ING」、「5555555555」，有十分流行的網絡用語如「宅男宅女」、「穿了」、「悲催」、「掛」、「衰」、「童鞋」、「華麗麗」、「抓狂想撓牆」、「紅果果」等。而這些語言的特徵和這種充滿塵俗煙火氣息、親和力極強、草根味道撲面而來的語言表述方式恰恰是網語表達的典型特質表現。

〔註13〕秋水伊人，四爺 我愛宅，晉江原創網，原文網址：http://www.jjwxc.net/onebook.php?novelid=631002。

第五章 消解深度——網絡穿越小說的創作手法

　　在網絡穿越小說的創作之中，創作者們採用「戲仿」的手法顛覆經典，重寫經典，消解了經典文本的嚴肅和神聖；在文本生成和敘事上凸顯了「去中心化」的特質，消解了傳統文學的承擔性審美觀念，創作主體呈現主體間性，敘事上的「穿越者」視角使小說結構呈現零散化的趨勢；呈現深度模式平面化的網絡穿越小說恰恰符合了讀者抹平深度的審美期待，消解了傳統文學堅守的歷史理性和深度模式。這些特性使網絡穿越小說呈現出鮮明的後現代文化氣質，也體現了網絡穿越小說的民間性審美特質。

5.1 「戲仿」手法

　　戲仿（parody），又被稱爲「戲擬」或者「滑稽模仿」，最早出現在亞里士多德的《詩學》裏，指一種戲仿莊嚴史詩的詩體。在整個文藝復興時期，戲仿被很多人認爲是一種低劣的文學形式，是一種拙劣的、滑稽的模仿。直到20 世紀，俄國形式主義者們重新發現了戲仿的價值，他們認爲陌生化是藝術審美感知的核心，而戲仿是實現陌生化的手段之一。巴赫金從民間詼諧文化和對話理論的角度闡釋了戲仿，認爲戲仿是一種雙層文本的對話，是下層民眾反抗思想禁錮的獨特方式，是多種話語的狂歡，是詼諧看待世界的方式。傑姆遜則認爲戲仿是後現代的標誌之一。在當今的華語網絡原創文學的創作中，戲仿已經成爲主要的創作手法之一，體現著具有通俗化傾向的後現代主

義小說敘述特徵，在對歷史文本、經典文學文本、當代文化經典文本等等的顛覆與戲謔中，體現著大眾文化立場的價值追求，也體現著個體性的遊戲精神與話語狂歡。

「戲仿」也是網絡穿越小說最常用的創作手法之一，基於穿越題材的特性，戲仿手法在網絡穿越小說的創作中主要體現爲對歷史人物的戲仿，對經典文本包括穿越題材本身的戲仿以及對現實時空文化上的戲仿。網絡穿越小說創作中對於戲仿手法的使用，充分體現了基於通俗性、草根性定位的網絡穿越小說的遊戲精神和狂歡色彩。

5.1.1 歷史人物的戲仿

對經典歷史人物的戲仿是穿越歷史類小說的常用創作手法。

在女性視角的穿越歷史文中，眾所周知的經典歷史人物諸如漢光武帝劉秀、南北朝時期的蘭陵王高長恭、十六國時期的西燕威帝慕容沖、明成祖朱棣、清世祖康熙、雍正帝胤禛等帝王將相紛紛登場，在現代穿越人的「在場」的見證之下，在眾所周知的歷史中走向輝煌或者滅亡。比如《秀麗江山》中的男主就是歷史人物劉秀；反穿越文《我的穿越男友》的主角是南北朝亂世中的蘭陵王高長恭；《鳳凰于飛》講的是十六國時期西燕國君主慕容沖的人生傳奇；《花落燕雲夢》中的男主是明成祖朱棣；清穿文《獨步天下》、《大清遺夢》、《鸞：我的前半生我的後半生》、《夢回大清》、《步步驚心》等等，展示的是從清太祖努爾哈赤、順治帝福臨、康熙帝玄燁到包括雍正帝胤禛在內的康熙帝眾位兒子阿哥們的人生與情感傳奇。

在這些穿越文中，歷史的走向並沒有改變，改變的是這些歷史如何發生的細節，還有這些歷史人物在穿越小說中呈現的與傳統印象大相徑庭的形象氣質。《秀麗江山》中的劉秀面對穿越人陰麗華展示出一個不同於歷史記載的情深款款的帝王形象；反穿越文《我的魏晉男友》中史有記載的面容柔美的蘭陵王高長恭成爲一個純樸憨厚的青年；《鳳凰于飛》中的慕容沖不再是歷史所載的被動的、耽於安樂有點軟弱的亂世帝王，而成爲一個行事果斷幹練卻因困於命運與情感而自願走向滅亡的癡情人鳳皇；《花落燕雲夢》中歷史記載勇毅果決、廢侄自立的永樂大帝朱棣所做的一切是爲了成全自己的愛情；清穿文中則讓我們看到了與歷史記載大不相同的努爾哈赤、順治帝福臨、康熙帝玄燁、雍正帝胤禛以及眾多史有記載的諸如十三阿哥、八阿哥、十四阿哥

等歷史人物形象，他們大多都成爲專情且深情的男子形象。

　　女性視角穿越歷史文中對這些經典歷史人物的戲仿，是基於民間價值取向，拋棄了歷史的宏大敘事，轉而書寫日常生活，敘事的重心是人物的情感，是小情調、小感覺，抒發的是對人性、愛情的理解與闡釋。在這樣的個體主體性的敘事中，這些眾所周知的歷史人物走下神壇，從宏大敘事的歷史理性中脫離出來，呈現出普通人的七情六欲、喜怒哀樂，從而在滿足了普通大眾對歷史人物與歷史何以發生的好奇之後，專注於書寫個人內心感悟以及對人生、人性、情感、生活的困惑與期待。這樣的戲仿，經典的歷史人物形象被顛覆，呈現出的是符合大眾尤其是女性心理期待與情感需求的風度翩翩、才華出眾、感情真摯的優秀男性形象。

　　而男性視角的穿越歷史文大多是架空穿越歷史，注重的是以現代穿越者的智慧和才能顛覆原有歷史，創造理想歷史，諸如《回到明朝做王爺》、《新宋》等等，書寫的更多的是基於個體主體立場的歷史狂想與成功期待，從中也凸顯出男性立場的歷史責任擔當與愛國情懷。另一種男性視角的穿越歷史文則是以張小花的《史上第一混亂》爲代表的戲謔歷史人物的類型。《史上第一混亂》是一部反穿越小說，小說的主題就是當歷史上赫赫有名的人物──尤其是冤家對頭諸如秦始皇與荊軻，劉邦與項羽等等──因緣際會地重聚在另一時空環境（比如現代時空的第好幾號當鋪）中的時候會發生什麼？小說的開始就充滿了戲謔的色彩：天庭玉帝誤判一個神仙死罪而後撥亂反正，補償給被天雷轟頂後落入凡間成爲凡人小強（蕭強）的神仙重新成仙的機會，條件是替犯錯的閻王爺料理爛攤子，收留因陰司判官酒醉後誤減壽命而到小強的當鋪裏做壽命彌補的各朝歷史人物。這樣的開端無疑顛覆了經典文學文本中威嚴的天庭與陰森嚴肅的陰司形象，還有眾所周知的玉帝、神仙與陰司閻王、判官的威嚴形象。比如超凡脫俗、瀟灑出塵的經典神仙形象在本文中成了打摩的的猥瑣神棍樣式的劉老六。但這種戲仿只是開始，之後在第好幾號當鋪裏，小強開始了他的接待生涯，分別接待了荊軻、秦始皇、項羽、劉邦、李師師、武則天、唐太宗、水滸 54 條好漢、300 名岳家軍、秦檜等等膾炙人口的歷史人物。第一單生意就是接待古今第一刺客荊軻，當小說主人公小強看到坐著的士到達的荊軻時，經典文本中大義凜然、視死如歸的英雄荊軻成爲如下描述中的形象：

　　　　劉老六（髒兮兮的聯絡神仙，作者注）就把一個高壯的、穿的

跟個土鱉似的人領到我面前，介紹說：「這是荊軻。」

……

小荊同學個子大概有 1 米 77，很塊兒，穿著開襟粗布的衣服，最搞笑的是他眼睛居然散光：他的一隻眼睛在看著你的時候另一隻眼珠子簡直就像藏在太陽穴裏。〔註1〕

威名赫赫的荊軻就這樣成為一個穿著老土、眼睛散光、頭腦一根筋、不斷思考為什麼刺殺失敗、失魂落魄地不停念叨「為什麼……」的荊二傻子形象。而接下來出場的秦始皇則是如此形象：

這個笑容可掬的大胖子秦始皇看上去只有 45 歲左右，穿著一件繡滿刀幣的長衫兒，頭髮要比荊軻的亮很多，一看就知道經常洗，他袖著手衝我點頭微笑。

……

後來我才知道，我贏哥並非一向如此低調，因為劉老六跟他說我是神仙他才這樣的，我贏哥其實是個認命的人，先是自己騙自己煉長生不老丹，結果據說快成功的時候煉丹的人死了，贏哥又馬上修兵馬俑，希望到了另一個世界還有小弟捧著，現在在他眼裏我就是另一個世界的主宰，所以他跟我很客氣。〔註2〕

名揚千古、雄圖大略又暴虐殘忍的秦始皇成了一個善於審時度勢、頭腦靈活又和藹可親的胖子。他會很謙和地操著陝西話與人交流，帝王之氣轉變為好奇心與接受力非常強的特質，能迅速學會使用現代馬桶、玩電腦、看電視，自得其樂。

當荊軻在現代廁所裏遇到了嬴政時，兩人的本能反應是荊軻繼續刺殺，而嬴政機警逃命。這場挪移到現代客廳中的歷史事件——荊柯刺秦的結果是在小強的勸說下兩人休戰，並在小強的調解下握手言和，從此生活在同一個屋簷下，和睦共處。

其後的歷史人物也一個個令人大跌眼鏡，西楚霸王項羽成為萬事皆看空，只求與虞姬重逢相守的癡情漢子；劉邦成為一個老奸巨猾、痞氣十足、

〔註 1〕張小花，史上第一混亂，起點中文網，原文網址：http://www.qidian.com/BookReader/174075，4464705.aspx。

〔註 2〕張小花，史上第一混亂，起點中文網，原文網址：http://www.qidian.com/BookReader/174075，4474530.aspx。

賭技一流的麻將大神；李師師則是一個謙虛好學、自立自強唯獨不願再談男
女感情的精明女子；梁山 54 條好漢與 300 岳家軍成爲育才文武學校的好老
師；秦檜頭腦精明、精於算計，發揮所長，成爲一名出色的會計……這些在
歷史風雲中翻雲覆雨的帝王公卿、王侯將相、俠客英雄們的經典形象被徹底
顛覆，成爲被大眾審美品位觀看與重寫的對象。這樣的戲仿在消解了歷史人
物的神聖光環之後，展現的是努力生存和適應環境的普通的人性和情感，凸
顯的是創作者和閱讀者們消費歷史的遊戲精神。《史上第一混亂》這部小說由
此充滿了荒誕感與消解經典的狂歡色彩。

5.1.2 經典文本的戲仿

　　網絡穿越小說中還充滿著對各類經典文本的戲仿，從莎士比亞的名劇、
魯迅先生的雜文語體、金庸古龍小說、熱門的網絡遊戲到各類大眾文化諸如
流行音樂、流行電視欄目、各類頒獎典禮等等，只要是人們熟悉的文本無不
可以成爲網絡穿越小說戲仿的源文本，體現出創作者的遊戲精神與文本的狂
歡化。比如《扶搖皇后》中女主孟扶搖對魯迅先生經典文本語體的戲仿，她
模仿魯迅先生「祥林嫂」式自述而杜撰出了「絕世悔過書」：

> 「我眞傻，眞的，我單知道醉酒的人自控能力降低，會出現某
> 些難以控制和預料的誤會，我不知道這個誤會也會發生在我身上，
> 我那天晚上在王府喝醉了酒，嫌熱把衣服脫了，叫王府的九夫人看
> 見了，大抵怕我著涼，九夫人很賢惠的，屬下們脫衣服她次次都記
> 得，九夫人便來拉我要我穿衣服，我不穿，我要回家，九夫人不應，
> 幾番撕纏，我低頭一看，只見衣服撒得一地，沒有我的袍子了，而
> 我的袍子是不會輕易不見的，各處去一找，果然沒有，我急了，在
> 床上四處摸，摸啊摸啊摸，直到下半夜，摸來摸去摸到被子裏，看
> 見被褥裏有衣角閃光，我說，好了，終於找著了，拿出來一穿，衣
> 料是相似的，式樣是不同的，面上還繡了花呢……我眞傻，眞的。」

> ……

> 此篇絕世悔過書，不知怎的便傳到了王府外，一經面世便風靡
> 磐都，一時滿街哄搶洛陽紙貴，以至於磐都人現今早晨見面，招呼
> 語已經由「吃了沒？」改爲「我眞傻，眞的。」〔註3〕

〔註 3〕天下歸元，扶搖皇后，瀟湘書院，原文網址：http://read.xxsy.net/info/244402.html。

再比如小逍主的《穿越只爲遇見你》中對莎士比亞名作《羅密歐與朱麗葉》的戲仿：

> 千翼一副視死如歸的壯烈，將眼一抬：「來就來，誰怕誰！」
>
> 只見他掙扎片刻，突然抬起頭來，眼波一轉，朝我拋個媚眼，嬌聲道：「告訴我，你怎麼會到這兒來，爲什麼到這兒來？花園的牆這麼高，是不容易爬上來的；要是我家裏的人瞧見你在這兒，他們一定不讓你活命。」
>
> 只聽碰碰碰一陣響，已有人被他媚入骨髓的眼神電到抱頭倒地。
>
> 哇！我差點連隔夜早飯都嘔出來，身上雞皮已經掉了一地。媽呀！真不愧是人妖的典範，這種人才不讓他去演女人還真是暴珍天物啊！
>
> 我握緊拳頭，哼！和我比酸！小子，你還太嫩，想當年我被封爲「羅必嘔」的時候，你還不知道在啥地方呢！我讓你看看，什麼才叫做戲劇真正的精髓！
>
> 我臉上表情一轉，瞬間已成功地變身爲大情聖羅密歐，兩眼滿含淚水，深情款款，直視千翼的雙眸，將雙臂往空中一伸，以誇張的戲劇腔調高聲說道：「我借著愛的輕翼飛過園牆，因爲磚石的牆垣是不能把愛情阻隔的；愛情的力量所能夠做到的事，它都會冒險嘗試，所以我不怕你家裏人的干涉。」〔註4〕

在古代異時空由現代穿越女重現的莎翁名劇中，扮演美麗的朱麗葉的是一個不折不扣的美少年樓千翼，而英俊瀟灑的羅密歐卻是穿越女李遙，兩人深情款款的臺詞對話背後是樓千翼與李遙的鬥氣爭勝，莎翁的《羅密歐與朱麗葉》的經典文本瞬時被顛覆爲兩個半大孩子的鬥氣工具。

網絡穿越小說的戲仿手法使用最多的類型還是穿越同人文。扣子依依的《仙劍同人——我是仙劍路人甲》以網絡遊戲《仙劍奇俠傳》爲原文本，在本文的文案之中，就展示出作者的顛覆原文本的傾向：

> 如果我可以穿越到仙劍一，我會把李逍遙廢了讓他不能殘害三個少女柔弱的心靈，然後找到那個萬能的荷花池泡到裏面恢復元氣

〔註4〕小逍主，穿越只爲遇見你，晉江原創網，原文網址：http://www.jjwxc.net/onebook.php? novelid=146075&chapterid=20。

再也不出來……

　　如果我可以穿越到仙劍二，我會把王小虎打一頓打得他開竅了懂得戀愛了，別傻得跟郭靖一樣，踢他去把蘇媚找回來，然後再找到李逍遙把他打一頓……

　　如果我可以穿越到仙劍三，我會在景天受欺負的時候幫別人一起欺負他，讓他幫我在地攤上找寶貝，然後把徐長卿打成植物人讓他不能壞了重樓和紫萱的好事……

　　如果我可以穿越到仙三外，我會把王蓬絮關在那個破籠子裏面再也別想出來，這樣子小璿璿就是我的啦！啊哈哈哈哈……

　　如果我可以穿越到仙劍四，我會讓「紫雲架」成爲著名的旅遊勝地，讓全天下都知道這天底下雲天河眞正喜歡的人到底是誰！然後記得帶上 502 膠水把玄霄的眼睛黏住，讓他一輩子閉眼睛！然後把夙玉擋在瓊華派門外，哄騙雲天青娶我……

　　如果……如果……〔註5〕

　　小說的正文中，現代穿越女主霍小扣果然穿越到了仙劍遊戲中，以路人的身份挑起了仙劍世界的恩怨情仇，網絡遊戲《仙劍奇俠傳》成了一齣令人啼笑皆非又感慨萬千的狗血言情劇。

　　在網絡穿越小說的顛覆經典文本的遊戲中，通俗類小說經典——金庸的武俠小說也是最容易被顛覆的文本。晉江文學網的同人類小說中，收藏和積分數比較高的穿越同人文諸如：夢魘殿下的《鹿鼎如此多嬌》、月下蝶影的《東方不敗之暖陽》、黑吃黑的《天龍之花開無涯》、飯卡的《倚天之一顰一笑皆囧然》、庭和的《穿越成華箏》等等都是金庸小說的同人文。這些穿越同人小說，大多是現代穿越人穿越到金庸武俠世界之後的傳奇和歷險，一樣的金庸武俠世界背景，卻是大相徑庭的故事和人物。《鹿鼎如此多嬌》中的鹿鼎公韋小寶成爲被穿越人窩窩靈魂附身的女孩子，原作中的韋爵爺七位如花似玉的夫人成爲七個昂揚男子，小玄子與小桂子的深厚情誼原來另有原因，茅十八成爲小寶的初戀情人，而吳應熊成爲小桂子的正牌老公，假太后是愛上小寶的妖孽型的美男子……；《天空之花開無涯》中，穿越人成了少年丁春秋，整

<hr>

〔註 5〕扣子依依，仙劍同人——我是仙劍路人甲，晉江原創網，原文網址：http://www.jjwxc.net/onebook.php?novelid=362048。

部小說就在寫有著戀童癖傾向的逍遙派大佬無崖子與兩位弟子的曖昧不清的故事，還夾雜著白玉堂與展昭，好一部紛亂的耽美小說；《穿越成華箏》中郭靖黃蓉楊康穆念慈都成為配角，原小說的炮灰級配角華箏公主成為中心人物，這篇小說的主旨就是「誰說華箏就非得愛郭靖……射雕龍套們也有自己的春天!」透過裝載有穿越人靈魂的華箏公主的眼睛，經典的金庸武俠世界變得如此的陌生卻又別有情趣，可愛的朱聰二師父，笨笨的總是被幾位師父痛扁的未來郭大俠，還有那個帥帥的完顏洪烈六王爺……這些同人文中，原文本的人物和故事成為一個個被裂解的碎片，被創作者進行了讀者視角的顛覆與重寫，通過穿越人的視角重新拼接成新的故事。創作者通過戲仿的手法將經典文本裂解成碎片後按照自己的方式重新拼接，創造出屬於自己的文本，使閱讀者們在熟悉的文本環境中看到了諸多被陌生化的原文本人物，從而產生閱讀的新奇感與趣味性。而創作者們則是基於個體性的立場對源文本進行解構與戲謔，並在這種戲仿之中消費經典文本，消解經典文本的神聖性，獲得一種讀者主體的遊戲式快感。

網絡穿越小說還在不斷地戲仿穿越題材本身，解構和顛覆原有的穿越小說模式，這比較集中地體現在穿越爆笑文之中，比如妖舟的《穿越與反穿越》、影照的《午門囧事》、三日成妖的《囧女辣手催草錄》、秋水伊人的《四爺 我愛宅》等等。妖舟的《穿越與反穿越》無疑是以戲仿的手法顛覆和解構穿越題材的經典文本。小說的開端就是一個沉迷於穿越小說的女大學生趙敏敏想盡辦法的要穿越，因為在穿越文的世界中穿越女們要風得風，要雨得雨，要美男一大把，要財富手到擒來，這簡直是每一個現代女子的美夢！趙敏敏同學為此不惜對自己進行魔鬼式訓練，訓練的內容就是穿越女主們的異世必備技能，諸如古詩詞、琴棋書畫、農耕水利、紡織煉鐵等等，訓練的結果是趙敏敏迅速在現實世界中成為才能卓越的明星級學生，成為男孩子們競相追逐的對象，正當敏敏同學為這個穿越大計的副產品竊喜不已，正在考慮是否放棄穿越時卻無意間真的穿越了！穿越之後的敏敏發現，原來穿越小說中的很多經典橋段都是浮雲，比如穿越小說中穿越女主的極度旺盛的桃花運，比如穿越女主必會碰上位高權重卻情深意重的優質男子，比如碰上的優質男子都會愛上穿越女主……敏敏在異時空的穿越歷險卻大相徑庭，雖然也有了事業，遇到了很多男子，比如肖壽、楊過楊侍衛、四皇子、洛王、洛城等等，但卻與經典穿越情節似是而非，比如穿越後不是錦被高床而是喧嘩大街，並

立刻被賣到了妓院；到了妓院卻沒碰上白馬王子，反而救了一個耽美小受類型的少年肖壽；憑藉自己的才能在異世奮鬥求生，遇到了位高權重的後明四皇子大狐狸，卻是個為了江山權位可以利用一切、出賣一切、算計一切的腹黑男……，且看文中的自我分析：

> 從前有個女孩子，一不小心，穿了，遇到一個男人。男人身份高貴自大狂妄，又帥又聰明，從小長在深宮裏，沒享受過正常的童年和自由的樂趣。周圍的人都對男人又敬又怕百依百順，偏偏女孩子渾不吝他，順便帶他領略平民的生活樂趣，比如逛廟會。於是男人由新鮮到喜愛，最後女孩子在生死關頭莫名其妙的捨身救了男人，男人受感動，倆人好上了……

> 以上，為穿越常見模式 A 型。

> 然而，事實是：

> 第一，身份高貴的人很少有長得帥的。請參見中央領導班子和日本王室那一群。

> 第二，一般來說，只要小皇子沒攤上個後媽，童年的正常樂趣不見得會減少多少。

> 第三，不是每個人都喜歡跟自己對著幹，對自己從來都沒禮貌的人的。這一點上基本可以算是言情小說最大的誤區。

> 第四，皇子一般都接受過高等教育和普及教育，並不會像鄉巴佬一樣對廟會上的糖葫蘆產生巨大的興趣。宮裏的御膳房大師傅多半會做民間小吃。

> 結論：

> 大家盼望的敏敏跟大狐狸一起甜甜蜜蜜逛廟會、啃糖葫蘆、看煙花的場面是不會出現的。〔註6〕

趙敏敏的穿越經歷可謂是一部血淚史，也是一部經典穿越小說情節模式的顛覆史，在小說的最終，當趙敏敏碰到了草原追風族的白毛，才總算遇到了一個可以真心對待她的異性。最終，敏敏同學選擇了白毛，定居在了大草原，陪伴她的還有那匹孤獨的狐狼，當然這是小說網絡版的結局 B，喜劇結局。

〔註6〕妖舟，穿越與反穿越，晉江原創網，原文網址：http://www.jjwxc.net/onebook.php?novelid=82981&chapterid=20。

之前還有一個悲劇結局版本 A，那就是當敏敏遇到全心全意對待她的非經典穿越文男主類型人士——追風族白毛並兩心相許時，所有主角配角全被雷劈死了！創作者這種完全背離了種種穿越黃金定律的情節安排，在對經典穿越文本的戲仿中獲得「我的小說我做主」，顛覆一切、解構一切，從頭到尾不過是一場遊戲的荒誕感。而這種讓人看了又雷又囧的穿越小說，實在是千般滋味在心頭，哭笑不得，卻又有一種出乎意料之外的大跌眼鏡的閱讀快感。經典穿越文本所建構的模式與意義在這類小說文本之中被消解殆盡。

即使是在一般的穿越文中，也時常有對於經典穿越文的自嘲式戲仿，比如《瀟然夢》中對「落崖不死」定律的戲仿；比如穿越耽美文《青蓮記事》的開頭對穿越文的自嘲式書寫：

> 回到古代的人很多，回到古代的方式有很多種，所去的時間地點人物也大大不同。有連身體去的，有靈魂單獨去的；有一個人去的，有兩個人去的；有去拯救世界的，有去征服世界的，當然，也有去征服美男美女的。
>
> 無論如何，有一點很重要，那就是你的空降地點和你扮演的角色。如果你一過去就是皇帝，那麼即使你在現實社會裏是個賣盜版光碟的，要完成征服世界或美女的任務難度都不大，至少第二項不難。如果你不幸降落在一個菜農家，作者又比較崇尚實際，那麼你就算在這兒是核武器專家，在那裏也很難存活。
>
> 相比而言，回到古代女人一般更不討好，因為面臨整個社會強勢的性別歧視，一般只能跟了第一眼見到的那個男人，寫一篇穿越時光的言情文文。〔註7〕

結果是某現代穿越女，遵循穿越定律觀察周圍環境確定自己境遇還不錯時卻赫然發現了最大的問題：自己穿越成了一個男人！當然，這就是網絡穿越小說開疆拓土、創新自己文類的性別轉換類穿越文經典《青蓮記事》，並且還掀起了穿越耽美文的寫作與閱讀熱潮。網絡穿越小說就在這樣的對自己經典文本本身的戲仿中不斷更新和發展穿越文本，在不斷解構的同時重新建構，小說的創作者們則在花樣翻新的文本創作中盡情表演自己，在作品不斷被閱讀中完成文本的價值和意義。

〔註 7〕葡萄，青蓮記事，晉江原創網，原文網址：http://www.jjwxc.net/onebook.php?novelid=57114&chapterid=1。

5.1.3 現實時空文化的戲仿

基於穿越時空題材的特質，網絡穿越小説中也不乏對當下社會文化的戲仿，比如《穿越與反穿越》中當兩個穿越到古代的現代人遭遇刺客時，卻有著如下的對話，體現著對現代電視頒獎典禮的戲仿：

> 「問題一：爲什麼這些人要穿黑衣服？」
>
> 「答：晚上是爲了掩護，白天是爲了拉風～～」
>
> 「問題二：爲什麼這些人要蒙面？」
>
> 「答：爲了符合大眾品味。」
>
> 「回答正確！加十分！這位同學恭喜你進入無釐頭問答第二關！請你對電視機前的觀眾們説句心裏話！」
>
> 「噢～～～謝謝 CCTV！謝謝 MTV！謝謝 VOA！謝謝鳳凰衛視！謝謝 HBO！還有謝謝我的經紀人，我不會忘記你的！我太激動了！我太高興了！噢～～～老爸老媽，我知道你們在親友團裏，我永遠愛你們！謝謝～～謝謝！！」〔註8〕

這種近乎無釐頭式的戲仿，將創作者的遊戲心態演繹到淋漓盡致，也讓讀者獲得一種視覺的盛宴，閱讀的狂歡。而被戲仿的社會文化經典文本的嚴肅與神聖則轟然倒塌，被消解爲不知所謂的文化碎片。

5.2 文本生成中的「去中心化」

文學的生產歷來被視爲是藝術自律和社會他律相統一的價值生成和審美承擔的過程，傳統文學由此建立了文學寫作的中心模式，也就是說，任何文學生產都是主體中心化的寫作，所有文學生產中的欲望和激情都必須被納入中心化主題中才能獲得意義，實現文學生產上的審美承擔，實現創作者的千秋情懷和心靈希翼。網絡穿越小説卻在它的文本生成與敘事上極大程度地消解著這種中心模式，表現出「去中心化」的後現代主義文化特質。

5.2.1 消解承擔性審美觀念

網絡穿越小説從表達內容上體現出消解承擔性審美觀念的「去中心化」

〔註 8〕妖舟，穿越與反穿越，晉江原創網，原文網址：http://www.jjwxc.net/onebook.php?novelid=82981&chapterid=34。

傾向。

　　文學的社會承擔一直是文學創作者堅守的文學道義，從先秦儒家強調「興觀群怨」、「諷喻美刺」，到唐代詩人白居易提倡的「爲時而著」、「爲事而作」，清末的梁啓超甚至提出「小說救國論」這樣有些偏激的觀點，文以載道似乎已經成爲顛撲不破的文學價值真理。而在後現代主義文化土壤的賽博空間中生長並繁盛起來的網絡穿越小說，卻從一開始就竭力擺出消解種種本質主義夢想的姿態，以日常生活書寫取代宏大敘事，以欲望和情感的狂歡式書寫消解「文以載道」的高雅文學追求，以廣泛的基於大眾立場的形而下的普遍價值追求取代基於精英立場的嚴肅的、探索性的理想主義的形而上的價值追求，以大眾化敘事取代精英立場敘事，文學的生產成爲語言的遊戲，成爲普通大眾欲望與情感的自由宣泄途徑，自由宣泄的理念取代了承擔性審美觀念，莊重的中心模式的宏大敘事被自娛娛人的文化消費邏輯取代。

　　穿越歷史文中基於個體立場的生活經歷書寫是最普遍的模式；《夢回大清》是現代少女薔薇在康熙朝後宮中的求生奮鬥記，當然還有必不可少的三角、四角戀愛；《回到明朝做王爺》則是現代少年楊淩在大明朝混得風生水起的個人成功史，當然也伴隨著坐擁美女、權勢和財富的惡俗情節。無論是什麼類型的穿越文、何種驚心動魄的傳奇，小說表達的重心總是現代青少年的成功欲望、情感困惑與夢想期待。

5.2.2 創作主體的主體間性

　　網絡穿越小說在文本的生成上所凸顯出的創作主體的主體間性體現了後現代文化特質的「主體的非中心化」特質。傑姆遜認爲「主體的非中心化」是後現代主義的一個重要話題，在網絡穿越小說的創作中，這種「主體的非中心化」表現爲作者的中心地位被消解，作者與讀者混合在虛擬的賽博空間，甚至融爲一體。

　　傳統文學的生產是一種「代言」的中心語體的生產，作者是職業的「社會代言人」，他們創作的作品只有符合文以載道的價值承擔功能才會成爲被認可的文學文本，經過編輯的層層把關、專家的審定或者權威的推薦與讀者見面。作者是作品的中心書寫者，也是中心話語的代言人，讀者是純粹的接受者，只有閱讀、觀看與接受的權利。

　　網絡穿越小說的文本生成形式主要是網上連載更新。在網絡的環境下，

小說創作的權力眞正地回歸了民間，任何人都有權發表自己的作品，無需經過「把關人」。任何人連載更新的小說內容都可以在第一時間被讀者閱讀並在讀者的意見和建議中得到修改與完善。網絡穿越小說的文本生成過程就是這樣一個作者與讀者不斷即時互動的過程，文本生成中作者與讀者的角色可能會互換，而網絡小說文本的開放性也使小說可以成爲一個永遠在生成中的文本。網絡穿越小說文本生成中的這種主體間性消解了傳統文學中作者的絕對中心主體地位，作者的中心地位被邊緣化，讀者的邊緣地位可能被中心化，小說文本的形成由此呈現出「去中心化」的後現代文化特質。

5.2.3　敘事中的「穿越者」視角與零散化的小說結構

　　網絡穿越小說的基本敘事模式是一個現代穿越者在異時空的生活經歷書寫。這樣的敘事模式決定了穿越小說敘事的「穿越者」視角。在網絡穿越小說的敘事中，大部分都是第一人稱敘事，即使是第三人稱敘事，也大多是以現代穿越者爲講述者的講述性敘事。

　　經典清穿文《夢回大清》正文通篇都是第一人稱敘事，敘事者就是來自現代的少女薔薇，通過小薇的敘述，讀者看到了康熙年間的時空，看到了諸位優秀的阿哥皇子，也看到了小薇的情感在四阿哥與十三阿哥之間的掙扎糾纏，直到故事的最後，茗薇在清代的時空死去，小薇在現代醒來，那些古代時空的愛恨情仇也隨著現代小薇的醒來而煙消雲散，恍若大夢一場，而現代小薇的心中卻留存著刻骨銘心的愛的記憶。而小說的番外篇，則是十三阿哥胤祥與四阿哥胤禛視角的第一人稱敘事，讀者從番外中讀到了十三阿哥與四阿哥的心路歷程。第一人稱的敘事使小說的讀者面對的是身爲故事主角的穿越人小薇，而不是現實時空的作者金子，讀者與小說故事的距離被大大縮減。讀者們不再是故事的旁觀者，而成爲故事主角的傾訴對象，故事人物小薇超越了文本限制與讀者們直接對話，作者金子幾乎被取代或者被邊緣化。讀者則通過小說穿越者「我」的敘述，很自然進入穿越者小薇的內心世界，分享著她的感受，她的悲喜，她的迷茫，她的掙扎，這樣的直接結果就是現實中的作者金子的中心地位被消解，存在的只有小說中的「我」。這當然是穿越小說的作者故意爲之，因爲，讀者與故事人物的零距離間接實現了作者與讀者交流的願望。從某種程度上而言，作者通過第一人稱敘事與讀者們完成了靈魂上的交流與對話，因爲，穿越者小薇的情感與理念是作者金子賦予的。這

樣的敘事手法造成的客觀結果就是現實中的作者金子與文本中的穿越者小薇
——「我」既是一體又不是一體，是「我」也非「我」，這在很大程度上沖淡
了作者的中心地位。

　　穿越文的行文風格絕大多數都是基於穿越者視角的講述性敘事，「從概念
上講，講述是以敘述者作爲中介的再現，讓敘述者控制著故事的講述、概括，
並加以評論」〔註9〕。這種講述技巧的使用，會大大縮小作者與讀者的距離，
改變了傳統文學生產中作者高高在上而讀者只能被動接受的地位關係，作者
與讀者在一個對等的平臺上面面相對，促膝交流。從更深的意義層次而言，
講述的技巧消解了傳統作者的布道者角色，解構了以作者爲中心的傳統文學
的價值意義說教。比如以下這段節選自《瀟然夢》中的文字：

> 　　「嗚……！」意識只是淺淺的恢復，我就感覺到全身火燒火燎
> 般的疼痛，勉強睜開眼環視四周。入目卻是殘舊的木質房梁，到處
> 糾結的灰色蜘蛛網和不住往下滲水的破敗三角形屋頂。
>
> 　　這……這是什麼鬼地方。我明明記得自己是隨著車子掉落懸崖
> 的，怎麼……現在竟到了個類似破廟的地方？
>
> 　　……
>
> 　　眼珠流轉中，我瞥見前方有個人影，似乎正坐在火堆前。心中
> 有些了然，應該是掉落懸崖後這個好心人救了我。外面下起大雨，
> 他沒處去，只好把我帶到這裏。
>
> 　　我忽然想起了一事，大驚，顧不得身體從臉到腳撕裂火燒般的
> 痛，對那人大喊道：「小雨呢？不……你有沒有看到和我在一起的那
> 個女孩子，你……」
>
> 　　那個……我終於看清了，那是個男子。他起身，用冰冷毫無溫
> 度的眼睛掃過我，就轉身走出了破廟。
>
> 　　我，如遭雷擊！不是爲了他的眼神，我丫的別說眼神，就連他
> 長相都沒看清楚。可是那一身古代服飾和裝扮……我進到劇組拍攝
> 場地了嗎？
>
> 　　我安慰自己，一定是的。難怪我會躺在這種只有武俠小說才會

出現的破廟、石床上。可是，心裏又隱隱覺得有什麼不對勁。

　　門口不知何時出現了個修長的身影。

　　……

　　他微笑著摸摸我的額頭，好清涼好舒適的觸感啊！我忍不住陶醉其中。這肯定是哪個劇組請來的大明星，正演戲呢。而且包准是個大牌，感覺比我以前接觸過的那些明星都有真材實料多了。

　　唉，沒想到摔個懸崖也能摔出這種豔遇來，真不知該說幸還是不幸。

　　在這段文字的敘述中，作者小侠用講述性的話語向讀者講述了穿越者「我」（水冰依）落崖穿越到古代時空後的陌生感與茫然感，以為是被好心人解救想要詢問同在出事現場的好友下落，卻發現身處環境是武俠小說中才有的破廟，救自己的則是古代服飾打扮的不明身份的人……讀者就借著這樣娓娓道來的「我」的講述，跟隨著穿越者水冰依的視角，開始經歷在異時空天和大陸的愛恨情仇的傳奇。

　　網絡穿越小說中的穿越者視角敘事，形成了穿越小說以「穿越者需要」為中心的情節鈎織特質，也造成小說文本結構上的鬆散化傾向。傳統文學中的小說結構，往往是以人物性格發展為線索，有連貫統一的情節安排，有宏大敘事主題和社會責任的承擔，結構謹嚴有序。而網絡穿越小說的情節發展雖然也有有序的線索結構，但完全服從於對穿越人經歷的書寫需要，不去刻意追求故事情節的完整性，因為小說本身就是穿越者的異世生存體驗，因此總是把個人意識流動有機穿插在敘事之中，連貫而成穿越者的傳奇故事。比如三日成妖的《囧女辣手催草錄》，故事的敘述就隨著「我」的靈魂的附體重生，被附身軀體的死亡驅離出來，再在新的身體上重新附體重生這樣的詭異狗血的循環中展開。從開始時一場場顛覆穿越定律的搞笑穿越，到附體成為夏子衿，遇上兩大男主柳開歌和洛風涯，才開始了時間較長的傳奇敘事。但這種傳奇敘事又因「我」的靈魂被強行驅離出夏子衿的身體而中斷，又隨著「我」的靈魂附在妓女鳳紅豆的身上重生而開始，不過，卻是另一段故事，與唐七、沈華胥等的搞笑情感趣事。之後，隨著鳳紅豆的死亡，「我」又穿越到一個山寨女大王身上，直到遇上了絕世神醫傅靜思，「我」瞭解了自己的真實身份和來歷──傅靜思的師妹菱花鏡的前世恩怨，這段狗血的穿越史才在

「我」的逆轉時空、彌補遺憾、接續前緣中落下帷幕。這樣鬆散的故事結構完全服從於「我」的靈魂所附體的對象，故事隨著被附體者的身份展開。其它的穿越小說也大多如此，所有的情節安排決定於穿越者的境遇與需要。這樣的鬆散化的結構安排，無疑是網絡寫手們寫作遊戲性與隨意性的表現，也使得網絡穿越小說的文本呈現「去中心化」的情節結構零散化傾向。

5.3 抹平深度模式的審美期待

所謂期待視野，是指讀者接受文本的一切條件，這個條件既包括讀者受教育水平、生活經驗、藝術趣味、審美能力等等，也包括讀者從已閱讀的作品中獲得的經驗知識以及讀者本人對不同文學形式和技巧的喜好和熟練程度。〔註10〕據調查，網絡穿越小說的主要閱讀群體集中在35歲以下的青少年群體，尤其是大中學生和城市白領群體。這個閱讀群體的共性特徵是有一定的知識修養和基本素質，思維活躍，想像力豐富；人生閱歷較淺，有很強的追新求異的好奇心理；面對自己的人生、情感和夢想，有諸多的期待、嚮往和困惑；面對自己民族的傳統文化和燦爛歷史，既有無盡的好奇與思慕，又有一定的理性認知與個性化的解讀；面對學業與事業追求帶來的沉重壓力與枯燥呆板的日常生活，希望在閱讀中放鬆自己，緩解壓力。這樣的期待視野特點造就了網絡穿越小說的通俗性、傳奇性、模式化和娛樂性，體現了民間性的審美特質，也使網絡穿越小說的文本呈現一種後現代的被抹平深度的模式，最集中表現在歷史成為大眾的消費品，傳統文學的歷史理性被顛覆；文學的宏大敘事被消解，深度被抹平，成為娛樂大眾、放鬆精神的調味品，呈現出創作與閱讀上的遊戲精神與狂歡色彩。

5.3.1 被消費的歷史

傳統文學堅守的是由歷史邏輯和主流話語所形成的社會價值觀，是一種歷史理性精神，這種歷史理性精神被後現代主義者稱為「元敘事」或者「宏大敘事」，而後現代主義的基本觀點之一就是對這種宏大敘事或者元敘事的懷疑與解構。在宏大敘事的傳統文學中，總是在追求歷史的真實性，追求主流話語、中心意識的歷史解讀和價值評判，而網絡穿越小說則是對歷史理性支

〔註10〕參見董勝，論網絡文化視野中的穿越小說〔D〕，蘇州：蘇州大學文學院，2010。

持下的本質主義發生了懷疑，強調歷史本質的不確定性，重視闡釋的是「歷史何以發生」的文學想像，並基於自己的個體情感與欲望重構歷史的細節、重塑歷史人物形象來填充這些正史話語所缺失的感性部分。嚴肅的歷史在這種創作理念所驅使的網絡穿越小說中被玩味、被想像、被解構、被消費。

在穿越歷史類的穿越小說中，同樣的被記載於史書上的眾所周知的歷史結局卻有著千萬個如何走向這個結果的不同過程，已有定論的歷史人物在穿越小說中卻呈現著多元化的人物形象。秦始皇「焚書坑儒」的原因在《尋秦記》中被詮釋成假冒的嬴政（趙盤）為抹去現代穿越人項少龍的功績；明成祖朱棣怒殺數千宮人的殘暴行為在《花落燕雲夢》中被解釋為因痛失愛人而致的瘋狂發泄；《鳳囚凰》中講述南北朝時的政治格局本來由書中男主——強大腹黑的容止操控，只是因為被超越時空力量的手環控制，容止才不得已暫時中止了操控時局的計劃，最後更是為了心愛之人放棄了江山爭奪，將成果拱手相讓才有了後來的歷史走向。歷史的發展過程在網絡穿越小說中有了多種可能性和多元化的呈現。在網絡穿越小說的歷史想像中，禍國殃民的妲己成為一個被潑污水被抹黑的純情女子；陰鬱狠屬的雍正帝成為情深愛重的帥哥「四爺」；千古一帝康熙卻是一個重情重義又開朗活潑的純真少年。穿越架空歷史文中，連歷史的原有走向都被改變，至於會走向何方，卻連開創走向的穿越主人公都未必能完全把握。阿越的《新宋》中，穿越人石越基於他的現代理性和智慧，從政治、經濟、科技、文化上改造了原有的宋代歷史，但歷史最終會發展成什麼樣子，石越自己其實也沒有完全看清，但他的行為無疑為原有歷史的發展提供了另外一種可能性。

歷史在網絡穿越小說的創作者這裏，成為可以發揮無窮想像力的廣闊空間，成為娛樂自己也娛樂他人的調味品，成為寄託和發泄現實中難以滿足的各種欲望的宣泄渠道，成為詮釋平民立場價值取向的原料，至於歷史的真實性是什麼或者中心話語如何被詮釋卻無人關心。網絡穿越小說中，歷史不再是早就被系統統一設定好的遊戲，不再只有史書記載的一種可能，而是充滿了各種各樣的可能性，成為多元化的歷史；歷史人物也不再是只有史書記載中的那副面孔，而是感性的、個性化的、立體的、價值評判可能完全相反的多元化的形象。那麼，我們要相信哪一個？答案是這不重要，重要的是在這些多元化的歷史發展過程想像中，在基於不同情感取向的歷史人物形象詮釋中，作者完成了基於個體視角與民間立場的歷史想像與情感宣泄，而讀者獲

得了身心的放鬆和情感的愉悅。歷史不再獨屬於史官、精英文化與歷史本身，而成爲一個充滿魅力的玩具，屬於大眾層面的不同玩家。在網絡穿越小說中，歷史完全服從於後現代的消費文化的話語和邏輯。

5.3.2 被消解的深度

傳統文學是講究意義深度的，講究思想、結構、人物刻畫、修辭的深度。在傳統的文學批評者看來，文學作品的深度寫作不僅是陌生化的體現，更是文字得以流傳、文學的存在意義的本質。而後現代主義卻倡導平面化，拒斥各種深度模式，王岳川先生基於後現代的文化邏輯，把削平深度模式概括爲：「消除現象與本質、表層與深層、眞實與非眞實、能指與所指的對立，從本質走向現象，從深層走向表層，從眞實走向非眞實，從所指走向能指。這實際上是從眞理走向文本，從爲什麼寫走向只是不斷地寫，從思想走向表述，從意義的追尋走向文本的不斷代替翻新」〔註11〕。這種後現代的文化理論與網絡的藝術邏輯是基本一致的。被網絡重構的文學作品不再提供經典作品的意義，提供的只是迴避意義的文字遊戲，審美的意義則存在於不斷被閱讀的闡釋中。大多數網絡原創文學作品中，「事物是平面的，現象就是所有的內容；人物是表層的，外在行爲的背後並沒有什麼深層的潛意識；世界是眞實的，日常生活的世界是統一的；寫作是透明的，能指就代表了文本的深度」〔註12〕。而這種深度削平、平面化的後現代文化特質在網絡穿越小說的文本中有著非常明顯的體現。

網絡穿越小說的創作者們不追求形式的高雅，不追求內容的深遠意蘊，不提供經典作品的意義深度，他們給閱讀者提供的是交叉雜糅的文體、一堆大雜燴的文字和充滿遊戲精神的跨時空跨文化的人物和故事演繹。他們專注的是在同一個平面上的創作，他們提供的作品的價值只存在於被閱讀之中。

網絡穿越小說的平面化表現在三個方面。其一，思想的膚淺，沒有深度。網絡穿越小說的創作主流群體是青少年，他們人生閱歷不深，寫作經驗不足，最主要的寫作動力是娛樂與宣泄情感，當然就不大在意在小說的創作中挖掘什麼深度的思想，多數都是江湖恩怨、宮廷爭鬥、歷史幻想、多角戀情等等，很少會去將主題昇華到人性、道德等形而上的高度。這就使網絡穿越小說更

〔註11〕王岳川，後殖民主義與新歷史主義文論〔M〕，濟南：山東教育出版社，1999，105～106。

〔註12〕歐陽友權，網絡文學概論〔M〕，北京：北京大學出版社，2008，121。

多顯現的是青少年獨有的激情和天馬行空的想像力，而少有深度意義的追尋與挖掘。其二，人物比較平面化，較少性格的深入挖掘。網絡穿越小說中的人物大多只是串聯情節的線索或符號，作者與讀者更關注的是通過人物展示奇異的經歷，精彩的事件，鈎織充滿魅力的傳奇故事，獲得充滿刺激性的故事敘述或閱讀快感。這種人物的創作理念與傳統文學中人物性格發展的觀念完全不同。大多數網絡穿越小說尤其是男性視角的穿越小說中，人物模式化、平面化，形象單薄，性格缺少發展變化的現象很普遍很平常，其原因也大多如是。其三，語言直白通俗，比較缺乏深度。講述式的敘事方式，口語化的表達，大量網語、俗語、俚語甚至粗口的使用，使網絡穿越小說的語言風格呈現通俗化、大眾化的特質，文學語言與日常生活語言的距離感縮小甚至消失。對於讀者而言，這種語言風格充滿了親和力，充滿了日常生活、市井小民的詼諧和急智，卻失去了傳統文學注重的語言的多義和深沉。〔註13〕

這樣的平面化的網絡穿越小說文本當然招致了傳統文學批評者們的炮轟與否定，但這樣的消解深度的文本恰恰是其後現代文化特質的鮮明表現。網絡穿越小說的創作者和閱讀者最關心的永遠是小說好不好看，精不精彩，能不能吸引眼球，有沒有實現個體情感欲望的滿足或宣泄的期待。網絡穿越小說的文本因差異而豐富，創造了一個沒有深度，卻讓想像力自由飛翔、充滿差異的世界。網絡穿越小說也因感性消費而存在，小說文本的生產就是一個快餐式的、狂歡化的過程，褪去了詩學深度的「光暈」，用平面消解深度的同時，也消解了生活與藝術、寫實與虛構、文學與非文學的原有界限。這樣的文本恰恰滿足或者符合了青少年群體的閱讀期待。

〔註13〕關於網絡穿越小說的平面化特質的論述觀點主要參考了蘇州大學文學院董勝的碩士論文《論網絡文化視野中的穿越小說》（2010）中的相關論述。

第六章 遊戲狂歡──網絡穿越小說 的平民氣質

本章重點分析了網絡穿越小說文本創作和閱讀中的遊戲快感和狂歡色彩，進而研究網絡穿越小說的遊戲性特質。這種遊戲性特質賦予了網絡穿越小說鮮明的平民文化氣質和通俗的審美趣味，體現了網絡穿越小說的民間性審美特質。

6.1 可逆時空、超越死亡的遊戲快感

在網絡穿越小說中，許多現實的定律被打破，歷史的走向、故事人物的走向、人生的走向變得一切皆有可能，小說可以成爲創作者和閱讀者們縱橫古今上下、超越生死悲歡的遊戲載體。小說的遊戲性特質得到了最淋漓盡致的發揮。

在穿越小說中，不可逆轉與改變的時間空間定律被打破，單向性、眞實性的時空軌跡可以被逆轉，可以被偏離，可以被虛構。在穿越小說中，可以穿回過去的時空，可以穿到未來的時空，更可以穿到純粹由人類想像力虛構出來的時空。時間和空間在穿越小說之中要扁就扁，要圓就圓，任小說的創作者採擷使用。這種時空定律的打破，給人帶來的是探秘歷史、遊戲歷史的歡悅，也是縱情馳騁想像空間的暢快。

早期穿越小說經典《尋找前世之旅》（作者 Vivibear，晉江原創網首發）就給人帶來了這樣的快感。小說主人公葉隱借助師父司音的超能力自由穿梭

於各個歷史時空甚至神話傳說的時空之中，與各個命運已定的歷史人物或者傳說人物產生交集甚至產生感情，以在場的方式見證歷史的發生。從秦朝秦始皇、古代日本明治維新前的幕府著名劍客沖田總司、中世紀東歐的吸血鬼城堡和血族親王撒那特斯、古埃及法老拉美西斯、文藝復興時期的羅馬和瓦倫丁公爵西澤爾、日本平安時代的平安京和陰陽師安倍晴明、古阿拉伯帝國的阿拔斯王朝時代、古印度曲女城、古代北歐的海盜時代、中世紀的法國與聖殿騎士團的騎士、古瑪雅和大祭司伊茲莫、古代大唐盛世……甚至還有奇幻色彩的中國古老傳說中的冥界、西方傳說中的精靈國度等等，一段段或幽默、或感傷、或歡笑、或悲哀的傳奇故事就這樣由創作者娓娓道來，令人彷彿自由穿梭於歷史時空的遊戲之中，細緻入微地觀察著歷史的發生，又能感同身受地觸探著那些早已湮沒在歷史風塵中的古人的情感與靈魂，給人極大的震撼，當然也有親歷歷史的新奇與歡悅。Vivibear 的另一部小說《尋龍記》與這一部小說有異曲同工之妙，穿梭在真實與虛擬的時空，在一個個古老的時空與歷史人物相遇相交，演繹著歷史縫隙中的傳奇，帶來遊戲般的歡悅。

　　而小佚的作品《瀟然夢》、《少年丞相世外客》講述的是穿越到虛擬的時空中的傳奇。《瀟然夢》很有仙劍遊戲的神韻，以一首仙劍遊戲的主題曲為引，敷衍了一位穿越到虛構的天和大陸的現代女孩水冰依的傳奇故事。而《少年丞相世外客》則講述了一位名叫林伽藍的現代女孩借助一串神奇的水晶手鏈穿梭於真實現代時空與虛構的伊修大陸的時空之間，同時上演了今古兩個時空的傳奇。

　　衛風的《書中游》，則是一位現代女孩在小說世界與影視世界中穿梭，從金庸小說《天龍八部》、《射雕英雄傳》、《倚天屠龍記》到卡通片《名偵探柯南》，再到《紅樓夢》、電影《哈利·波特》、《午夜凶鈴》中，在武俠的刀光劍影、言情的纏綿悱惻、電影世界的光怪陸離中改寫小說人物原有命運、親歷奇幻的電影傳奇，還順便拐帶了作者看小說《射雕英雄傳》時最為垂涎的人物黃藥師，在一同穿梭的時空旅行中談了一場夢寐以求的戀愛。這不僅讓創作者過了一把癮，更讓閱讀的同好者也身臨其境般地「爽」了一回。小說與電影作品成為遊戲馳騁的時空，大有我的遊戲我做主的意味。

　　在穿越小說中，生命的定律也被打破，死亡被超越，不可逆的生命方向可以被推倒重來。如同遊戲中的人物角色可以就地復活一般，人可以再活一次，重新開始自己的人生。

　　魂穿是穿越小説最常見的一種穿越方式，就是一個生命個體在一個時空中死亡，靈魂與肉體分離，穿越時空，附生到另一個時空甚至同一時空的另一個生命個體之上，帶著原有的精神記憶重生。當然，帶著原有的精神記憶投身到尚在媽媽肚子裏的胚胎身上的叫做「胎穿」，也是常見的魂穿方式的一種。這樣的小説構思讓小説人物生命的開始和終結幾乎成為一種有一定規則的遊戲。

　　晉江原創網上 2010 年 4 月 21 日開始連載的三日成妖的《囧女辣手催草錄》可謂是個中翹楚。《囧女辣手催草錄》是 2010 年在網上很受好評的爆笑類型的穿越小説。作者在文案中即宣稱：

　　　　此文乃噴文，吐槽文，反轉文，爆笑文，披著小白皮的宇宙囧
　　文。觀文者請自帶紙巾，遠離電源，珍愛生命，注意安全。

　　　　狗血血的，我活了；正如我，狗血血的死……

　　　　我穿了，於是，我成了一個長著蘿莉臉和御姐身材的集「萌、
　　宅、囧、腐、雷」為一體的新興古代女性。

　　　　天下第一巨富，為我囊中之物；

　　　　武林第一魔教主，與我糾纏不清；

　　　　黑道第一妖孽殺手，與我同榻而眠；

　　　　江湖第一風流小王爺，和我一見投緣；

　　　　杏林第一妙手回春神醫，跟我花前月下。

　　　　我掀江湖千層浪。

　　　　我華麗麗頂著蘿莉臉，揣著腹黑心。

　　　　我化身為狼，辣手摧草，囧走江湖，囧霸天下。

　　　　待一去經年，繁華落盡，逍遙攜白衣卿相，駕鶴同歸。

　　　　對一長琴，一壺酒，一溪雲。

　　　　小三向各位鞠躬。希望爆笑的情節能讓大家開懷一笑。

　　　　文中各類美男，從正太到美少年，從腹黑到面癱，從女王到忠
　　犬——總有一款擊潰你！

　　　　各類囧事，各種天雷，對於提高讀者抗雷抗打擊能力，塑造讀

者心理防線，提高讀者吐槽技巧，有潛移默化之功效。〔註1〕

文字中蘊含的遊戲人間、不亦快哉的初衷華麗麗地躍映眼前。翻開第一章《狗血淋頭的穿越》，果不其然，很符合作者文案中的「狗血血的，我活了；正如我，狗血血的死……」，2758字的篇幅，小說主人公居然五次穿越，五次死而復生，生而復死，被燒死、砍死、淹死、毒死、砸死，卻沒有出現一次比較經典的穿越橋段──有英雄相救，美男傾情，權勢附身，女主美貌無敵，華麗出場。於是主角仰天哀歎：「爲毛我是龍套穿越而不是女主穿越!!!」看完後的感覺如同經歷了一場場死生遊戲，瞠目結舌，捧腹大笑。於是在第二章中女主終於得遂心願地穿越到一名美貌女子夏子衿身上，既沒被馬上弄死，又具備了穿越女主的基本資格──美貌與智慧並重。之後的傳奇是夏子衿的逃婚江湖歷險記，先後與當時江湖的兩大正邪勢力代表──天下堡堡主柳開歌和拜月教教主洛風涯──相遇相交，掀起江湖的腥風血雨無數。之後方發現自己陷入一個由原來的夏子衿母親編織的陰謀大網中，不幸又掛了。故事沒有就此結束，反而，女主又穿越了，穿到了一個青樓女子鳳紅豆身上，小說從此又加入了一個龍套王爺沈華胥與一個唐門殺手唐七的重要「路人」過場戲，並繼續書寫與天下堡堡主柳開歌、拜月教教主洛風涯夾雜不清的傳奇。而後很不幸，鳳紅豆又難產而亡。女主的靈魂繼續穿越到一個山寨女大王的身上，遇到一名冷若冰山的神醫傅靜思，被帶到世外仙境般的莫愁山的笑忘峰上，真相漸顯。原來女主的原身是傅靜思的師妹菱花鏡，因入塵俗遇到天下堡堡主柳開歌，兩人相戀，柳開歌卻在正邪大戰中被喜歡菱花鏡的拜月教教主洛風涯所殺，菱花鏡心灰意冷，封存了以往記憶，卻放逐自己靈魂回到過去的時空中，希望能得到解脫。這就是女主可以不斷靈魂穿越的真正原因。當然，最終的結局是恢復記憶的菱花鏡搶在原有結局發生之前挽救了柳開歌的生命，也解救了洛風涯的靈魂，終於彌補了前世的缺憾，逍遙於笑忘峰的煙雲山水間。通篇小說語言幽默風趣，情節跌宕起伏，給人的感覺則是對經典穿越小說的不斷解構又不斷重構，充滿了黑色幽默，不愧爲文案中所述的是一部「噴文，吐槽文，反轉文，爆笑文，披著小白皮的宇宙囧文」，總是讓閱讀者既驚訝萬分，覺得天雷陣陣，又捧腹大笑間或黯然神傷，好似是目睹了一場曲折起伏的古代奇幻武俠傳奇遊戲。

〔註 1〕三日成妖，囧女辣手催草錄，晉江原創網，原文網址：http://www.jjwxc.net/onebook.php?novelid=574038。

而楚寒衣青的《鳳翔九天》（晉江原創網，2009 年 5 月 25 日開始連載）則講述一位選擇錯愛人的皇帝姬容，對自己深愛但不愛自己的人執著追求並執意擁有，因此國破家亡，深愛自己的人為自己而死，自己也被所愛的人勾結外邦所殺。姬容死後竟然又穿越回了所有事情未發生之前，於是，姬容重新選擇了自己的人生，放掉了不愛自己的人，珍惜深愛自己的人，保護自己的國家，最終得到了自己真正的幸福。

這樣的情節設定，生命可以重新開始，人生可以重活一次，再次選擇彌補原來的缺憾，人生的歷程成為一場可以推倒重來的遊戲，當然會讓創作者和閱讀者都心滿意足，是一種對自己現實人生不完美的心理代償。

正是因為這個原因，2009 年至今，穿越小說中的重生文大熱，其中今穿今的重生文大多是一個已經成年的為謀生而營營役役、機械重複生活的現代人，忽然有機緣穿越回到十幾年前的自己身上，在成長的青蔥歲月裏重新規劃自己的未來，並憑藉自己成人和過來人的智慧和記憶拼搏奮鬥，開創出自己美好的人生。比如就是蘆葦的《重生 1998》（起點中文網，2010 年 3 月開始連載）講述一個現代青年從 2009 年穿回到 1998 年，重歷大學校園生活，重新規劃自己的未來的故事。周行文的《重生傳說》（起點中文網 2008 年 1 月開始連載）講述一個人從 20 歲回到 3 歲，將人生再活一遍。子無我的《重生之完美一生》（起點中文網 2009 年 10 月開始連載）則講述一個 21 世紀宅男回歸過去後如何創造自己完美的一生，如何運用多出的幾十年的記憶創造財富，如何在外星科技改造過身體和大腦後成為真正強者的存在。這種穿越小說是一種更直接的對於現實人生不完美的心理代償。

而這種心理代償的歡悅的魅力使穿越小說的創作者和接受者們欣喜如狂，以至於產生了這樣的流行語：「今天，你穿了嗎？」妖舟在自己的爆笑穿越文《穿越與反穿越》中借小說女主趙敏敏的奮鬥志向淋漓盡致地表述了「穿越」的這種遊戲性的魅力。小說中的女大學生趙敏敏將穿越時空作為人生奮鬥的「偉大目標」，為了完成穿越大業，奮發努力，對自己進行歷史軍事、天文地理、琴棋書畫等等各種穿越必備知識才藝的魔鬼式訓練，令人莞爾。

6.2 小說文本的狂歡色彩

網絡穿越小說誕生於虛擬的賽博空間，植根於大眾文化的土壤，具有鮮

明的草根特性。基於網絡而存在的賽博空間是一個「眾聲喧嘩」的場所，小說的創作主體可以擺脫一切現實空間的束縛，可以打破常規，可以冒犯權威，可以解構經典，賽博空間是一個類似於巴赫金所說的「狂歡廣場」。巴赫金在《詩學與訪談》一書中指出：「中世紀的人似乎過著兩種生活，一種是常規的、十分嚴肅而緊蹙眉頭的生活，服從於嚴格的等級秩序的生活，充滿了恐懼、教條、崇敬、虔誠的生活；另一種生活是狂歡廣場式的自由自在的生活，充滿了雙重性的笑，充滿了對一切神聖物的褻瀆和歪曲，充滿了不敬和猥褻，充滿了同一切人一切事的隨意不拘的交往」〔註2〕。這兩種生活中，前者代表著官方的意識形態和現存權威秩序，後者則代表了普通大眾的世界觀，代表了大眾的徹底解放的自由的世界感受。植根於大眾文化土壤的網絡穿越小說，在對精英文化、主體中心話語的抵抗與顛覆中非常明顯地趨向於大眾的價值立場，呈現出鮮明的狂歡色彩。

　　在巴赫金看來，「狂歡」代表的是一種平等和世俗化的生活，蘊含著反抗性的力量，它肯定多元化，否定權威和絕對真理，以自身的存在和活力去反抗看似合理而實為虛假的生活。在中國的社會文化中，一直存在著作為社會主流的精英文化與草根性的大眾文化之間的對立和對抗。在精英文化的視野中，大眾文化過於淺白、煽情、庸俗，需要被引導，走出庸俗，走向中心話語的高雅。以往精英文化規訓大眾文化的策略主要有兩種，其一是通過貶低、否定大眾文化文本的價值削弱或消除大眾文化文本的影響力，這在網絡時代到來之前存在文本傳播的「把關人」時是非常有效的；其二是主動出擊，改造大眾文化文本，將其收編到中心話語體系之中。在虛擬的賽博空間生成並成長於大眾文化土壤中的網絡穿越小說，從一開始就呈現出一種創作與閱讀的無限制的自由。它簡單而淳樸，不需要華麗的道德外衣，也不需要莊重的美學光環，不願也不能承擔主流文化的先知角色，它所追求的只是自由地創作，自由地閱讀，自由地娛樂，「自由地成為我自己」〔註3〕。幾乎所有的網絡穿越小說的敘事，都是現代穿越人在虛擬的異時空想像空間，經歷著令人匪夷所思的傳奇，並在這種傳奇的敘述中基於個體的立場進行著各種現實欲望的想像性滿足，無論是創作者還是閱讀者，都在欲望的想像性滿足中獲得

〔註2〕巴赫金，詩學與訪談〔M〕，石家莊：河北教育出版社，1998，170。
〔註3〕〔美〕約翰‧費斯克，理解大眾文化〔M〕，王曉珏，宋偉傑譯，北京：中央
　　　編譯出版社，2001，2。

情感的宣泄和精神的愉悅。

　　網絡穿越小說是一種生產者式文本，「它並未要求讀者從文本中創造意義，也不以它和其它文本或日常生活的驚人差異，來困擾讀者。它並不將文本本身的建構法強加於讀者身上，以至於讀者只能依照該文本才能進行解讀，而不能有自己的選擇」〔註4〕。這種文本的自由度讓作者和讀者找到了寫作和閱讀的快感。網絡穿越小說作爲大眾文化的文本對於精英文化的抵抗首先體現在文本語言的狂歡色彩上。網絡穿越小說的文本語言，創造了自己獨特的語言風格，是今古語言的交匯雜糅，是網語化的表達，夾雜著各種語體，在精英文化看來狹隘粗俗的口語、俚語甚至髒話都被網絡穿越小說拿來使用，體現了語言使用的自由性；而重新創造屬於網絡群體自己的話語體系的網語化表達則體現了對權威正規語言的顛覆和衝突。精英文化關注的是語言的正確性，是是否符合語法規則，它的目的是要民間大眾服從於精英文化的權威。網絡穿越小說在語言使用上的狂歡化明顯是反權威、反傳統的，是基於民間立場的對精英文化的抵抗與顛覆。網絡穿越小說的語言表達又是直白而煽情的，這些被精英話語斥爲沒有深度卻過度的語言表達特質恰恰符合了大眾對穿越小說文本的感性審美期待，因而受到了大眾的接受與追捧。網絡穿越小說在文本生成中大量採用戲仿和拼貼的創作手法，用感性、率眞、富有親和力以及碎片式的聲音消解著精英文化的文學經典的話語權威。小說文本的創作者經常將經典裂解成碎片，再經過個體的加工拼成屬於自己的文本，體現了文本創作上的遊戲精神與狂歡色彩。它無視成規，打破並消解了文學的「載道」功能，同時顛覆了傳統文學話語的霸權，文學創作成爲自娛式的宣泄。網絡穿越小說在敘事上的「去中心化」策略，消解了傳統文學的審美承擔，小說結構也呈現零散化的傾向，在一定意義上解構了精英文化的中心話語。網絡穿越小說的抹平深度模式的審美期待，顛覆了精英話語的價值和意義深度，使小說文本的生成與閱讀被遊戲精神和消費文化邏輯所支配，文本的創作成爲一種自我表演，這種對自我的張揚和自信甚至近乎病態的自戀不但沒有受到挫折，反而得到廣大網民的肯定與追捧，人們潛意識中的追逐快樂的本我不斷被表現，大眾在文字表演與文字閱讀中盡情宣泄自己的欲望和情感，獲得狂歡的快感。網絡穿越小說就是在這樣的後現代特質的

〔註4〕〔美〕約翰・費斯克，理解大眾文化〔M〕，王曉珏，宋偉傑譯，北京：中央編譯出版社，2001，112。

文本表現中表現著對精英文化的抵抗與顛覆，小說的創作者和閱讀者們也在這樣的解構中獲得自由生產的快感和冒犯權威的快感，體驗著個體的力量和尊嚴感。這恐怕是網絡穿越小說在通俗文學領域中的武俠、言情、新歷史小說等紛紛被精英文化收編之後掀起創作和閱讀熱潮，得到大眾接受和追捧的重要原因。

6.3 遊戲性

　　無論是網絡穿越小說文本的生成過程，還是其題材的情節設定特性，亦或者是小說語言敘事的風格，都呈現出鮮明的遊戲性特質，這種遊戲性特質決定了網絡穿越小說的文化功能不再是教化，而是娛樂。由此，網絡穿越小說呈現出鮮明的平民文化氣質和通俗的審美趣味。

6.3.1 遊戲與藝術

　　關於遊戲，席勒在《美育書簡》中指出：「只有當人在充分意義上是人的時候，他才遊戲；只有當人遊戲時，他才是完整的人」〔註5〕，而麥克盧漢也認爲「一個人或者一個社會如果沒有遊戲，就等於墮入了無意識的、行尸走肉般的昏迷狀態」〔註6〕。由此可見，遊戲其實是人類與生俱來的天性，是人類生存的一種本能需要。康德在《判斷力批判》中則將「遊戲」作爲一個美學概念來闡釋，「藝術是自由的……人們把藝術彷彿只看作一種遊戲，它是本身就令人愉快的活動，達到了這一點，就符合目的。」〔註7〕伽達默爾則認爲，遊戲就是藝術作品的存在方式，是一種沒有目的，且具有自動性、同一性和自律性的運動。胡伊青加在《人：遊戲者》一書中則進一步詮釋了遊戲的概念，他認爲：「遊戲是一種自願的活動或消遣，這種活動或消遣是在某一固定的時空範圍內進行的；其規則是遊戲者自由接受的，但又有絕對的約束力；它以自身爲目的並又伴有一種緊張、愉快的情感以及對它『不同於日常生活』的意識」〔註8〕。

〔註5〕【德】席勒，美育書簡〔M〕，北京：中國文聯出版公司，1984，39。
〔註6〕【美】麥克盧漢，理解媒介——人的延伸〔M〕，北京：商務印書館，2004，295。
〔註7〕【德】康德，判斷力批判〔M〕，北京：商務印書館，1964，148。
〔註8〕【荷蘭】胡伊青加，人：遊戲者——對文化中遊戲因素的研究〔M〕，貴陽：貴州人民出版社，1998，34。

關於遊戲的功能和目的，如亞里士多德所説，它是「爲了休息之故」而產生的〔註9〕。也就是説，遊戲的功能就是讓人們得到愉悦、休息與放鬆。麥克盧漢認爲遊戲「是我們心靈生活的戲劇模式，給各種具體的緊張情緒提供發泄的機會」〔註10〕。這就是説，遊戲一方面是生活的摹擬，是人們現實生活的投射，另一方面又可以幫助人們掙脱各種生活壓力的束縛，緩解生活壓力下的緊張情緒。而弗洛伊德認爲，遊戲的目的與現實生活的目的是一樣的，都是爲了滿足人的需要或者作爲需要意識的願望。但遊戲中的人是通過虛擬活動來虛擬性地滿足自身的願望，遊戲視現實爲自己的對立面〔註11〕。這種虛擬活動與現實分離又與現實密切相關，人們在遊戲中得到虛擬性滿足的願望往往在現實生活中是難以滿足或者被壓抑的，麥克盧漢因此説「遊戲是對日常壓力的大眾反應的延伸」〔註12〕。人們通過遊戲，進入想像性的虛擬世界，從而暫時性地擺脱現實生活帶來的種種壓力，以心理補償的方式虛擬性地滿足心靈深處的需求和願望，從中得到愉悦和放鬆。

對於遊戲與藝術的關係的關注一直存在於西方文化之中。康德就認爲，藝術的精髓與遊戲的靈魂是共通的，都是自由。藝術品能否成爲藝術品取決於創作者能不能擺脱功利的束縛，而「促使自由藝術最好的途徑就是把它從一切強制中解放出來，並且把它從勞動轉化爲單純的遊戲」〔註13〕，這種遊戲就是「人類的一種純粹主觀、絕對自由的感性愉悦的活動」〔註14〕。伽達默爾則認爲遊戲就是「藝術作品的存在方式」〔註15〕。遊戲就是構成物（Gebilde），而藝術作品就是遊戲，是一種向構成物轉化了的遊戲，而遊戲則是一種向構成物轉化之前的藝術，兩者沒有本質上的區別。遊戲的本體就是遊戲本身，自我表現是遊戲的眞正本質，也就是藝術作品的眞正本質。它通

〔註 9〕轉引自：【德】伽達默爾，眞理與方法〔M〕，上海：上海譯文出版社，2004，108。

〔註10〕【美】麥克盧漢，理解媒介──人的延伸〔M〕，北京：商務印書館，2004，293。

〔註11〕參見【奧地利】弗洛伊德，論創造力與無意識〔M〕，北京：中國展望出版社，1987，42。

〔註12〕【美】麥克盧漢，理解媒介──人的延伸〔M〕，北京：商務印書館，2004，290。

〔註13〕【德】康德，判斷力批判（上卷）〔M〕，北京：商務印書館，1964，148～150。

〔註14〕朱光潛，西方美學史（下卷）〔M〕，北京：人民文學出版社，1964，384頁。

〔註15〕【德】伽達默爾，眞理與方法〔M〕，上海：上海譯文出版社，2004，107。

過被表現而實現自己的意義，在被展現的過程中達到它的完全存在。〔註16〕

6.3.2 網絡穿越小說文本生成中的遊戲性

　　網絡的開放性和匿名性使得網絡原創文學在形式上和結構上呈現一種開放性的樣態。任何人都可以在網絡上發表作品，也可以閱讀他人作品，並隨時發表自己的意見和看法。網絡文學的創作呈現出一種遊戲心態，寫作就是娛樂，自娛娛人，遊戲成爲寫作的起點，唯一的規則是自由。基於匿名性發表規則的網絡寫作特質使創作者不需要承擔主流話語的引導責任，也不需要去迎合他人要求，最基本的寫作心態就是「自由自在地表達自己想要表達的東西，以無拘無束的自由精神來審視世界，以隨意的文字和結構來解構嚴肅的主題，遊戲性的創作成爲他們最好的表達。」〔註17〕

　　網絡穿越小說的文本是作者和讀者在虛擬的賽博空間共同完成的。在一部網絡穿越小說作品的生成過程中，最常見的形式就是創作者在網頁上每日更新，而閱讀者則在閱讀當日更新之後，即時在留言區以發表評論的形式參與到文本的生成過程中，一直持續到作品的完成。在這一過程中，創作者是主導力量，而閱讀者通過閱讀留評或與作者在留評區的直接對話表明自己對小說中的人物或情節的立場與意見，往往會直接影響創作者對之後的故事發展中人物命運或者情節走向的構思和創作。

　　在一部以網絡文本形式呈現的網絡穿越小說之中，其小說文本往往由以下幾部分構成：作者公告、讀者長評區、正文與番外。作者公告與正文部分均出自於創作者之手，而讀者長評區則完全是閱讀者的創作，番外部分有可能是作者的創作，也有可能既有作者的創作也有讀者們的創作。

　　作者公告部分，其實質是作者直接面對讀者、服務於讀者的文字。它的內容很繁雜，有作品更新的變動通知，有作品背景及相關文本的補充解讀，有對於情節與構思的解釋，有對閱讀者評論的回應，有創作作品中的心得體悟，有對其它網文的閱讀心得和好文推薦，甚至有對自己正在創作的作品的即時惡搞等等。作者公告是作者與讀者的交流溝通的文本，是小說文本的組成部分，體現著網絡小說文本互文性的鮮明特色。以下是起點中文網的歷史

〔註16〕參見【德】伽達默爾，真理與方法〔M〕，上海：上海譯文出版社，2004，107～126。
〔註17〕董勝，論網絡文化視野中的穿越小說〔D〕，蘇州：蘇州大學文學院，2010。

穿越小說《新宋》網絡文本中「作品相關」區的「二點說明和一個道歉」的原文：

> 第一點說明：關於女孩子結婚的年齡，《禮記》的《內則》：「女子十有五年而笄。」但有注疏解釋這話說：「十五歲可許嫁，笄而字之；其未許嫁，二十則笄。」所以女孩子二十歲結婚並不是很奇怪的，在歷代不斷的大臣談及人民的婚姻，有時候就是敦促早婚以生育子女，有時候則是要禁止早婚因爲認爲父母太小不能承擔應有的責任來教育子女。這裏恕阿越不能一一舉出例證。而在《宋史》的《公主傳》中，似乎所有的公主都是十七歲出嫁。所以綜上，如果小說中的女孩子要二十歲才結婚，請大家不要太奇怪。

> 第二點說明：石越的新官職：提舉胄案虞部事。很顯然，這個官職歷史上不曾有過，但是我詢問過不少朋友，他們都一致同意這個官職的名稱在北宋是合情合理的。這個官職的大約職權範圍是對胄案與虞部進行管理，但是胄案與虞部各自依然有其自己的長官，這一點是要特別說明的。另外胄案就是軍器監的前身，而虞部則是掌管天下礦產的部門。

> 一個道歉：二十四橋明月夜被我從揚州移到了杭州，顯然是阿越的錯誤，在此道歉。〔註18〕

這個屬於作者公告部分的內容，是作者對於正在創作中的作品裏的一些問題的解釋與說明。從中既可以看出作爲一個歷史碩士研究生現實身份的作者阿越在創作上的嚴謹性，又可以在客觀上加深閱讀者對作品表達內容的理解。

晉江文學城中的作者公告部分是以每章更新之後的「作者有話要說」的面目出現的，如吳沉水的穿越耽美文《公子晉陽》中的「作者有話要說」：

> 這個時候弄個老徐的番外，只是因爲，某水認爲有些情節要交代一下。

> 之前用了許多筆墨寫老徐和小寶兒之間的互動，全爲了這一刻，徐升達放小寶兒帶蕭墨存順理成章。

〔註18〕阿越，新宋，起點中文網，原文網址：http://www.qidian.com/BookReader/9300，320704.aspx。

不走的話，蕭墨存就眞的要死了。

大家都說，讓小白出來吧。

汗，小白是一定會出來，但不是憑空出來，我若是寫，「眾人只見白衣一閃，原來卻是白析皓」，這樣就是搞笑了。

不能這麼對不起觀眾，是不是？

所以，再稍等一會兒。〔註19〕

猜王爺的都打屁股，哪會那麼容易被猜到？

林凜爲什麼要救沈慕銳，因爲他有自己的做人原則，如果你們一定要解釋成聖母，那某水也無話可說。

某水很多時候，卻總覺著現在孩子的思維過於二元，不是好就是壞，不是對就是錯，你打了我我就要打回你，你對不住我，我就一定要報復，如果不報復，那你就是聖母。

眞的如此簡單嗎？如果人物的一生，只會遵循這些一目了然的單一規則，那麼你自己的思考呢？你的判斷呢？你的獨特價值呢？都到哪裏去了？

林凜救沈慕銳，其實是在做出自己的選擇，我可以體諒你的處境，理解你的做法，但我不苟同，也不會跟回你。可是，這不意味著，我就要如你一樣，看著你死，因爲，誰的命都是寶貴的，我不認爲誰可以白白送死。

No one deserve to die，這是林凜相信的現代人道主義精神，也是某水崇敬的東西，你可以不認同，但請尊重。謝謝。〔註20〕

這幾段「作者有話要說」的引文，有的是與讀者交流，有的是回應讀者的問題，還有的是陳述自己情節鋪陳與人物塑造的理念。

讀者長評區則完全是閱讀者對正在創作過程中或者已經完成的小說文本的評論意見，其中有人物情節評論，有從閱讀中得到的人生體悟與感想，還

〔註19〕吳沉水，公子晉陽，晉江原創網，原文網址：http://my.jjwxc.net/onebook_vip.php?novelid=399317&chapterid=37。

〔註20〕吳沉水，公子晉陽，晉江原創網，原文網址：http://my.jjwxc.net/onebook_vip.php?novelid=399317&chapterid=89。

有對作品中的人物命運或者情節發展不滿意而依據自己的意願重新寫作的作品人物的別傳，更改人物命運，修改情節的細節。使小說文本成爲一個開放的、有多重可能性的、無限延伸的永無終結的作品。這就是網絡的超文本鏈接方式帶給小說文本的特性。

更能體現網絡小說文本是作者與讀者的共同創造的是番外部分。所謂番外，就是小說正文以外的相關於正文人物、情節的故事外的故事。番外有可能是正文的另一個結局版本，有可能是正文故事的後續發展，有可能是正文中配角視角的故事，也有可能是小說人物完全脫離原作語境與風格的惡搞與再創作。當然，番外有可能是作者所寫，也有可能是讀者根據自己的意願所寫。即使是作者所寫，也是爲了體現在正文中不能得到滿足的讀者或者作者自己的意願的人物命運和情節發展。

例如《夢回大清》中的故事主線都是通過穿越女主小薇的視角展開，而在番外中則完全是十三阿哥與四阿哥的視角再現正文中的故事。《瀟然夢之無遊天下錄》中，附於正文完結之後的長長番外《衛迷手冊》，是作者應讀者要求所寫的小說人物與情節的另一個發展版本，將原文中的男配衛聆風應讀者的強烈呼聲扶正爲男主，重新更改了原文中故事情節的人物命運和發展方向，使原文中愛情失意的衛聆風在番外中得到了自己愛情的圓滿。其它諸如《武林外史同人之我是朱七七》等很多小說的番外中則含有讀者們自行書寫的小說人物命運和結局的另外版本。而番外中的對原作人物的惡搞最有特色，小說中的人物被創作者和閱讀者們拿來，放在與原作大相徑庭的語境之下，進行無釐頭的惡搞，呈現出一種遊戲式的創作以及由此生發的荒誕感，好似從一場嚴肅的、悲情的遊戲情境中一下子轉入荒誕的、爆笑的遊戲情境。比如網絡小說文本中表明「無責任番外」或者「惡搞番外」頭銜的文本部分，例如下面這段選自《囧女辣手催草錄》中的文字：

> 三妖（本小說作者，寫者注）——厚顏插話黨：「雖然說本文是一篇弘揚主旋律，弘揚愛國主義，熱愛國粹武俠的正統小說，但是吶，作爲一名勤勤懇懇旨在服務大眾的作者，本人還是要爲大家818女主和洛風涯哥哥在床上的風流韻事！ヽ（￣▽￣）ノ」
>
> 自從我們長著一張LOLI臉，卻有著36D御姐身材的女主——夏子衿小姐，住進拜月教，就開始了和帥得令人髮指的風涯哥哥同床共枕。

每夜，佳人和美男在那張奢華的大雙人床上相擁而眠，一起看星星看月亮，從詩詞曲賦到人生哲學……

咳咳。

事實上呢，是女主鑽進風涯哥哥懷裏，找到個舒服的姿勢就昏死過去，睡得不省人事……特別是自從女主開始練點穴，內力體力消耗過大，入睡速度更加得迅雷不及掩耳。

這天，已經入夢的風涯哥哥忽然被愣生生地晃醒了。

洛風涯淡定得張開那雙幽深墨黑不見波瀾的眼睛，看著面前那張粉嘟嘟的面孔做苦大仇深狀，把五官皺成了一團。

女主咬著牙，嘟嘟囔囔，迷迷糊糊不知道在說什麼，一邊說還一邊奮力抓著洛風涯的領口，□得扯啊扯。

說夢話麼……

洛風涯慢慢眨了一下眼睛，凝神去聽她到底在說什麼。

女主眉頭皺得更緊，喃喃道：「愛妃，愛妃……不要離開朕……」

於是，上一秒華麗麗冰山面癱著的洛風涯，這一秒石化了。

當然，從表面上看，這兩種表情沒有任何差異。

過了一會，女主忽然眼角流下一行清淚。

她輕輕吸了吸鼻子，夢話繼續。

「堂堂的大清國就這麼亡了……朕不甘心吶……朕不甘心吶……」

「吡」得一聲。

石化的風涯哥哥，從頭頂裂開了……〔註21〕

這樣的番外，無論是內容還是語言都讓人產生一種捧腹狂笑的感覺，使得讀者迅速從原文古代語境的劇情風格中脫離出來，從嚴肅的、充滿緊張感的小說情節和人物一下子跳躍到輕鬆搞笑的語境中，產生了情緒差異極大的轉化，遊戲感便油然而生。類似的還有《尋找前世之旅》中的惡搞番外，也

〔註21〕三日成妖，囧女辣手催草錄，晉江原創網，原文網址：http://www.jjwxc.net/onebook.php?novelid=574038&chapterid=38。

是網絡穿越小說最常見的惡搞形式，就是將小說人物從小說情境中剝離出來，放在現代文化的背景下，以戲仿當代大眾娛樂中的明星訪談或者劇組主創人員發佈會的形式，展開對小說人物的採訪或者小說人物的再表演，保持著原有個性特質的虛構的小說人物以本真的姿態展開與作者或者讀者甚至是彼此之間的對話，充滿了後現代主義的荒誕感。

　　小撒：「我說熊導，啥時輪到我上場，再不上場我的 FANS 全被晴明搶走了。」

　　熊導（連翻幾十頁劇本）：「嗯，暫時好像沒有你的戲哦。」

　　小撒：「啥，再下去，我家小隱要動心了。你快給我加戲！」

　　熊導：「這個，好像不大好吧，上次爲了票房，已經給你加了一次，這次的背景好像不適合你出場吧？」

　　晴明：「就是，上次是因爲西澤爾一個人撐不了場子，才讓你救場，這次可不同，是我安倍晴明作主角，你沒聽到 FANS 的尖叫嗎。」

　　小撒：「安倍晴明，你表太得意了，我有很多死忠 FANS 哦，我相信她們是不會倒戈的，她們已經深深爲我的美貌所癡迷。」

　　熊導：「讓我先吐會兒。」

　　　　　　　　　　——vivibear《尋找前世之旅》番外之
　　　　　　　　　　「尋找前世之旅劇組惡搞」之一

　　熊導：從明天起大夥兒放假啊，大家該幹嗎幹嗎去，一個月後劇組見！

　　撒撒（奸笑）：好啊好啊，這一個月正好和我家桃花（女主葉隱，作者注）培養感情捏，讓我好好想想接下來去哪裏約會好呢。

　　司音（幽靈般出現）：約會？還沒問過我呢，絕對不會讓你和桃花在一起……

　　撒撒（不屑狀）：你，算了吧，看看這部戲，從頭到尾，你才出現幾次，每次出現也沒幾個鏡頭，想和我爭，想都不要想！

　　司音：表太得意，後面的劇本你看了沒，全是我的重頭戲哦。

　　撒撒：阿咧阿咧，你真是落伍了，現在什麼最重要，票房！understand?有我就能保證足夠的票房，看看我的人氣，那可不是蓋

的。熊導隨時都在加我的戲哦。

晴明（微笑）：可是我的人氣也很旺呢。

撒撒：閃邊邊，你沒看到有我的 fan 特地為我寫長評嗎，你有嗎？有嗎？

總司（咳嗽一陣）：咳，咳，咳，我有啊，前兩天才有人寫呢。

撒撒，晴明（一腳踹去）：滾，你早就出局了！別來瞎湊合！

拉美西斯（不屑）：有什麼好得意的，我的人氣也很旺，而且桃花最喜歡的是我，上次我們去喝咖啡的時候，要不是你們兩個來搗亂，說不定我們有更進一步的發展呢，我可是上下埃及之王，太陽之子，光明之……」

……

拉美西斯（被踹飛中）：啊！你們又來這一招！

……

眾人（鬱悶）：桃花去了印度，是不是又要多個情敵了……

司音（一臉嚴肅）：熊導，去印度時，那些鏡頭尺寸你可要把握好了，我們桃花已經被吃了不少豆腐了。

眾人（點頭點頭再點頭）

熊導：不要擔心，我有分寸，一切為了票房，小小的犧牲也是難免嘛，不然你們的片酬哪裏來，當然啦，桃花的第一次……這個我要好好考慮。

（熊導發現大家表情好奇怪）

司音（臉抽抽）：桃花的第一次給誰，我說了算，我是她師父！

晴明（手拿符咒）：太上老君，急急如律令……

拉美西斯（詛咒）：防礙我和桃花第一次的人啊，死神已經扇動了翅膀。

哈倫：醜八怪是我的！

總司（咳嗽的更加劇烈）：別吵，別吵……

飛鳥：（繼續睡覺中……）

撒撒（露牙牙）：我看我要先下手爲強了……

熊導（微笑）：表吵了，桃花的第一次在印度會很安全滴。

司音：那印度這次的場景是設在那裏啊。

熊導（笑）：暫時設定是在印度的妓院哦……

眾人（抽搐中……）

撒撒（怒）：大家還等什麼……反正我們的 fan 扔了這麼多磚，一人一板磚，上！

熊導（捂臉竄逃）：閃，快閃，千萬不能被傷到偶漂漂的臉蛋……

〔註22〕

——vivibear《尋找前世之旅》番外之
「尋找前世之旅劇組惡搞」之二

《尋找前世之旅》講述的是女主葉隱穿梭到古今中外甚至虛構的世界中，與各地歷史名人或者虛構的傳奇人物相遇相識，甚至產生感情的故事。這部小說的情感主基調是抒情甚至憂鬱傷感的，因爲葉隱的每一次穿越都會遇到各種各樣的無可奈何，無可奈何地看著自己喜愛的美少年劍客沖田總司如歷史記載一般的早夭逝去；無可奈何地與一個個已有情感牽掛的歷史人物諸如秦始皇嬴政、古日本陰陽師安倍晴明、埃及法老拉美西斯等等離別，眼睜睜地看著他們湮滅在歷史的風塵中……而這篇附於文後的番外惡搞篇，以劇組的形式，讓不同時空的小說主要男主們——吸血鬼撒那特斯、陰陽師安倍晴明、美少年劍客沖田總司、埃及法老拉美西斯、葉隱師父司音、葉隱師兄飛鳥等等共聚在一個空間中，用充滿現代感、網語化的語言，在與熊導（作者 Vivibear 的自稱）的對話中演出了一場荒誕搞笑的現代情景劇，原作中的深情傷感的敘事基調在這種調侃惡搞中蕩然無存，讀者們卻得到了一種無所顧忌、解構一切的遊戲式閱讀快感。

而以下這段文本則是瀟湘書院中正在連載的架空穿越小說《軍火皇后》的評論區中閱讀者與創作者的對話實錄：

會員壹團蕉麻　發表於 2010-5-14　10:16:28

〔註22〕 Vivibear，尋找前世之旅，番外篇，原文本下載於派派小說論壇：www.
paipaitxt.com。

改文前貓兒（小說中的女主的名字，寫者注）的形象也是閃亮牛叉的，但可能親媽覺得她不應該著了人販子的道，那些情節也有點灰暗（那個幼女被啃掉 r 頭的情節讓我現在依然不寒而慄）

改文後的貓兒形象更加光輝了，通過設計那個什麼寨的插曲，讓天才兒童的成長更加熱血更加自然，李錚也相對之前可愛多了。

可惜李貓兒原來對蘇秀行的愛慕，現在用在了李錚身上，不知以後溫潤如玉的蘇小帥出場又是如何的驚爲天人。

拋棄了楚喬青夏他們崇高的理想，愛錢的李貓兒更可愛，人民銀行中通過側面描寫她前一秒和人幹架，下一秒爲了生意稱兄道弟，雖然貓兒沒有出場，卻活靈活現地呈在大家面前。但這愛錢也是個表相，李貓兒的重情重義讓我們無奈她的貪錢之餘又對她肅然起敬。

（網址：http://read.xxsy.net/readlongvote.asp?id=3630531）

【作者回覆】抱抱一團～～～

李錚這個人物，我寫之前就想過了，在他身上的衝突一定很大，聲音也一定最多。

這篇文在寫之前，我考慮很久，差不多構思還在 11 處的前面，只是因爲情節慢熱，重要的糾葛和紛爭都在後面，所以當時我不敢動筆。寫了前期矛盾比較靠近權力中心的 11 處。

我想要重新塑造一個有血有肉的秦之炎，希望讓類似之炎這類的男人的才華，可以更全面的展示出來。也希望正面描寫燕洵的內心歷程，希望擁有這樣心性的人，可以走出一條不同的道路。希望再寫一次李策的大愛無聲，寫一次諸葛的孤勇頑強。所以開了軍火，塑造了李錚。

願望總是美好的，不知道會否能達到這個預想，但是總是需要更努力一些。

這是個溫呑的開局，但絕對會有個風華的終章。冬兒會繼續加油，盼望諸位送我一程。

（網址：http://read.xxsy.net/pinglunall.asp?bookid=232988&jinghua=1）

　　從這段實錄可以看到，閱讀者在閱讀小說更新的過程中對作品人物和情節發展的評論、意見和建議，創作者對閱讀者評論的回應以及自己創作意圖的解釋。這段對話其實就是每一部網絡穿越小說創作過程中的一個縮影，每一部網絡小說文本就是在這樣的作者與讀者的惺惺相惜、相互討論、相互影響中慢慢成形並最終成為一部作品的。

　　以上的討論中，可以明顯的看出，網絡穿越小說文本的創作其實是由作者主導、讀者追逐並參與創作的遊戲的過程。這個過程，在虛擬的賽博空間開展，有網絡環境提供的便利的即時互動、超文本鏈接等等物質條件，有雙向互動的雙方自由接受並遵循的一定規則，如作者發文更新，讀者留評互動，各有空間和區域，最終完成一場場基於故事基本設定的不同主題、風格與走向的遊戲，也就是小說文本，在這個過程中，遊戲者（作者與讀者）獲得了各種不同色彩的情感溝通、情感渲泄或者現實願望的虛擬性與替代性的滿足。

6.3.3 網絡穿越小說題材本身的遊戲性

　　其一，「角色扮演」的遊戲快感。

　　網絡穿越小說的基本情節設定是：小說主人公由於某種原因從其原本生活的時空（通常是現代時空）離開，穿越到了另一個時空，並在這個異時空展開了一系列的活動。

　　這樣的情節設定就使得網絡穿越小說本身就具有「角色扮演」的遊戲特性。網絡穿越小說的穿越方式無外乎兩種，一種是本體穿，如《瀟然夢》中現代少女水冰依從現代時空的懸崖上跌落，來到了另一個異世古代時空，首先面臨的問題就是對這一時空的基本認知，而後為了生存扮演符合這一時空要求的社會角色。另一種是魂穿，基本上又分為兩種，穿越成為胚胎（簡稱胎穿）或者靈魂附體重生於其它時空的人身上（經典的魂穿），這是大部分穿越小說習慣採用的方式。無論是那一種，都是具有現代靈魂的穿越者如何適應異世時空，扮演好自己在異時空角色的過程。

　　一個超越了自己時空規定性的穿越人，要想在穿越後的時空生存，就必須要扮演好與自己原本的時空身份差異極大的異時空社會角色，開始一場是自己又不是自己的人生經歷。這樣的是自己又不是自己的人生經歷本身就具有遊戲性特質，原本就是撿來的另一次生命，因此不怕失去，所以穿越人更

容易有超越原來自我的對理想、信仰、人生規劃等等追求的勇氣與力量，也因此會有不懼生死、應對各種異世挑戰的人生傳奇。

現代穿越者的穿越身份，使得無論是穿越小說的創作者還是閱讀者，都會基於穿越者與自己相近相似的現代時空身份，在創作和閱讀小說文本的過程中，產生一種代入感。一部網絡穿越小說就是創作者或者閱讀者在一個主觀設定的與現實生活相疏離的虛擬時空情境所經歷的一場或驚心動魄或平淡生存的遊戲。正是基於這樣的「角色扮演」的遊戲性特質，網絡穿越小說才擁有了這樣的魅力——在虛擬的時空傳奇中實現存在於現實生活中的人的各種被壓抑的或難以實現的情感、欲望與夢想的想像性、代償性滿足，並在這種與現實生活有很大距離感的傳奇中獲得審美輕鬆與愉悅。

其二，穿越時空、超越生死的情節設定的遊戲性。

網絡穿越小說中「時空穿越」的情節設定使得一切在現實時空規定下的不可能性都可以成為可能性。

在穿越小說中，不可逆轉與改變的時間空間定律被打破，單向性、真實性的時空軌跡可以被逆轉，可以被偏離，可以被虛構。在穿越小說中，可以穿回過去的時空，可以穿到未來的時空，更可以穿到純粹由人類想像力虛構出來的時空。時間和空間在穿越小說之中要扁就扁，要圓就圓，任小說的創作者採擷使用。這種時空定律的打破，給人帶來的是探秘歷史、遊戲歷史的歡悅，也是縱情馳騁想像空間的暢快。

在穿越小說中，生命的定律也被打破，死亡被超越，不可逆的生命方向可以被推倒重來。如同遊戲中的人物角色可以就地復活一般，人可以再活一次，重新開始自己的人生。

魂穿是穿越小說常見的一種穿越方式，就是一個生命個體在一個時空中死亡，靈魂與肉體分離，穿越時空，附生到另一個時空甚至同一時空的另一個生命個體之上，帶著原有的精神記憶重生。這樣的情節設定與構思讓小說人物生命的開始和終結幾乎成為一種有一定規則的遊戲。

網絡穿越小說由此成為「一切皆有可能」的狂歡——時間由單向的流動變得可進可退，可以穿回古代時空，可以穿到未來世界，也可以在當下的時間中實現局部的跳躍（如重生文）；空間由具有現實規定性的單一物理空間變得多元而廣闊，只要是人類想像力所到之地，都可以成為虛擬存在的空間，因為，這個擁有與現實世界不同的思維模式與價值觀念的虛擬空間，正是作

者基於對人類世界價值觀改造模仿的基礎，充分展開作者的主體意識想像而建構出來的；而由於「魂穿」的形式，生命的生死定律被打破，可以帶著前世意識重新投胎，可以借屍還魂，可以死而復生，借另一個人的身體和時空身份重活一次……網絡穿越小說成為創作者和閱讀者們縱橫古今上下、超越生死悲歡的遊戲載體。小說的遊戲性特質得到了最淋漓盡致的發揮。

其三，今古交匯雜糅的語言風格的遊戲性。

網絡穿越小說的「時空穿越」的情節設定也帶來了今古交匯雜糅的帶有遊戲性色彩的語言風格。

網絡穿越小說一般是現代人在異時空（一般是古代或者虛擬古代）生活經歷和生活狀態的描述，這種特殊的情節架構就會帶來基於今古語境和用詞差異上的衝擊和碰撞，形成獨特的敘述方式和審美趣味。

網絡穿越小說中一般是現代人在古代或虛擬古代的異時空經歷記述，故事的敘事語境決定了敘事方式應該是古色古香的古代語境。但帶著現代思想意識的穿越人在文化環境迥異的古代異時空生活，在文字的敘述上就會出現不同語境的交錯和混亂。比如，發生在古代語境中的穿越小說故事中，人物對話的敘述自然要有古代文言文的古韻，而現代的穿越人一方面要入境隨俗地用文言文來與古代異時空的人們進行交流，但內心深處卻總是以現代人的思維邏輯感受、描述和評價異時空的一切。這就使得穿越人在異時空的環境中，要麼是情不自禁地流露出現代詞彙，要麼就是嘴上是蹩腳的古語，心中卻是現代時空特色分明的流行語。例如：

> 「乖乖告訴我，你的主上是誰，為什麼要找尋無淚經？不然我讓你求生不能，求生不得。」他很輕很柔地說著，彷彿飯店服務員在說，我可以來收了嗎，要我幫您打包嗎？
>
> 我提起些勇氣，指著那「白面具」：「你，你，你又是什麼人，這麼大黑夜裏穿得一身孝服，戴個白面具像吊死鬼似得，你，你，你以為你在拍電視劇嗎？」
>
> 話一出口我相當後悔，而那個神秘的白衣人也是一陣奇怪的沉默……。
>
> 許久，他伸出了一直背負在後的雙手，修長白瑩如女子柔夷，我很不恰當地胡思亂想起來，那雙手啊！比廣告上那些做護手霜的

女明星的手都瑩潤柔美，莫非那面具下的是一個美貌的女子，故意
發出男子的聲音來迷惑我？〔註23〕

具有距離感與陌生化的古代語境之中，突然冒出這樣的熟悉的、親切的
現代用語和現代思維，諸如「飯店服務員」、「拍電視劇」、「廣告」、「護手霜」
等等，給人一種時空錯亂、差異強烈的遊戲感。這種不同語境用語的交錯混
雜的遊戲感卻會給讀者帶來一種充滿新鮮感的陌生化效果，產生很強烈的敘
事趣味。

6.3.4 網絡穿越小說遊戲性的影響

網絡穿越小說的遊戲性特質，使網絡穿越小說的文化功能不再是教化，
而是娛樂，是緊張壓抑情緒的渲泄，是現實中實現起來難比登天的願望與需
求的虛擬性滿足，是緩解人們現實生活壓力、給人們以緊張之後的愉悅輕鬆
感覺的一種遊戲，呈現出鮮明的平民文化氣質和通俗的審美趣味。

在網絡穿越小說之中，創作者與閱讀者借著現代穿越人的身份，經歷著
現實中絕對沒有的奇遇——掌控天下棋局，傲立廟堂，翻雲覆雨間改變歷史，
改朝換代；身負絕世武功或者超強實力，笑傲江湖，覆雨翻雲，既能掀起江
湖的滔天風浪，又能消弭禍患於彈指之間；男性可以坐擁無數優質美女，女
性可以迷倒或者擁有 N 多優質美男，閒暇時，花間一壺酒，醉臥美人膝，何
等的逍遙快活！這樣的超凡能力與超好的運氣，會激發閱讀者們心理上潛在
的「冒險欲」、「性欲」、「英雄期待」、「成功欲望」等等現實生活中很難實現、
很難發泄的欲望與夢想，並在代入式的傳奇閱讀中獲得這些欲望與夢想的虛
擬性滿足。麥克盧漢深刻體察到了遊戲的這一功能，他說遊戲是個人或群體
的延伸，「對群體或個人的影響，是使群體或個人尚未如此延伸的部分實現重
構」〔註24〕。網絡穿越小說就是用這樣的文本形式實現了遊戲的功能，同時
決定了網絡穿越小說的通俗性、草根性和大眾性，在意義指向與價值深度上
與傳統小說的差異性。

網絡穿越小說的遊戲性特質也非常符合閱讀者的接受心理的需求，符合
大眾化審美的期待。網絡穿越小說具有非常明顯的民間性、草根性和通俗性

〔註23〕海飄雪，木槿花西月錦繡，晉江原創網，原文網址：http://www.jjwxc.net/
onebook.php?novelid=126983&chapterid=7。
〔註24〕【美】麥克盧漢，理解媒介〔M〕，北京：商務印書館，2000，300。

等的網絡文化特徵，它的審美是趨向於社會的大眾化審美。閱讀者的接受心理的需求是通過閱讀渲泄現實生活中的苦悶與緊張，暫時摒卻現實生活的單調與呆板，在想像力自由飛翔、情節刺激緊張又充滿代入感的小說閱讀中獲得放鬆。網絡穿越小說體現在文本生成、題材特質與文本語言上的遊戲性無疑非常成功地滿足了閱讀者的接受心理和審美期待，也鮮明地體現出了網絡穿越小說的民間性審美特質。

結　語

　　北京的春天，依然是「兩分塵土，一分流水」。在這樣的春日裏，當我打下本文的最後一個句點，回想這幾年的研究過程，不禁感慨萬千……。

　　當選定了「網絡穿越小說研究」這個題目，開始了相關資料的梳理與分析工作時，我才發現了網絡文本梳理的意想不到的重重困難——海量的原始文本，不知所云的網語，一頭霧水的圈中流行語，還有生生不息的新文本……這就是網絡小說文本研究的共性難點，我們總是要先陷入永不止歇的文本之海。為了本文有深厚的文本根基，我咬緊牙關一頭紮入各大網站的文本之海，最終選定了起點中文網、晉江文學城和瀟湘書院三大網站作為最主要關注網站，註冊成為其會員，開始了我的文本閱讀之旅，有了全新而感性的文本閱讀體驗。在文本的閱讀中，逐漸適應並開始享受這種網語化、生活化、鮮活的語言風格，有了很多新鮮的體驗，諸如第一次追文等更的迫切與焦灼，給連載中的小說寫長評並被作者置頂的得意與竊喜，與小說作者和讀者們在留評區唇槍舌劍的爭論快感和心有戚戚焉的認同快感，由小說閱讀引發的對人生、人性與現實社會的深切思考，最多一天十五小時網絡文本閱讀眼睛幾乎脫眶的痛苦和快樂……就在這樣的感性的閱讀者、追文者和理性的研究者、分析者的角色轉換中，經過對網絡穿越小說千餘部的瀏覽閱讀，數百部的逐字細讀，上百部的跟蹤閱讀，網絡穿越小說的發展歷程、發展現狀與趨勢、類型劃分、基本文本特質等文本梳理方面的框架漸漸在我的腦海中成型，這使本書的理論研究具備了相對紮實的文本基礎，對網絡穿越小說的相對全面準確的界定有了自信和底氣。

　　基於相對紮實的網絡穿越小說文本閱讀基礎，在對研究對象進行了比較全面準確的界定之後，我開始了對網絡穿越小說審美特質的研究。本書主要

是基於網絡穿越小說的穿越母題與網絡文化的雙重特性，從敘事模式、敘事特質、創作手法、語言風格、網文特質和文化特質等方面研究分析了網絡穿越小說虛擬性、女性文化特性和民間性的審美特質。

本書對網絡穿越小說審美特質的研究結論表明：網絡穿越小說作為一種新興的網絡原創小說類型，之所以能夠創造出一波波的「穿越熱潮」，是因為它獨特的魅力極強的敘事模式和語言風格，是因為它的民間價值立場、平民文化氣質和通俗的審美趣味，是因為它的題材的超越性特質給網絡時代中的人提供了一種很好的網絡化生存的途徑。網絡穿越小說立足於民間立場，執著守護著大眾文化的價值取向，通過消解深度的平面化深度模式，對抗和解構著精英文化對大眾的規訓，大眾也從網絡穿越小說的創作和閱讀中，獲取自己的話語權，滿足被尊重的需要。網絡穿越小說通過欲望書寫和日常生活敘事，消解宏大敘事，追求小說的娛樂功能，體現出鮮明的遊戲特質和狂歡色彩，又因它的網文特質，具有濃鬱的時代氣息。值得關注的是，當代青年女性群體通過網絡穿越小說的女性書寫，大大推動了中國女性文學的發展，使人類書寫歷史上開始了真正的「人」的回歸，體現了女性主體意識的普遍覺醒和張揚，這是時代的進步，同時也體現了當代中國女性文化的鮮明特質。基於此，消費文化背景中的網絡穿越小說具有著獨特的審美價值。

在對網絡穿越小說的文本閱讀與文本追蹤中，我深切地感受到網絡原創小說與傳統小說的巨大差異，並在閱讀中感受到網絡小說的活力與繁盛，也對網絡原創小說的金玉其中、泥沙俱下的作品現狀深有體會。但無論是消極的還是積極的成分，有一個共識是存在的，那就是網絡原創小說作為一種新的文學樣式、文化現象非常值得學術界持續關注和積極研究。

時至今日，本書的寫作告一段落，但對於網絡穿越小說的研究還在繼續。隨著研究的深入，還有很多的問題需要解決，比如為什麼華語網絡原創小說會得到如此迅猛、超越其它地區的超前性發展？網絡穿越小說文本的創作和閱讀到底反應了現代青少年什麼樣的社會心理和思想動態？網絡穿越熱潮形成和發展的原因還有那些？網絡穿越小說的文本與中國傳統文化以及當代中國文化的建設到底有著什麼樣的關係？網絡穿越小說的審美特質和文化特質有沒有更好更全面的概括？這些本文沒有涉及、研究深度不夠或者沒有開始研究的問題將在以後的相關研究中繼續思考⋯⋯。

附錄：網絡穿越小說的發展歷程

一、網絡穿越小說的產生

　　2003 年以前，中國內地的網絡小說大都誕生在各大論壇 BBS 上，大多數作品都是作者們信手塗鴉、自娛自樂的產物，從形式到內容都處於混沌狀態，紛亂繁雜。當時寫網文的人，大多數不是出於炫耀與賣弄，就是在百無聊賴中弄點兒娛樂自己順便娛樂別人的東西，當然是難成氣候。當然也有意外，痞子蔡的《第一次親密接觸》（1998 年）和今何在的《悟空傳》（2000 年），讓許多人第一次發現了網絡小說的魅力與能量，前者成為今日稱之謂網絡文學回顧的起點，而後者讓人知道網上信手塗鴉的文字也是可以寫的如此好看與如此有深度的。《第一次親密接觸》和《悟空傳》在網絡上迅速走紅，造就了痞子蔡與今何在兩位當紅作家，同時，也讓大批在網絡上游蕩的人看到了成名賺錢的捷徑。一時間，各大網站的 BBS 幾乎同時火了起來，網上發表，積聚人氣，網下出版，賺取人民幣，幾乎成了網絡文學的固定發展模式。但即使如此，內地互聯網上網絡原創小說仍然沒有形成氣候，充斥網上的，仍然是以港臺武俠與臺灣言情為主體的小說作品。2001 年，由於互聯網泡沫的第一次破裂，還有國家突然加強了對 BBS 的管理力度，幾乎是在一夜之間，很多 BBS 將加強網絡管理的通知掛在了首頁上。隨後，大量網頁運營商，包括一些提供盜版小說和正版書庫的運營商，因為風險投資的撤離而宣告破產。非但網上看文者突然發現自己找不到地方看盜版及原創小說了，一些仍然有興趣在網上舞文弄墨者，也沒有了發表文字的場所。網絡小說的創作遭遇了第一次危機。

2002 年 5 月,起點中文網成立,2003 年 8 月,晉江原創網成立,它們與之前就成立並具有強大影響力的幻劍書盟等網站一起,逐漸成爲推動中國網絡原創文學發展的強大動力。在文學網站以公司的模式開始商業運營之後,網站的日常維護與資金消耗有了得以良性循環的保障,而良好運作的文學網站又直接催生出大量網文的寫作者與閱讀者,網絡文學開始在整體上有了長足的發展。從 2002 到 2004 年,出現了日後華語網絡文學幾乎所有的基本分類。比如玄幻奇幻類的經典代表作品李思遠的《莽荒歲月》、老豬的《紫川》、樹下野狐的《搜神記》、藍晶的《魔法學徒》、蕭潛的《飄渺之旅》、玄雨的《小兵傳奇》、說不得的《傭兵天下》;武俠仙俠類的早期經典代表作品鳳歌的《崑崙》、蕭鼎的《誅仙》;都市類的早期經典代表作品周行文的《重生傳說》、血紅的《升龍道》、跳舞的《欲望空間》(原名《欲望中的城市》);穿越類的早期經典中華楊的《中華再起》、水心沙的《尼羅河之鷹》、金子的《夢回大清》;歷史軍事類的早期經典代表作品流浪的軍刀的《終生制職業》、酒徒的《明》;遊戲競技類的早期經典代表作品如大秦柄柄的《校園籃球風雲》、林海聽濤的《我踢球你介意嗎》;科幻靈異類的早期經典代表作品如可蕊的《都市妖奇談》、勿用的《血夜鳳凰》。

隨著網絡原創小說的發展,逐漸形成了新的小說類型,比如穿越小說,玄幻小說,同人小說,耽美小說、女尊小說等等。而穿越小說的誕生與發展,與全球最大的女性文學基地——晉江原創網(2010 年更名爲晉江文學城)息息相關。

在 2003 年的晉江原創網上,出現了這樣的作品——宋之賢的《風花風葬》與水心沙的《尼羅河之鷹》,這標誌著內地言情穿越文開始了最初的摸索階段。

從晉江作品庫中的作品發表時間來看,最早的具有穿越時空標籤的網文是發表於 2003 年 7 月 29 日的《鹿鼎府猴年馬月除夕工作總結及頒獎大會》,作者是宇文解憂。這篇只有三章 5709 字的網文並非一篇獨立的小說,而是金庸小說《鹿鼎記》的搞笑外傳,用網文的語言就是《鹿鼎記》的無釐頭番外。而眞正意義的第一部標有穿越時空標籤的小說是發表於 2003 年 8 月 1 日的由泫月汐所寫《北風》,記述一位現代人穿越時空回到西漢,一睹漢宮飛燕的曼妙舞姿,欣賞漢成帝時期的歷史風華。這位作者又在同年 8 月 21 日開寫另一部穿越小說《西楚殤歌》,講述一位現代女孩穿越到楚漢爭霸時期,成爲楚霸王的愛妃虞姬,改變了項羽與虞姬命運的故事。泫月汐的這兩個故事都比較

短，都是 7 萬多字，故事架構與情節發展也比較簡單，具有穿越小說的雛形。

宋之賢的《風花風葬》（發表時間爲 2003 年 8 月 31 日）講述一位現代女大學生蝶舞穿越到民國 21 年之後的愛情故事。這個故事原名叫《黃金故事》，共 43 章，約十萬字，以一位平凡現代人的視角看待民國亂世，借由蝶舞的眼睛表達對那個亂世的看法，通過蝶舞與張拾來的愛情故事表達作者對於愛情的理解：人的眞情比金子更可貴。故事寫的引人入勝，曲折動人，大受閱讀者追捧，獲得了八百九十萬的作品積分，在當時的晉江原創網上也是非常不錯的成績。

發表於 2003 年 11 月 9 日的水心沙的《尼羅河之鷹──雷》，受日本少女漫畫《尼羅河女兒》的影響和啓發，講述了一名中國女特警展琳在上海執行任務時意外穿越時空回到了三千年前的古埃及，在埃及法老奧拉西斯統治期間，與守護埃及的大將軍雷伊相識相戀，利用自己的現代知識與特警才能幫助雷伊守護埃及的故事。11 萬字的長度獲得讀者一千六百八十多萬的積分，在當時算是極受歡迎了。水心沙在讀者的鼓勵之下，再接再厲，於 2004 年開始創作另外兩部與《尼羅河之鷹》相關的小說，分別是《天狼之眼》與《法老王》。後來，這三部作品被稱爲中國版的尼羅河三部曲，成爲中國內地互聯網穿越小說萌芽期的經典之作，直接影響了後來的穿越小說繁盛期經典作品《法老的寵妃》系列與《第一皇妃》系列。

同一時期帶有穿越時空元素的還有發表於 2003 年 12 月 7 日由暝色創作的武俠穿越小說《白衣傳》（共 41 章，25 萬多字），獲得將近三千五百萬的讀者積分，名列當年晉江原創網作品排行榜第 2 名。但《白衣傳》的主體還是一部帶有穿越元素的武俠小說。

這一時期的穿越小說總體上篇幅不長，情節比較簡單，大都是穿越回某個眞實歷史時空，經歷史書中有記載的史實，更多的是一種對古代歷史眞實面目的好奇與臆想。

2004 年，隨著金子的《夢回大清》、曉風聽月的《清宮 情空 淨空》開始在晉江上連載，追文者多如過江之鯽，清穿文正式登上穿越小說發展的歷史舞臺，而穿越小說也在清穿文大紅大紫的浪潮中，逐漸走向成熟。

二、網絡穿越小說的發展脈絡

網絡穿越小說從產生到現在，經歷了萌芽期，穿越歷史時期，穿越架空

時期，最終成為女性創作與閱讀的主流類型。

2004 年以前，可以稱之為穿越小說的萌芽期。這一時期帶有穿越時空標籤的網文，「穿越」還主要是作為一種故事元素出現，沒有穿越小說這個提法，也沒有形成固定的模式，無論是晉江原創網上的相關作品還是其它網站上有穿越意味的網文，都是出於一種摸索與嘗試新題材的狀態。主要代表作品有晉江原創網上水心沙的《尼羅河之鷹》、宋之賢的《風花風葬》和明揚原創文學網站上連載的《中華再起》。

《尼羅河之鷹》和《風花風葬》是網絡穿越言情作品的探索之作，無論是小說長度、故事構思還是人物設定都比較簡單，相當青澀。

而中華楊的《中華再起》可以稱為穿越小說男性創作閱讀的探路之作。

2002 年底到 2003 初，一部名為《中華再起》的網絡小說突然紅遍大江南北。《中華再起》講述的是兩個軍隊長大的年青人，穿越回十九世紀，打敗列強，推翻清廷，重塑中華民族的故事。自黃易的《尋秦記》以後，穿越時空回到過去的故事構思已經不再新鮮，但像《中華再起》這樣的完全改變了原有的歷史的構思卻非常罕見。小說創作者對此的解釋是：空間中存在平行時空，我們改變另一個時空中的歷史時，改變的僅僅是真實世界的一個分支，而不是眼前的世界。這種模式，後來網上稱之為「架空歷史」。架空歷史的模式，讓對實存的中國現實與歷史不滿的中國青年們，迅速找到了一個發泄不滿與反思的渠道，穿越到過去，像玩遊戲一樣，從頭再來！

從傳統文學的角度來講，《中華再起》這篇小說甚至不能被稱為小說，只能算是一個長篇幻想流水賬。但由於它在構思與情節上的特殊性，卻讓中華楊的名字與架空歷史小說這一網絡原創文學的類別緊緊地聯繫在一起。此後，人們提起架空歷史類小說，就無法忽略中華楊，無法不提《中華再起》。

在穿越小說的發展與演變歷程中，穿越架空類成為穿越小說的主流，而《中華再起》這種架空歷史的故事模式，也成為穿越歷史類作品的一種類型。

在網絡穿越小說盛行的初期，最具代表性的是穿越歷史類作品，而穿越歷史類作品，主要包括穿越歷史、穿越架空歷史與穿越虛擬仿真歷史類小說。

2004 年 7 月 1 日，金子的《夢回大清》開始在晉江原創網上連載，2006 年 1 月，剛連載完上部的《夢回大清》就被朝華出版社出版成為紙質書。這部直到 2007 年才完全完結的網絡小說最終造就了一個新名詞「清穿文」，即穿越時空回到清朝時期的小說。《夢回大清》也成為網絡穿越小說熱潮的真正

起點。隨著《夢回大清》的網上連載與紙質書出版，帶來了網絡穿越小說的
創作與閱讀熱潮，穿越小說作品在 2003 至 2007 年呈現「井噴」式出現，網
絡穿越小說的類型模式開始成型。

　　2004 年，晉江原創網上，除了金子的《夢回大清》之外，曉風聽月的《清
宮　情空　淨空》也於 12 月 2 日開始在同一網站上連載。兩部穿越到清朝的
小說都大受讀者歡迎。晉江原創網的積分記錄上顯示，《夢回大清》（上部）
獲得讀者積分是 21122328 分，而連載於 2004 年的《夢回大清》（中部）獲得
33532456 分。曉風聽月的《清宮　情空　淨空》則獲得 51736604 分。這兩部
小說的驕人成績標誌著「清穿文」開始受到關注。而接下來的 2005 年是一個
真正的「清穿」年。在這一年中，桐華的《步步驚心》、晚清風景的《瑤華》，
先後開始在晉江連載，連同金子的《夢回大清》，被稱為「清穿三座大山」。
清穿文的走紅直接帶動了穿越文的大熱，穿越題材開始異常火爆，穿越小說
引領了網絡文學的新一輪熱潮。這股穿越風潮一直延續到 2007 年，並從晉江
原創網開始席捲了各個文學網站。

　　這類網絡穿越小說，主要是穿越真實歷史並經歷歷史史實發生的模式。
穿越時空回到真實歷史並親歷歷史史實的發生的穿越小說，其基本特質正如
作家出版社總編室主任劉方的總結：「其情節通常是描述一個當代青年遭逢
變故，機緣巧合之下，進入古代，以在場的方式參與見證了種種眾所周知又
知之不詳的歷史事件。」清穿文可謂是穿越真實歷史的網絡穿越小說經典類
型。

　　就在晉江原創網上清穿文紅紅火火之時，2004 年 5 月 23 日，一部名為《新
宋》的小說開始在幻劍書盟上連載，作者是有歷史專業背景的大學生阿越，
寫文的起因是在 2003 年的碩士生入學考試中，有一道宋代史的題目沒有做出
來，讓一向在專業課方面頗為自負的他耿耿於懷，引為奇恥大辱，加上喜愛
閱讀網絡小說，尤其是像中華楊的《中華再起》這樣的架空歷史類作品，就
決心寫一部穿越到宋代歷史背景的小說，以雪「前恥」。於是就有了《新宋》
的創作動力和不太成熟的《新宋》第一卷舊稿。這部舊稿經過作者阿越的反
思與修改，終於成為 2004 年連載於幻劍書盟的穿越小說《新宋》。《新宋》走
的是《中華再起》的路子，就是現代的中國青年穿越到古代的宋朝，依據自
己的歷史知識和對這一歷史時期的理性思考，對當時的宋朝興利除弊，大膽
改革與嘗試，重新改變了原有的歷史走向。《新宋》的推出又影響到當時以關

注男性閱讀爲主的起點中文網的相關小說創作。起點中文網這種穿越架空歷史的作品也開始層出不窮，比較經典的有戒念的《宋風》（2006）、小樓明月的《迷失在康熙末年》（2006）、大爆炸的《竊明》（2007 年）、墨武的《江山美色》（2008）、無辜的蟲子的《回明》（2010 年）等等。

這類穿越真實歷史的小說，主要特點就是現代青年穿越回真實的歷史之後，依據自己基於現代視野對於歷史的理性思考和自身的某些出色才華，打破或者改變原有歷史的進程，從而使歷史的發展有了另外一種路徑和不同於史書記載的結果。

這種構思與想像，原初的靈感恐怕來自於電子游戲的玩樂模式，那就是可以不斷地推倒重來，以獲取自己最想要的結果。當代的中國青年，絕大多數都有著國富民強、期望中華崛起的願望。而這種美好的願望和火熱的愛國激情面對既有的中國歷史發展歷程尤其是近代中國落後挨打的悲慘境地時，往往會無限怨念的想像，如果能夠回到過去，在中國歷史的某個節點，讓歷史重新開始，避開那些後來讓中國落後的因素，揉入基於現代視野理性思考的智慧與強國經驗，讓中華民族不再有近代的屈辱孱弱，那該有多好！而這些想法與激情恰恰可以通過穿越的方式，以架空歷史的故事模式，在小說的鈎織陳述中得以實現和紓解。這應該是這一類型穿越歷史小說產生和發展的心理基礎。而更有深度的作品，還會有立足現代視野對中國古代歷史進行理性思考的創作理念。《新宋》的作者阿越在幻劍書盟連載此書的作者公告《新宋 十字修改版緣起（代序）》中，就有這樣的陳述：

> 對於所謂的架空歷史小說，有些讀者認爲就是純粹的意淫，圖得一種心靈的刺激。我承認這種因素是架空歷史小說的一個大特點，但是我認爲架空歷史小說可以有更深刻的內涵。我們可以通過一個現代人回到古代的奮鬥史，來探討一下某段歷史究竟是在那個地方出了差錯，來演示一下歷史的另一種可能，如果一個有足夠能力的現代人——他既不是超人，也不是毫無能力的人——回到那個時代，他能夠怎麼做？用什麼樣的手段，他能把那段歷史扭轉，又能夠扭轉到一個什麼樣的程度？我覺得這個主題，也是架空歷史小說可以演繹的。而在另一個方面，我們也在探討一下現代思想與古代思想直接交鋒時，會有什麼樣的衝突。〔註1〕

〔註 1〕阿越，新宋，作者公告之「新宋 十字修改版緣起（代序）」，起點中文網，原

　　阿越對於架空歷史類小說的看法，有三層意思。第一層，這類內容的小說，滿足了很多中國人尤其是中國青年對中國歷史上落後之處重新修改的欲望，以此實現自己對於國家富強、中華不敗的夢想。第二層，他闡述了自己對於此類內容小說的理解和自己創作此類小說的理念，可以以小說為介質，對中國歷史進行基於現代視野的理性反思。第三層，他提到了穿越小說的另外一個魅力點，那就是現代思想與古代思想的碰撞與交流以突出故事和人物的小說形式呈現時所含有的趣味和吸引力。

　　不過，這種穿越真實歷史而又架空歷史的故事類型，在穿越小說之中並不佔據主流。真正在穿越小說佔據主流地位的是現代人穿越到虛擬仿真歷史的類型，一般稱之為穿越架空類。

　　2006年，穿越小說的火爆情形依舊持續，並且已經遠遠超越了「清穿文」的模式與套路。穿越時代上有明穿（如《回到明朝當王爺》，月關，2006年，起點中文網）、宋穿（如《宋風》，戒念，2006年，起點中文網）、唐穿（如《大唐公主出牆記》，滕錦，2007年，紅袖添香）、漢穿（如《大漠謠》，桐華，2006年，晉江原創網），甚至穿到原始社會去談情說愛、改造地球。穿越地點上則不僅僅是古代中國，還有古埃及（如《法老的寵妃》，悠世，2006年，晉江原創網）、古巴比倫等等。

　　正是在這一年，湧現了大批穿越小說的經典作品，掀起了後來的一波波穿越小說出版熱潮。比如海飄雪的《木槿花西月錦繡》、波波的《縮青絲》、小佚的《瀟然夢》、李歆的《獨步天下》、悠世的《法老的寵妃》、天夕的《鸞：我的前半生，我的後半生》、白玉非玉的《萬里歸鄉奇聞錄》、桐華的《大漠謠》，妖舟的《穿越與反穿越》等等。這些作品都是穿越小說的代表性作品，絕大部分不但佔據當年的網絡小說排行榜單，而且在實體書出版後在各大圖書銷售網站青春文學類榜單中長期佔據前列。

　　也是從這一年開始，出現了穿越架空類的作品。上述的穿越經典中，大多數都屬於穿越到虛擬仿真歷史中的穿越架空類小說。

　　在網絡小說類別方面使用的「架空」一詞的含義，通常認為是由日語「架空（かくう）」的「虛構」釋義演變而來的。在網絡小說中，虛構的歷史進程、虛構的時空環境、虛構的事件等都稱之為架空。而架空小說最早時也可以指從原作品（如小說、漫畫、遊戲、影視等等）背景中脫離出來又保留了原作

　　文網址：http://www.qidian.com/BookReader/9300，255137.aspx。

品性格特質的人物角色演繹的其它故事，也就是現在所謂「同人」類小說的一種題材。

由於眞實歷史的設定對於創作者的史學積澱要求很高，同時眞實歷史的史實記載也對小說人物與故事的設定與發展有諸多的局限，穿越小說的創作者們很快開發出穿越架空的模式。所謂的穿越架空，就是穿越回去的時空，不是人們已知的任何歷史時空，而是完全虛構出來的有一定情景設定的虛擬時空。而虛擬仿眞歷史類的穿越小說，就屬於穿越架空的一個類型。虛擬仿眞歷史類的穿越小說，就是穿越回去的古代時空，不是人們已知的任何歷史時空，但又與某一段眞實的歷史時空相似，一般是與中國古代的某一段眞實歷史時空相似。比如小佚的《瀟然夢》在類似三國時期，波波的《縮青絲》在類似唐代，而禹岩的《極品家丁》在類似宋代等等。這種模式提供的是虛擬的仿眞歷史情境。這種虛擬的仿眞歷史時空可以不受眞實歷史史實的約束，但其社會文化環境是對眞實歷史文化環境的仿眞模擬。這種虛擬歷史時空的設定更有利於創作者想像力的揮灑，爲小說故事人物的演繹與發展提供更大的創作空間。正是由於這種特性，穿越架空類穿越小說後來者居上，逐漸成爲網絡穿越小說的最主要故事模式。

再到後來，出於創作上的便利，穿越回去的時空環境也不再表明仿眞的是哪一個歷史時空，而統統代之以類似中國古代。穿越架空類的穿越小說，後來又發展到穿越到各種各樣的異度空間的故事，比如書中世界、影視世界，遊戲世界甚至是完全虛擬的有一定情景設定的異域時空等等，反正是只要想像力所及的時空情境，都可以穿越其間，在這樣的時空情境中娓娓敘述精彩的傳奇故事。穿越架空類最終成爲網絡穿越小說最重要的基本類型。

穿越架空類作品的共同特徵就是穿越後的時空，不屬於任何一個史有記載的歷史空間，而完全是創作者虛構出來的空間。「架空」一詞的原意就是虛構。這個被創作者虛構出來的異時空，有可能是與史有記載的歷史時空尤其是中國歷史的時空相類似，也有可能是完全由人類豐富的想像力所虛構出來的異度時空。

從 2006 年開始，穿越小說在創作與閱讀的熱潮中不斷推陳出新，在穿越方式、穿越目的地、穿越類型上花樣翻新，讓創作者一展豐富的想像力，也拓展著網絡穿越小說本身發展的新疆土。

也正是從這一年之後，出現了越來越多的穿越架空類作品，穿越後的空

間，大多是迥然不同於現實的異界。所謂異界就是不同於已存在的真實時空的異度空間。除了虛擬仿真的歷史時空以外，又出現了大量的穿越到文學作品時空、影視作品時空、動漫作品時空、遊戲作品尤其是網絡遊戲作品時空的穿越小說。比如起點中文網上吳蝦米的《聖鬥士之邪惡射手》（2008 年 12 月 14 日開始連載）講述的是一名生在新中國、長在紅旗下的大齡青年，無奈穿越到了動漫作品聖鬥士的世界，附身在聖域的「旗手」——「高大全」的代表人物艾俄羅斯身上，於是發生了種種的傳奇故事。打神的《天龍八部之四號男主角》（2007 年 7 月 27 日開始連載）則講述了一個現代青年穿越到金庸武俠小說《天龍八部》的世界，成為這個書中世界的第四號主角，決心以自己的努力改變小說中其它人物的命運。若是有緣的《完美仙劍三》（2009 年 8 月 20 日）是一個不滿電視劇《仙劍奇俠傳 3》劇情的現代宅男穿越到仙劍的電視劇情世界之中，努力改變原有結局的故事。晉江原創網上妖舟的《不死》（2009 年 10 月 10 日開始連載）講述了一個現代普通人穿越到獵人遊戲世界中的一個炮灰角色身上，然後開始了一個廢柴（就是廢物）在強人如林的世界自力更生、艱苦奮鬥，努力還債，最終發家致富奔小康的血淚奮鬥史。這些穿越小說，借助了原有作品的時空情境，以穿越的形式演繹與原作不同的傳奇故事，這就是穿越同人類小說。

穿越異界的穿越小說中，還有完全虛構甚至自行設定的時空情境。不僅把穿越小說與大量的中外神話傳說勾連在一起，充滿了奇幻的風格，更能夠充分滿足小說創作者豐富想像力的創新需要。比如柳暗花溟的《神仙也有江湖》（2007 年 8 月 29 日在起點中文網上開始連載），講述一個從現代都市中穿越到充滿神仙、劍仙世界的女孩姚蟲蟲的神仙江湖歷險記，很有奇幻仙俠的風格，幽默風趣又跌宕起伏，不能不佩服作者天馬行空的想像力。而唐家三少的《鬥羅大陸》（2008 年 12 月 14 號在起點中文網上開始連載），則講述一個武俠世界中的蜀中唐門年輕高手唐三穿越到一個武魂世界——鬥羅大陸以後重新開始的玄幻修真的傳奇故事。宮藤深秀的《四時花開》（2006 年 3 月 23 日在晉江原創網上開始連載）則講述一個現代的普通女性穿越到傳說中的女尊男卑的時空中，在這種倒錯的文化環境中的歷險與傳奇。也因此誕生了一種新的網絡穿越小說類型，被稱為女尊類穿越小說。

穿越異界的穿越小說，無疑又將穿越小說的創作疆域無限延伸，凡是想像力所及之處，都可以成為穿越小說的馳騁之所。

2008 年以後，穿越小說在各大文學網站上的洶洶熱潮逐漸消褪，但它的影響卻滲透到了幾乎所有網絡小說類型的創作中，尤其是對於女性言情作品的影響。起點中文網的女生頻道中（現在稱之為起點女生網），有專門的穿越時空類型，而主要以女性讀者為主要服務對象的著名文學原創網站如瀟湘書院、紅袖添香，在欄目類型的設置上，「穿越時空」都是第一個小說類型。而女性文學的大本營——晉江原創網的原創言情站中，穿越小說不僅作為專門的類型出現，在古代穿越小說的專欄中，還有更細的類別劃分，主要是四個類別：清穿文、架空穿越文、歷史穿越文與女尊穿越文，就是穿越到清朝的小說，穿越到虛構空間的小說，穿越到真實歷史的小說和穿越到女尊世界的小說。這些網站中，不僅寫手眾多、作品繁多，更是擁有龐大的讀者群體。比如晉江原創網上的穿越小說數量非常龐大，到 2010 年 6 月份為止，總數量約有十三萬八千多部作品，其中完結的穿越小說數量大約為三萬多部。而以男性為主要服務對象的文學原創網站如起點中文網，穿越小說沒有作為一種基本類型出現，而更多地以「穿越」為名作為一種主要的內容標籤出現，與武俠仙俠、玄幻奇幻、都市言情、歷史軍事等各大類型相互交錯，主要是作為一種交叉類型的穿越小說出現。

三、網絡穿越小說的類型發展

對網絡穿越小說進行分類其實是一件比較困難的事情，因為可以從很多角度分類，比如穿越方式、小說風格、小說主題、穿越後的時間和空間等等。從穿越方式上來劃分，網絡穿越小說可以分為兩大類，本體穿和魂穿，本體穿就是穿越者自身穿越時空在異時空的傳奇經歷，而魂穿就是穿越者的靈魂穿越時空在異時空的經歷體驗。網絡穿越小說中魂穿是最主要的穿越方式。從小說風格上來劃分，可以分為正劇、悲劇、輕鬆、爆笑（惡搞）等幾種不同類型。從小說主題上來劃分，又可以分為宮鬥文、架空歷史文、爭霸文（江山文）、權謀文、豔情文、清水文、種田文等等。從穿越後的時間上劃分，可以分為古代穿越文、未來穿越文、同時代重生穿越文以及反穿越文。從穿越後的空間劃分，可以分為中國古代、外國古代、虛擬仿真歷史空間、未來空間、純粹虛構的想像空間如異世魔法空間、基於中國古老神話傳說的神仙鬼怪世界、網絡遊戲世界、影視故事世界等等。這些劃分的角度都可以成為小說分類的依據，但總體上看來，這些角度要麼是屬於網絡穿越小說局部的特

徵與差異，要麼不能準確把握作為一種文體類型的穿越小說的類型主因素，以方便開展對其類型特徵、發展與變化的研究。

小說類型學中有關於「敘事語法」的研究，可以為網絡穿越小說的類型劃分帶來啟發與依據。鮑·托馬舍夫斯基把敘事基本語法稱為「主因素」。他說：「類別的特徵，即組織作品的結構的手法，是主要的手法，也就是說，創作藝術整體所必需的其它一切手法都從屬於它。主要的手法稱為 dominant（主因素）。全部主因素是決定形成類別的要素。〔註 2〕「主因素」是形成一類小說的基本要素和自我標誌。無論是認識一類小說，還是對小說進行類別劃分，都要立足於主因素。另一個形式主義批評家雅克布森後來也對「主導」這一概念作了大致相同的界定：「在一部藝術作品中使焦距集中的那個成分，它統治、決定、改變其餘的成分。是主導物保證了結構的統一。」〔註3〕

而網絡穿越小說的主因素就是帶著現代人的記憶體系、思維方式、價值取向、人生目的穿越者經歷了時空轉換以後在異時空環境所親歷和體驗的生活記憶記錄。立足於網絡穿越小說的這個整體性基本特質，出於研究的需要，縱覽現有的穿越小說作品，可以基於穿越後的異時空整體特質和穿越小說與其它文體類型的雜糅交錯特質將網絡穿越小說劃分為三個大的類型：基本類型、嫁接類型和交叉類型。其中基本類型是基於穿越後異時空的整體特質劃分的結果，分為穿越歷史類和穿越架空類，這是網絡穿越小說的核心類型，也是類型研究的重點。而嫁接類型則是基於穿越小說類型與其它相關類型的雜糅交錯而促進彼此文體發展並生成的新的子類型的劃分結果，主要有穿越同人文、穿越耽美文和穿越女尊文，也是網絡穿越小說的類型研究的重點。而交叉類型則反映了穿越小說與其它文體類型的交錯發展情況，主要是彼此借鑒故事元素而出現的文體雜糅特質的類型文本。

對於穿越小說的交叉類型而言，是指穿越小說與其它類型小說對故事元素彼此借鑒但又主要保留了其它類型小說的主要敘事語法，穿越小說為這些類型小說提供的基本敘事語法為這些類型小說開闢了新的敘事角度與閱讀體驗，但並沒有產生新的子類型。這一類主要是其它經典的類型小說如武俠仙俠、玄幻奇幻等借鑒了穿越小說的時空穿越的情節元素對本類型小說進行創

〔註 2〕〔法〕茨維坦·托多羅夫，俄蘇形式主義文論選〔C〕，蔡鴻濱譯，北京：中國社會科學出版社，1989，238。

〔註 3〕轉引自羅伯特·休斯，文學結構主義〔M〕，北京：三聯書店，1988，137。

新的產物。網絡穿越小說的交叉類型主要有穿越武俠仙俠類和穿越玄幻奇幻類，前者諸如《白衣傳》（暝色）、《天上第一》（謝樓南）、《穿越之天雷一部》（蜀客）、《最鴛緣》（錦秋詞）等，都有穿越時空的情節元素，但整體上還是武俠小說與仙俠小說的模式與架構；後者諸如《鬥羅大陸》（唐家三少）、《鬥破蒼穹》（天蠶土豆）、《神墓》（辰東）、《傲風》（風行烈）等，都有穿越時空的元素，但整體上主要是玄幻小說、奇幻小說的模式與架構。

以下將主要分析網絡穿越小說基本類型和嫁接類型的發展。

（一）穿越小說的基本類型

所謂基本類型屬於網絡穿越小說的核心類型，包含了網絡穿越小說的基本敘事語法，「具備相當的歷史時段，具有穩定的形式或者內涵樣貌，具有一系列典範性作品，同時又在讀者心目中能引起比較固定的閱讀期待。」〔註4〕網絡穿越小說的基本類型有穿越歷史類和穿越架空類。並由此衍生出一些亞類型，如反穿越類（古穿今），穿越未來類，性別轉換類、重生類等等。

穿越歷史類小說作爲穿越小說的基本類型之一，主要突出的是歷史元素在穿越小說中的運用。通常的模式是穿越回眞實的歷史時空，以現代人的視域、親歷式的體驗或見證歷史的發生，或改變歷史的應有進程，由此表達對古老歷史的感性想像或者理性思考。穿越歷史類又可以分爲兩種類型，一種是以「在場」的方式旁觀歷史的發生，另一種卻是基於對歷史的理性思考以「在場」的方式在見證歷史的同時改變了歷史應有的走向。用網語來形容這兩類穿越小說中穿越者對既定歷史的作用就是前一類是過路「打醬油」的，後一種卻是顛倒乾坤、挑戰命運、改變歷史的小強「豬腳」（主角）。前一種習慣上稱爲穿越歷史文，後一種稱爲穿越架空歷史文。

穿越歷史文中，現代穿越者回到既定的歷史時空，以一種旁觀者的身份見證了歷史的發生，卻常常因爲與既定命運的歷史人物的接觸，生發情感而不自覺地參與歷史進程並改變了一些無礙歷史既定方向的細節。也恰恰是這些歷史細節的豐富或者改變和穿越者與歷史人物的情感糾葛成爲這類小說的最大魅力。創作者與閱讀者在創作和閱讀這類小說時，不僅會獲得見證歷史發生的快感，更會因爲與活生生的既定命運的歷史人物的交集引發無限的情感想像，或見證他們命運的發生，或依靠自己洞悉歷史的智慧改變歷史細節，

〔註4〕葛紅兵，肖青峰，小說類型理論與批評實踐──小說類型學研究論綱〔J〕，上海大學學報（哲學社會科學版），2008，（4）。

更改歷史人物的既定命運，在無限想像的空間中重新塑造每個人心目中的歷史和歷史人物。

　　這種故事設定與內容特徵決定了這類穿越小說往往會以言情爲主的特質。網絡穿越小說的奠基之作《夢回大清》就屬於此類經典。現代都市女孩薔薇在故宮旅遊時無意中穿越時空回到康熙年間，成爲待選入宮的秀女茗薇，從此見證了康熙朝後期的歷史進程，並以「在場」的方式親歷甚至參與了後宮朝堂因爲皇權歸屬引發的種種陰謀陽謀、權力紛爭的歷史事件細節。在這個過程中，茗薇與康熙皇帝的眾皇子相遇相識，並與四皇子胤禛和十三皇子胤祥之間產生了複雜的情感糾葛。在洞悉歷史進程與歷史人物的既定命運的前提下，茗薇立足於自己現代人的思想觀念，依據自己的情感作出了愛情上的抉擇，在歷史的夾縫中，最大限度地保護自己所愛的人，給予自己所愛的人幸福，盡心竭力地成全所有的人，但終於是難以避免的遺憾與悲哀，四皇子的無望愛情，十三皇子不可避免的悲劇人生，康熙身爲人父又爲皇帝的無奈……整部小說就在這樣細膩如潺潺流水的情感敘述中娓娓道來，那個遙遠的史書記載中風雲變幻的康熙王朝和諸多以平板的文字記載形式存在的歷史人物，在這樣基於女性視域的情感敘事中變得眞實而鮮活，既滿足了人們對於歷史的追思與想像，又在情感的記述中復活了歷史風雲中的歷史事件與歷史人物。《夢回大清》的魅力出自歷史卻又不在歷史，它的動人之處在於作者金子以清新細膩的筆觸描述的以現代人的心緒穿梭在那個歷史時空中的茗薇以女性的視角看到的人物和經歷的情感，正如網友對《夢回大清》的讀後長評中所言：

　　　　這本書的題材並稱不上新穎，但之所以如此成功，靠的必定是激動人心的劇情和性情特殊的角色。最欣賞的便是金子筆下活靈活現的書中人。

　　　　很喜歡女主角小薇。聰慧，伶俐，冷靜，機智，所有女俠的勇氣，才女的頭腦，小女生的情懷……都被小薇一人所擁有。她勇敢地從熊的手下救了１３，機智的在皇上面前保住１３一群人，她的一舉一動都有著意義，聰明得令人不由得叫好。不得不讓我這種愛做夢的小女生佩服一下……夢回大清中所有的角色都是特別的，雖然小薇跟其它言情小說中的女主角一樣——都爲出色的男主們搖擺不定、傷心哭泣，但她還是不同的，因爲，《夢回》中的男主角們也

都太過特殊特別⋯⋯每個人的過去都令人心痛。小薇在現實世界已經是個成年人，回到古代後才 16 歲。雖然年齡不同，但她畢竟經歷的更多，也比較老成。面對事情有著大人的思考方式與冷靜果斷的判斷。

（節選自網友 123amy 對《夢回大清》的長評：評夢回大清）

這個故事，結局似乎不是最重要的，因為它不是一個簡單的關於愛與不愛的故事，它寫的是關於一生的情感，小薇與十三，小薇與四，四與十三，十三與四，還有十四，八，還有一直沉默的四福晉，沉默的鈕鈷祿氏，看來端莊貞靜卻在不經意見讓人心裏發寒的德妃，幽怨的茗惠，嫉妒著的八福晉，看著一切，並手操生死之權的康熙⋯⋯

所有人激烈的，憤恨的，幽怨的，隱忍的，明顯的，看不透的，稍露端倪的⋯⋯所有的感情，一生下來，結局總歸是死亡，其實，結局一直不重要，只是生命的過程中，愛了，恨了，流淚了，心痛了，只是這些，那些隱忍的愛情，那些激昂的感動，那些枕畔廝磨時的溫存，那咫尺天涯的無奈，那錯過了悲傷，那離別時的眼淚，那種種種種，並不如花開無聲，花落無聞，都讓心隨之波動，隨之起伏跌宕⋯⋯〔註5〕

（節選自網友上官久對《夢回大清》的長評：
情之為物——夢回大清讀後感）

由此可見，這部穿越歷史的經典之作《夢回大清》，真正的魅力是金子在那個想像性的歷史時空設定中塑造的人物和描述的人生與情感。

之後的許多清穿文走的大都是這一路線。穿越到明朝、宋代、盛唐、兩漢、春秋戰國甚至古代日本、古埃及、古巴比倫、古瑪雅等等時期的穿越小說亦如是。這樣的穿越小說最終成為女性群體創作和閱讀的領地。

穿越架空歷史文通常的模式是現代穿越者穿回到古代的歷史時空後，憑藉自己洞悉歷史先機與現代的智慧，基於對歷史的理性思考以「在場」的方式在見證歷史的同時顛覆歷史，改變了歷史應有的走向。這類小說的先驅應

〔註 5〕資料來源：晉江原創網，讀者長評區，來源網址：http://www.jjwxc.net/onebook.php?novelid=254790。

該是中華楊的《中華再起》，之後是阿越的《新宋》，平凡普通的《再造神州》，月關的《回到明朝當王爺》，戒念的《宋風》等等。現代穿越者行走在曾經的歷史時空中，基於對歷史的理性思考，運用現代的智慧與謀略，以個人的力量扭轉乾坤，更改歷史局部或全部的走向，彌補現代人在閱讀和思考歷史時的遺憾與慨歎。並在這樣的網絡創作與閱讀中享受 YY（網語，意爲意淫，寫者注）歷史的快感與暢意。

穿越架空類小說作爲穿越小說在尋求突破中的創新結晶，卻由於題材疆域的廣闊彈性後來者居上成爲網絡穿越小說最重要的基本類型。

所謂穿越架空小說就是現代穿越者穿越到一個完全虛擬的時空中，在特定的時空情境設定中所經歷的種種傳奇故事。這類小說的突出特色就是現代人的視角，有距離感的時空設定，精彩紛呈的故事和人物，代入感極強的親歷式體驗。這類小說實質上實現了現實人們希望脫離枯燥重複局限多多沒有吸引力的日常生活而「生存在別處」的願望與夢想。人類想像力能夠到達的所有時空，都可以通過穿越小說實現親歷式的體驗。於是，穿越小說爲人們在現實與幻想之間搭建了一座無所不能之橋，以文學的形式實現了每個人沉醉於夢想世界的願望，而這座無所不能之橋的名字就叫做「穿越」。這讓生活在模式化、平凡枯燥的現實時空的人們欣喜若狂，因爲，穿越小說中發生在遙遠的異域、古代、神怪世界、魔法大陸等的充滿刺激的親歷式的歷險與傳奇不僅帶給了人們放鬆與歡悅，並且還在幻想的滿足中代償性地彌補了現實生活中無法實現的缺憾。

穿越架空類小說根據所穿越的空間大致分爲三種類型。其一是穿越到虛擬仿眞的古代歷史時空；其二是穿越到有原型的想像時空；其三是穿越到完全自行設定的虛擬空間。

穿越到虛擬仿眞的古代歷史空間類小說與穿越歷史類小說基本同步。由於眞實歷史時空的環境設定對於創作者的歷史修養要求比較高，在很大程度上局限和制約了普通網絡穿越小說寫作者的故事寫作。爲了降低寫作難度，讓想像力更加自由的飛翔，網絡寫手們就創造出來對古代歷史時空仿眞模擬的虛構時空。這些虛構時空無論如何命名，在文化、環境、生產力方面總是與眞實古代某一歷史時空相似，通常是與中國古代某一歷史時空相似。比如《瀟然夢》中的天和大陸類似中國古代的三國時期；《極品家丁》中的異時空類似宋代；《綰青絲》中的異時空則類似中國唐代。逐漸地，這類穿越小說的

虛擬時空的情境設定只是類似中國古代。這樣的環境設定不僅能夠滿足穿越小說的故事基本設定的需要，而且給予了創作者自由度極大的創作空間，創作者由此拋卻歷史的桎梏，一心一意打造自己心中的夢想、人物與傳奇，無所顧忌，肆意揮灑。而這極大地調動了普通網民的創作積極性，於是，成千上萬部的相同模式的穿越小說被成千上萬的不同寫作者創作出來，承載的卻是成千上萬的網民們不同的人生感悟、欲望、追求和夢想。就此，網絡穿越小說的大潮滾滾而來，呼嘯而去，留下的是泥沙金玉共處的滔滔文本大江，雖然從傳統文學的角度看來，精華與糟粕並存甚至糟粕更多，但網絡穿越小說已經成為網絡時代文學形式中實現人們網絡化生存的上佳選擇。

穿越到有原型的想像時空類小說的源頭其實在於現代的大眾文化的各種形式。各種類型的大眾文化作品如小說、漫畫、影視、動漫、網遊等等在這個消費文化的時代產生了大量的擁戴者，這些擁戴者現在稱之謂「粉絲」。粉絲們逐漸長大，在他們認知記憶空間中，對於所喜愛的大眾文化作品的記憶總是無法褪色的，於是，當穿越小說誕生以後，這些粉絲們出於對自己所喜愛的作品的情感，將所喜愛的作品作為穿越的目的地，作品中的情景設定作為穿越後的時空設定，由此誕生了無數部穿越到小說世界、漫畫世界、影視世界、動漫世界、網遊世界的穿越小說，這類穿越小說所屬的類別，稱之為穿越同人類小說。不僅為穿越小說的發展開疆拓土，也大大促進了同人小說在中國的發展。

穿越到完全自行設定的虛擬空間類小說中時空設定是完全虛擬的，而且也沒有固定的原型作品，但與中國傳統文化與現代大眾文化又息息相關。

唐家三少的《鬥羅大陸》所設定的時空環境就在注重修煉武魂的鬥羅大陸，生活於其中的人類成功與否的評判標準就是武魂的級別與強度。這種設定很有些魔幻小說的味道，但其中的武魂修煉想像與魔幻網絡遊戲的設定以及時下流行的魔幻電影如《哈利・波特》、《魔戒》等等的風潮卻是有千絲萬縷的聯繫。唐家三少另外一部穿越玄幻小說《酒神》（原名《陰陽冕》）中的五行大陸以及天蠶土豆的《鬥破蒼穹》中盛行鬥氣的異世大陸的時空情境設定也與此類似。

宮藤深秀的穿越耽美小說《離玉傳》、楚寒衣青的穿越耽美小說《青溟界》、錦秋詞人氣很高的穿越女尊小說《最鴛緣》等等則是充滿中國古老神話傳說色彩的奇幻穿越小說。宮藤深秀的《離玉傳》講述的是一個30歲的現代

男人倒楣地踩到貓身上磕破了腦袋靈魂穿越到古代月黑風高的殺人現場的受害人離玉身上，在荒山野嶺中和一個自稱為自己主人的大俠式白衣人生活。原以為不過是在血雨腥風的江湖上因為恩怨情仇代替別人受過。後來經歷重重波折之後才發現自己的真身其實是神界中人，因為九天之上天庭之中的一場恩怨情仇下凡歷劫，陰差陽錯之下才有了這樣的傳奇經歷。書中有仙界的神仙恩怨，有修煉千年的報恩蛇妖，還有起死回生的道法巫術，充滿了中國式的奇幻色彩。楚寒衣青的《青溟界》則講述了一個現代的病弱少年因被父母拋棄心臟病發作而死，靈魂穿越到異界的一隻殘廢的龍蛋裏，機緣巧合被一隻黑龍將軍所救，終於孵化成一條銀龍，在那個神奇世界中發生的充滿靈異神怪色彩的傳奇故事。而錦秋詞的《最鴛緣》講述的是一個一心修仙的江湖女孩玉言在江湖歷險的過程中逐漸發現了自己的奇異身世——她是一條龍，後來發現的更加神秘的真相是她其實是天庭玉帝的被囚禁的雙胞胎妹妹影子與水族中的王者玉龍玉蚣的殘破靈魂結合體下界而生，帶著兩個靈魂的殘缺隔世記憶和宿命成為現在的玉言，才有了如此的磨難和命運多舛的戲劇人生。這個故事中有武俠仙俠並存的傳奇江湖，有美麗多情的草木精怪如紅梅精蘇梅，有神奇的各色妖魔如蛟龍錦青、魘獸小黑（玄魘）、鷺鳥白秋、鳳凰朱霄，有仙界中人的各色人等如神仙莫邪、玉帝，有三十三天非人道的散仙精怪等等，雜糅了各種中國傳統的民間故事、神話傳說中的情境設定和故事元素。這樣的穿越小說，富含著具有中國傳統文化韻味的各種因子，充滿了具有中華民族濃鬱特性的神奇想像。

隨著穿越小說的不斷發展，為了不斷豐富題材內容，拓展題材疆域，穿越小說又逐漸生發出一些亞類型。這些亞類型中，有時空穿越方向倒置的反穿越類；有穿越者在穿越過程中發生意外的性別轉換類；有讓自己的生命再活一次的穿越重生類。

反穿越就是古穿今，古人穿越到現代發生的故事，主要的趣味感依然來自於跨時空文化的交錯與差異，不過是古代穿越人穿越到現代時空的故事，這類穿越小說可以與都市言情類小說糅合在一起，產生閱讀上的新奇感與趣味性，經典文本如《我的魏晉男友》。

性別轉換類就是男穿女或者女穿男，通過性別的轉換，性別身份的錯位而產生戲劇感。經典文本如《青蓮記事》、《鳳霸天下》和《太子妃升職記》。

穿越重生類就是一個人的靈魂在自己的身體發生時空倒置而產生的人生

重新開始的故事。這類作品的主要趣味點就是如果人生可以推倒重來，帶著過往記憶的人該怎樣重新經營自己的人生。經典文本如《重生之官道》（今穿今，現代都市）、《棄妃絕愛》（古穿古，古言言情）、《重生之掃墓》（今穿今，現言耽美）、《山河日月（八阿哥重生）》（古穿古，古言耽美）等等。

（二）穿越小說的嫁接類型

嫁接類型是指穿越小說在創新開拓自己的題材疆域時，與一些新興的類型小說相互交叉借鑒，產生了一種新的子類型，這種子類型帶有兩種類型小說的特徵又主要保留了穿越小說的基本敘事語法，對於原類型小說都產生了極大的影響，達到開拓原有類型小說創作疆域的目的。網絡穿越小說的嫁接類型主要有穿越耽美類、穿越同人類和穿越女尊類。

1. 穿越耽美類

耽美小說與穿越小說結合的早期經典之作，是 2005 年連載於晉江原創網上的《鳳霸天下》（作者流玥，2005 年 9 月 14 日開始連載）和《青蓮記事》（作者葡萄，另外的一個名字是《穿成 BL 男人的倒楣女人》，2005 年 9 月 15 日開始連載），兩部小說的共同特點就是穿越時的性別轉換，女性穿越後成為男性，由此引發出了「耽美」意味的故事。

當耽美小說與穿越小說相遇，迸發出的火花是出人意料的，它不僅讓耽美小說為廣大女性讀者接受，推動了大陸原創耽美小說的發展，還產生了穿越小說的一個重要類型，就是穿越耽美類。

耽美，就是沉溺於美，沉溺於一切以美為基準的、讓人看了賞心悅目的事物。後來逐漸被用於指代描寫美形男性之間愛情的漫畫或文學作品。

現在中國互聯網上原創小說中的「耽美」一詞，來源於它在日文中的發音「TANBI」，意為「唯美、浪漫」。而這個詞又來源於日本近代文學中的「耽美派」，而「耽美派」的說法則應該追溯到法國的唯美主義和浪漫主義時期。

日本近代文學中有「耽美派」，是一種為反對「自然主義」文學而呈現的一種文學寫作風格。耽美派的最初本意是反對暴露人性醜惡面為主的自然主義，並想找出官能美，陶醉其中追求文學的意義。在耽美派這裏，耽美的含義一方面是唯美浪漫，另一方面也包含著將美推向絕路，在美的絕望中沉溺的意味。「耽美」作為日本人醞釀出來一種文化精髓，一直含有亡命貴族的氣質，就是要焚身於爍石烈焰中直到身心俱為灰燼的決絕與美麗。所以耽美的

普遍表現形式就是自殺、死亡。耽美派在 20 世紀 30、40 年代的日本文學界流行，可以說是浪漫主義的一個分支，包括日本文學巨匠三島由紀夫在內的大批小說家都曾受此影響。

20 世紀 60 年代以後，耽美一詞逐漸被日本的漫畫界用於 BL（boy's love）漫畫上。1963 年前後，日本的新漫畫出現了真正的少女漫畫分支，此後出現的知名少女漫畫作家如萩尾望都、竹宮惠子、山岸涼子等作家開創了「耽美」又稱「少年愛」作品。這類作品故事的題材全部是「非本土非當代」的設定，主角都是 15～18 歲的少年，並且故事幾乎毫無例外的都是悲劇。在耽美題材的漫畫中，通常用異常美貌的少年取代故事中本應該出現的「女性」，使故事的矛盾大大激化，感情衝突變得無以復加。而對角色本身，也往往加之殘酷非理性的對待。但是少年的未出現明顯第二性徵的軀體出乎想像的增加了美感，還有因為各種因素的強化和增幅，能夠跨越性別的「愛」等等。這樣的種種疊加，就產生了無法抗拒的悲劇美。純粹、鋒利、殘酷、浪漫，這是整個「少年愛」時代的特徵，也反映了當時日本女性面對當時低下的社會地位和頭頂揮之不去的戰爭陰雲而產生的難以言喻的「窒息感」——殘酷、充滿矛盾以及對現實的絕望。

耽美一詞因此又引申為代指一切美形的男性，以及男性與男性之間不涉及繁殖的愛戀情感。由於當時的日本漫畫家所畫的同性的感情故事都是相當唯美、浪漫的感性描寫，耽美一詞最後更發展為同性戀漫畫的代稱之一。

從本質上講，「耽美」在這一時期是純粹出自於女性之手，只為女性服務的一種少女漫畫分支。

隨著日本耽美漫畫作品流傳到臺灣，又傳到香港，20 世紀 90 年代以後又傳入大陸，中國耽美作品開始萌芽與發展。

中國耽美小說是隨著日本耽美漫畫和耽美小說的流傳而開始出現和發展的，主要有耽美同人小說和耽美原創小說。隨著中國網絡文學的發展，耽美原創小說逐漸成為中國耽美小說的主流，並逐漸形成自己的風格和特質。

日本的耽美漫畫最早應該在 1991 年後開始進入大陸地區。最初流傳的經典代表作品是 CLAMP〔註 6〕的命運三部曲——《聖傳》（RG VEDA）、《東京

〔註 6〕CLAMP 是日本漫畫家 4 人組合的筆名。CLAMP 是一個全部由女性成員組成的漫畫工作室，從 1989 年正式出道。當時只是一個漫友俱樂部。然而幾經吐納、錘鍊，現在的 CLAMP 實際上只由四人組成：大川緋芭（原名大川七瀨，

巴比倫》（TOKYO BABYLON）和《X戰記》（TB-X）。這三部作品以華麗的畫風和曲折感人的故事情節風靡一時。這一時期傳入的耽美漫畫作品在情感表達上是委婉而含蓄的。比如《聖傳》中阿修羅與帝釋天之間的淡淡情愫，當然還有當時青少年最喜愛的貫穿《東京巴比倫》和《X戰記》的櫻冢星史郎和皇昂流凄美的含蓄之愛。1994年以後，市面上開始出現了純粹的耽美漫畫，經典代表作品就是尾崎南的《絕愛》，其中的兩位主角——南條晃司和泉拓人被認為是最為經典的耽美組合之一，南條晃司對泉拓人狂熱而熾烈的愛情成為作品的一大特點。許多耽美迷至今仍將《絕愛》當做同人小說的一大素材。當然同期也出現了許多溫馨的耽美漫畫，如《美男子的親密愛人》（葉芝眞己）、《微憂青春日記》（阿部美幸）等等，這些漫畫溫馨感人，對後來的大陸耽美原創文學作品影響很大。

到了1999年，大陸耽美作品的發展到達了一個高潮。不僅出現了耽美漫畫月刊，如《耽美季節》等，大量的畫面精美的耽美VCD，還出現了大量的耽美網站，很多網站也都有耽美專欄，擁有一批優秀的中國耽美原創及同人作者。

到現在為止，比較重要的耽美文網站有露西弗（www.lucifer-club.com），鮮網（www.myfreshnet.com），晉江（www.jjwxc.com），墨音閣（www.my.clubhi.com/bbs/660556/），中間色&單行道（www.1waystreet.com）等等。其中發展最好的就是晉江原創網的耽美同人頻道，後來的晉江文學城的耽美同人站（dm.jjwxc.net），幾乎所有有名氣的中國原創耽美小說作者都雲集其中，成為中國耽美小說的大本營（現下的晉江耽美小說列於純愛小說的版塊之中）。

耽美網站的出現極大地促進了中國大陸耽美文學的發展。很多耽美愛好者在這一沒有門檻的平臺上充分發揮自己的想像力與創造力，發表自己的作品，在創作上也不拘一格，推陳出新，也出現了許多佳作，誕生了諸如風維（niuniu）、慕容、衛風、墨竹這樣的本土耽美名家。大陸耽美文學與日本耽美文學有很大的差異。日本耽美文學大多將背景設置在高中校園或者辦公室

後改為大川緋芭）（Nanase Ohkawa）、五十嵐寒月（satsukiIgarashi）、貓井椿（Mick Nekoi）、摩可那（Mokona Apapa）。其中摩可那負責分格和做畫，接下來五十嵐寒月負責畫框線和貼網點紙。而畫稿最終由貓井椿完成。大川緋芭小姐曾經在早稻田大學文學系研讀（並非正式畢業於早稻田），在CLAMP中負責劇本創意，是CLAMP中的靈魂人物。資料來源網址：http://wenwen.soso.com/z/q179944949.htm。

戀情。而大陸耽美文學的原創作者大多將故事背景設置在中國古代或者虛擬仿眞中國古代，更加具有了中國傳統文學的韻味，更加符合中國人的審美情趣。而且還有一些具有相當文學功底的作者創作出了偏向意識流的耽美文學，完全不同於很著重故事情節描寫的日本耽美文學。

耽美小說與 BL（boy's love）小說是不能等同的，BL 小說只是耽美的很重要的一個流派，在中國的耽美小說中，還包含武俠、玄幻、懸疑推理、歷史軍事、都市言情等等元素，實際上，一切可以給讀者一種純粹美的享受的故事和人物都可以作爲耽美的題材。中國的耽美小說中，主要人物一般都是俊美的青少年，在情節和人物的走向上，源於日本耽美中「在美的絕望中沉溺」的氣質被改造爲男男愛情過程中的曲折、痛苦與磨難，網語稱之爲「虐」。表達的是完美純粹的愛情獲得過程中的艱辛。這與耽美在日本文學學派中的原始內涵已經相去甚遠。

總體而言，2003 年以前的中國耽美小說還屬於很小眾的階段，只是一些號稱「同人女」的網友們小範圍的圈中文，在整個網絡小說版圖中所佔位置是微乎其微的。而隨著晉江原創網 2003 年成立後開設了耽美同人頻道，還邀請耽美名家入駐網站，創作出不少耽美小說佳作，耽美小說開始爲越來越多的讀者熟悉。2005 年，在穿越文的熱潮中，很多耽美愛好者搭上穿越的快車，將耽美小說嫁接在穿越小說之上，以女穿男的穿越形式創作出穿越耽美類小說，佳作頻頻。女穿男的視角使很多小說閱讀者開始接受耽美小說這種類型，而耽美小說創作者也借助穿越小說題材廣闊的創作空間，不斷地將耽美小說發揚光大，最終耽美小說成爲女性視角文的主流類型之一，在女性閱讀視野中佔據了非常重要的地位。

2003 年，剛剛成立的晉江原創網在自己的作品分類中設置了耽美同人頻道，並邀請大陸原創耽美名家風維（niuniu）、慕容駐站連載耽美小說。就在這一年，晉江原創網上誕生了《燕歌行》（慕容作品，2003 年 7 月 28 日開始連載）、《韓子高》（浮生偷歡作品，2003 年 8 月 5 日開始連載）、《鳳于飛》（李寫意作品，2003 年 8 月 5 日開始連載）、《鳳非離》（風維作品，2003 年 10 月20 日開始連載）等晉江耽美小說早期經典作品。這些作品，背景都設定在虛構的古代中國，故事都不太長，情節也比較簡單，人物形象卻都很鮮明，尤其是風維的《鳳非離》，堪稱大陸原創耽美小說經典之作，書中豔絕天下的鳳非離（徐熙）形象恐怕是現在耽美文中「美豔腹黑攻」的鼻祖。也是在 2003

年，耽美小說成為晉江重要的組成部分。

度過了平淡的 2004 年後，晉江原創網的寫手流玥以她的《鳳霸天下》、葡萄以她的《青蓮記事》帶起了一片女變男的穿越文風潮，吸引了無數原本不知道什麼是耽美也從不看耽美的讀者，影響深遠。流玥的《鳳霸天下》作品積分為 531308064，五億多的作品積分無疑是當時的一個神話，至今仍居於晉江穿越耽美類完結小說的積分榜首。女穿男穿越文的成功不僅為穿越小說增加了穿越耽美類型，也為中國耽美小說的創作拓寬了領域，開闢了新的思路與風格。2006 年以後，耽美小說在晉江大熱，到 2010 年為止，晉江原創網作品庫中帶有耽美標籤的完結小說作品已經有 4000 餘部。這其中穿越耽美文功不可沒。

穿越耽美文的基本模式為一個現代人（可以為男性，也可以為女性）由於某種原因穿越時空，可能穿越到真實的歷史時空或者是虛擬仿真的架空歷史時空，一般是古代中國或倣古代中國的時空，也可能就是異度空間（比如遊戲世界、影視世界、小說世界或者虛擬時空等等），在那個時空發生的男男愛戀故事。這樣的故事，主角一般是俊美的青少年，主旨是探討美與愛，即人類純粹的精神世界之美，尤其是純美愛情中凸顯的人性與情感之美，其本質是人類精神世界尤其是情感世界的女性視角解讀。

穿越耽美文一開始是以女穿男的穿越形式為廣大讀者所接受的。流玥的《鳳霸天下》中，一個現代死於非命的 27 歲的女殺手靈魂穿越到一個類似宋代中國的架空大陸，在玄武國的 17 歲王爺流玥身上重生，故事由此開始。在之後的統一大陸的傳奇中，當然也有這位帶著 27 歲女性記憶的流玥王爺與其它幾位俊美男子的愛戀情節（這種故事模式後來有了專門的代稱就是 NP，意味兩個以上的人的愛戀故事）。這樣的故事設定，巧妙避免了很多讀者對社會現實不允許的同性相戀的厭惡與排斥，從而可以饒有興致地以現代女性的視角欣賞那個與現實時空相疏離的架空世界中的夾雜穿越、武俠、歷史、言情、玄幻元素的耽美傳奇。也正是這個原因，才會讓這部《鳳霸天下》大獲成功，耽美小說廣為人知。

之後的穿越耽美類小說無論是形式還是內容都愈加豐富。2006 年 2 月 13 日開始連載的天籟紙鳶的《花容天下》是男男穿越，一位高中生在玩遊戲時被雷電擊中來到一個架空的古代時空，穿越在某武林門派的少年弟子林宇凰身上，由此展開的與有「花容天下」之稱的身負絕世武功的超級美男重蓮之

間的愛恨情仇的傳奇故事。這部小說的武俠味道極其濃烈。同年狸貓 R 的《出雲七宗「罪」》則是奇幻風格的男子本體穿越，講述了一位現代青年莫子畏穿越到架空時空出雲國後得到七隻可愛小獸的愛並拯救了出雲國的故事。整個故事幽默風趣，情節推進跌宕起伏，人物形象栩栩如生，個性鮮明，成爲耽美穿越類的經典之作。

　　接下來的穿越耽美文勢頭強勁，風格多樣，精品頻出。在晉江原創網作品庫的數據統計中，帶有耽美和穿越時空標簽的完結文積分排行榜前 30 名中，2007 年是 7 部作品，2008 年是 13 部作品，2009 年是 7 部作品。這期間出現了諸多穿越耽美經典，比如 Erus 的《束縛》（男男穿越，古代言情風格，2007 年 4 月 14 日開始連載），林海雪原的《美少年之 36 計》（男男穿越，2007 年 9 月 22 日開始連載），吳沉水的《公子晉陽》（男男穿越，古代言情風格，2008 年 6 月 24 日開始連載），楚寒衣青的《青溟界》（男男穿越，玄幻風格，2007 年 6 月 27 日開始連載），宮藤深秀的《離玉傳》（男男穿越，奇幻風格，2008 年 3 月 23 日開始連載），洛羽霓裳的《無禁》（女穿男，玄幻風格，NP文，2008 年 5 月 14 日開始連載）多雲的《花景生》（男男穿越，武俠言情風格，2008 年 11 月 1 日開始連載），我想吃肉的《伴君》（女穿男，穿越漢朝，歷史傳奇風格，2008 年 12 月 31 日開始連載），吳沉水的《重生之掃墓》（今穿今，穿越重生，都市言情風格，2009 年 4 月 19 日開始連載），楚寒衣青的《鳳翔九天》（古穿古，穿越重生，NP 文，2009 年 5 月 25 日開始連載），伊川的《穿越太子胤礽》（女穿男，清穿耽美文，2009 年 6 月 5 日開始連載），來自遠方的《重生之蘇晨的幸福生活》（今穿今，穿越重生，青春校園風格，2009 年 6 月 8 日開始連載），蹲在牆角的《秦歌》（男男穿越，穿越秦朝，架空歷史風格，2009 年 11 月 1 日開始連載），青羅扇子的《重生之名流巨星》（重生，明星文，2009 年 12 月開始連載），大叔無良的《史前男妻鹹魚翻身記》（穿越，遠古種田，2011 年 8 月開始連載）等等。

　　耽美小說主要是以女性爲目標讀者對象的作品，也可以稱之爲女性向小說，它的創作者絕大多數也是女性，它與同志小說有著根本上的區別，從本質上而言，耽美小說是一種以男性之間的愛戀爲主要設定的幻夢式女性言情文學，而同志小說卻是以男性創作爲主的探討同性邊緣之愛的現實主義氣質的小說類型。穿越耽美類作品更是以穿越的形式賦予耽美類作品現代視角，將情節演繹的更加富有傳奇色彩，故事元素也更加豐富。

穿越耽美類小說創造了一個唯美的男性世界和純美愛情世界，它的實質是女性站在女性的視角，基於現代平等與尊重的理念，以消弭性別文化身份差異的美男與美男之戀的形式，對於純美的愛情和美好的人性的夢幻式書寫。當然，這種女性書寫還體現出女性主體意識的張揚，基於女性的立場，將男性作為被書寫、被閱讀與觀賞的對象，並在這種書寫中，塑造女性心目中的理想男性和理想愛情，以愛情的視角闡釋對於現實中理想兩性關係的期待。

2. 穿越同人類

現代社會的大眾文化光怪陸離，從印刷時代到圖像時代再到網絡時代，每一個時代都會造就大眾文化的經典類型，從小說、漫畫、影視作品、動漫作品到網絡遊戲，每一個時代的人們都會有自己偏愛的類型、偏愛的作品和偏愛的偶像，當然也會造就某一類型的經典作品與經典偶像。而這些有所偏愛且偏愛程度不淺的群體現在有一個名字叫做「粉絲」（英文 fans 的音譯）。在網絡時代到來以前，粉絲們對於自己的偏愛的表達無外乎是聚在一起侃侃人物、聊聊心得，分享故事，討論人物。有文化有地位的粉絲會為他們喜愛的事物或者續寫前傳後傳別傳，比如《紅樓夢補》、《續小五義》等等；或者著書立說，評點議論，彰顯後世，比如今世稱之為紅學、金學等等的對於《紅樓夢》、金庸武俠小說的研究。而一般的粉絲除了在粉絲間相互分享，弄點心靈雞湯以償喜愛之情之外，就只能在自己的想像中與喜愛的事物對話了。當可以自由書寫且可與同道中人一起分享的網絡出現以後，這種情形就發生了極大的變化。各種粉絲們可以在網絡上發表對自己喜愛事物的評價、心得、想法等等，當然也可以依照自己對於作品和人物的理解，重新書寫基於原作品但又不同於原作品，由原作品衍生而出的故事，這種小說現在被稱為同人小說。

當同人小說嫁接在穿越小說之上，穿越小說代入感極強的具有親歷式體驗特質的故事設定給了同人小說更大的創作空間，粉絲們可以通過穿越的形式進入所喜愛的作品情境之中，基於對原作品的理解，以無限的想像力重新鈎織基於自己視域的傳奇，於是誕生了穿越同人類穿越小說。穿越同人文不僅進一步擴大了同人小說的創作疆域，同時也成為穿越小說的一種重要類型，尤其是穿越架空類穿越小說的重要表現形式。

「同人」一詞來自日語「どうじん」（doujin），原指有著相同志向的人

們、同好。作爲動漫文化的用詞，指「自創、不受商業影響的自我創作」，或「自主」的創作。同人誌則是這種創作的自製出版物。這個界別則稱爲「同人界」。

最開始的時候，由於許多漫畫同人作品是以商業漫畫中的人物爲基礎而進行的再創作，因此，漸漸地「同人」一詞被廣泛用於指代愛好者用特定文學、動漫、電影、遊戲作品的人物進行再創作、情節與原作無關的文學或美術作品，即同人小說（fanfiction）與同人畫作（fanart）的合稱。 而如今「同人」一詞最常見的用法就是指某一文藝作品（可以是文學、漫畫、影視、動漫、網絡遊戲）的愛好者（FANS）根據其背景、相關角色等創作、演繹的文字、圖畫，範圍相當廣泛，只要是和這個作品有關的就可以算是「同人」。

「同人」作品有多種形式，主要分以下幾類：第一，完全按照原作演繹出其它形式的作品，比如漫畫的文字版，遊戲的文字版，影視的漫畫版等等；第二，基於原作原人物的情感剖析；第三，基於原作原人物在原作基本設定下所發展出的其它故事；第四，基於原作原人物在不同時空背景下所發生的其它故事；第五，原作童話式演繹；第六，其它類型。

由此可見，「同人」這種特殊的作品形式，創作內容無論以何種形式出現都是依附於原作品而存在的，是原作的衍生品，從本質上而言就是愛好者們（fans）對於所愛好的作品的一種情感的宣洩與個人視域的解讀。它的個人化色彩非常鮮明，尋求同好與情感共鳴的特質也十分突出。正如讀《紅樓夢》的一百個人心中有一百個寶二爺和林妹妹，而同人就將這讀者心中的一百個有差異的寶二爺與林妹妹以各種形式表達出來。

另外，由於早期的中國耽美小說大部分是日本耽美漫畫的同人小說，因此女性耽美愛好者被誤稱爲「同人女」，實際上，耽美小說與同人小說並不存在必然的聯繫。

根據上述有關「同人」含義的梳理，同人小說當然就是指某一文藝作品（可以是文學、漫畫、影視、動漫、網絡遊戲）的愛好者（FANS）根據其背景、相關角色等重新創作、演繹的小說。

中國剛開始時的同人小說主要是跟隨日本耽美漫畫一同傳入的日本同人小說，傳播的路徑一般是臺灣、香港然後是大陸地區。但很快中國大陸開始出現原創的同人小說，但大多是以傳入的日本耽美漫畫爲原作品的同人小說。

由於同人一詞的廣泛使用，很快同人小說就演變爲圍繞各種文藝作品而

展開重新創作的小說，同人小說的類型開始不局限於耽美作品而是推廣到一切類型的作品，比如所有類型的小說（當然是以通俗類小說為主，如武俠小說、言情小說等等，當然也有對中國文學名著的重新詮釋），漸漸發展起來的電影電視作品，一直到當今時代的動漫作品、遊戲作品等等。

　　文學作品類的同人，大多是對一些經典的重新詮釋或者顛覆。比如較早的令網絡寫手今何在一舉成名的西遊記同人《悟空傳》，頗有些文字版《大話西遊》的味道，它將以往衝動、叛逆、行動派的孫行者演化為頗有哲人一般個性化思維的孫悟空，令人印象深刻。而文學網站瀟湘書院上，則有不計其數的紅樓夢同人，比如滄海明珠的《紅樓尋夢之情滿瀟湘》（2009 年 11 月開始連載）、瑾瑜的《一夢瀟湘冷清秋》（2009 年 3 月開始連載）等等，多從對寶黛之戀的理解角度重新詮釋自己心目中的寶玉、黛玉形象與寶黛的愛情，很多還成為很經典的架空清穿文。2007 年安意如的《惜春記》則是比較經典的《紅樓夢》續書，文中將紅樓夢中的人物關係進行了讓人耳目一新卻瞠目結舌的改寫，四姑娘惜春被寫成秦可卿與賈敬的私生女，而她亂倫的身世成為其內向性格、冷漠態度與悲劇命運的根源。當然，更多的文學作品類同人小說是關於通俗小說類型如武俠小說、言情小說的重新演繹。比如金庸小說的各種同人作品，有小說同人，如射雕同人、天龍同人、笑傲江湖同人等等；有人物同人，比較熱門的如黃藥師同人、楊康同人、小龍女同人、郭襄同人、宋青書同人、段譽同人等等。還有其它武俠名家作品的同人，如古龍小說、黃易小說等的同人小說。起點中文網上頗受好評的花落重來的《武林外史之我是朱七七》（2006 年 12 月 11 日開始連載），以現代人穿越進入古龍的《武林外史》小說世界的視角重新改造了原著故事，當然重心在於沈浪與朱七七的愛情傳奇。而零的《逍遙大唐》（2004 年 5 月 22 日開始連載）則是因不滿黃易原著中徐子陵的結局重新改寫大唐，在他的筆下，《大唐雙龍傳》中沒有了寇仲，成為徐子陵一個人的傳奇。

　　影視作品的同人也有很多，主要是在青少年群體中影響比較大的好萊塢電影作品和中外的一些經典電視劇作品的同人小說，小說內容通常是對原作的前後演繹、對原作不滿之處的另起爐灶、對原作人物的想像性傳奇演繹。比如，電影《哈利·波特》的同人小說在同人網文中是大熱門，專門有專用代稱「HP 同人」。而盛行於 20 世紀 90 年代的美劇《X 檔案》和其後的《反恐 24 小時》、《越獄》等等都有大量的同人小說作品。尤其是《X 檔案》，同人

小說最盛的時候，全球有兩萬多相關網站，每天都有大量的 x 檔案同人小說（簡稱 fanfic），有 X 檔案謎案同人（劇本小說同人）、有人物（主角配角）同人等等，佳作頻出。國內的一些經典電視劇集也有大量同人作品，比如《還珠格格》的系列同人作品中，晉江原創網上我想吃肉的《還珠之皇后難爲》（2010 年 1 月 23 日開始連載）就是個中翹楚。其它諸如顧落的《穿越新月格格之鴻雁於飛》（《新月格格》同人，晉江原創網，2009 年 8 月 1 日開始連載）、上善餃子的《我和僵屍有個約會之血月》（《我和僵屍有個約會2》同人，起點中文網，2009 年 10 月 18 日開始連載）、若是有緣的《完美仙劍三》（《仙劍奇俠傳3》同人，起點中文網，2009 年 8 月 20 日開始連載）等等都是相當受讀者們歡迎的不俗之作。

動漫和網絡遊戲關係十分密切，兩者在人物塑形、故事情節、美術處理等方面，都十分接近。國際上「遊戲的動漫化，動漫的遊戲化」的聯合運營模式已成爲動漫產業的主流模式，在產業價值中基於遊戲所創造的比重也越來越大，比如暴雪的網遊產品《魔獸世界》就正在拍攝動漫電影，以豐富遊戲情節。而日本的遊戲授權費用，已經成爲動漫企業最大的收入來源。《機動戰士高達》等知名動漫作品都會被改編成遊戲產品，並獲得價值不菲的授權。而動漫和網絡遊戲也成爲當代青少年群體最喜愛的大眾文化產品之一。動漫作品與網絡遊戲作品的同人小說也是同人小說的重要組成部分。此類同人主要是以小說的形式來表達對於動漫作品和網絡遊戲作品的解讀，主要集中在基於對動漫人物或者遊戲人物的理解基礎上的全新故事演繹或者動漫故事或遊戲情節的詮釋與演繹。動漫同人類比較熱門的是聖鬥士同人、火影同人、死神同人、網王同人、獵人同人等等。而網絡遊戲作品的同人最熱門的要數被稱爲中國最好的網絡遊戲之一的《仙劍奇俠傳》同人。《仙劍奇俠傳》是一款中國設計製作的具有濃厚武俠仙俠風格的網絡遊戲，以精美的畫面、美妙的音樂、曲折動人的愛情故事著稱於中國網絡遊戲玩家之中，是一部帶有強烈民族色彩的中國古風遊戲，對中國的網絡遊戲玩家影響深遠。也因此被拍成同名電視劇，粉絲無數。在中國的網遊同人小說中，仙劍無疑佔據了重要地位，無論是起點中文網還是晉江原創網的同人小說版塊，均有大量的仙劍同人作品。

隨著網絡的發展與普及，許多原創文學網站都開設了同人作品的專欄，比如起點中文網的同人小說專欄、晉江原創網的耽美同人頻道等等，這就使所有的愛好者（FANS）又找到一種可以宣洩他們對作品喜愛的情緒、向所喜

愛作品致敬、與同好者相互溝通交流的便捷方式。也正是因爲如此，同人小說在當下的網絡文學中得到了極大的發展，同人小說逐漸脫離了與耽美捆綁在一起的境地，轉而成爲相對獨立的一種網絡小說類型，而且寫者眾多，各種類型皆有，佳作不斷。

在穿越小說度過初期的穿越歷史與穿越架空歷史的階段後，爲了尋求突破，開始出現了各種穿越異界類小說，這個異界，自然包括文藝作品的世界，比如小說世界、影視世界、動漫世界、遊戲世界等等。而這部分小說恰恰是嫁接在同人小說之上的作品。只是，穿越同人類小說更重視的是以現代人的代入式視角重新詮釋和體驗自己喜愛的幻想世界。而這一點，更好地滿足了粉絲們對於自己所喜愛作品的心理需求。

網絡同人小說發展的越來越明顯的特點就是與穿越小說相結合，成爲穿越同人類小說。比如晉江原創網同人小說完結作品積分榜前 50 名中，42 部都是穿越同人類作品，比例高達 84%。而起點中文網的同人小說完結作品點擊榜的前 10 名中，9 部是穿越同人作品，比例高達 90%。

同人小說實質上是一種類像化寫作的產物。

類像（simulacrum），是法國學者鮑德里亞闡釋消費社會時所使用的核心範疇之一。傑姆認爲「類像是那些沒有原本的東西的摹本」，「形象、照片、攝影的複製、機械性的複製以及商品的複製和大規模生產，所有這一切都是類像。」〔註 7〕同人小說實質上就是對經典文學文本、影視文本、遊戲文本等一切大眾文化中的文本的類像化寫作。《書中游》是對金庸武俠小說的戲仿與重寫，《還珠之皇后難爲》是對電視劇《還珠格格》的戲仿與重寫，《我是仙劍路人甲》則是對網絡遊戲《仙劍奇俠傳》的戲仿與重寫。同人小說的創作者一般都是原有文本的讀者或者粉絲，他們創作同人小說的過程就是在對經典大眾文化文本的顛覆、解構與重寫中，重新玩味自己鍾愛的文本，抒發著個體對其所喜愛的文本的個性化的感情，體味著遊戲寫作的快樂。同人小說其實是讀者在閱讀文本之後自我賦權，變成作者的重新消費原文本的產物，體現出一種後現代文化的特質。

3. 穿越女尊類

2004 年，晉江原創網上女性掌控天下的文開始出現，無論是蔣勝男的寫

〔註 7〕王先霈，王又平，文學理論批評術語彙釋〔M〕，北京：高等教育出版社，2006，787。

實風格的《大宋女主》，還是姒姜的幻想派風格的《情何以堪》，抑或是傾冷月的武俠風格的《且試天下》，都在慢慢奠定晉江的女性向小說的文風基礎。這些網文，現在稱之爲女強文，它既是現在女性向小說的一種類型，也是女尊文的前身。

2006 年，隨著宮藤深秀的《四時花開》（穿越架空，2006 年 3 月 23 日開始連載）、書閒庭的《太平》（穿越架空，2006 年 5 月 6 日開始連載）的網上連載，女尊文的熱潮滾滾而來。到 2010 年爲止，晉江原創網作品庫中已有女尊文將近 8000 部，其中完結的女尊文有 700 多部。現在女尊小說已經成爲晉江文學城原創言情站穿越時空、古言武俠子頻道的固定類別。因爲有了穿越女尊文，女尊小說開始成形並持續發展，將女性視角文推到一個高點。

女尊小說就是由當今網絡上的網絡寫手創作的、主人公爲女性、發生在架空的執行女尊男卑制度的時空（通常是古代時空）中的故事類型，是一種通常由女性群體創作與閱讀，基於女尊男卑的基本環境設定推進情節、塑造人物的類型小說，是一種基於女性視野，解讀世界、剖析女性心理行爲特徵的女性文學。當今的女尊小說絕大多數都屬於穿越小說。

網絡上對於女尊小說中的女尊男卑制度的定義主要有四種：

第一種，遵循古老的法則，母系社會那種奉行走婚制度的女尊男卑，奉行人人平等，合理化分工。雖然也有固定伴侶，但此類沒有眞正意義上形成現代人主觀上的婚姻制度。

第二種，將男尊女卑倒過來，女人娶男人（可多娶），女人主外男人主內，男人要絕對服從女人。

第三種和第二種很類似，是屬於小說式的女尊男卑，女強男弱，其主要體現在體力上，男人生育，遵循女婚男嫁的規則（可多娶）。

第四種，女兒國版，女人被奉爲神的化身，占社會主導地位，統治男性，沒有婚姻制度，男人的社會地位極大的低於女性。〔註8〕

通常的女尊小說中女尊男卑的設定是女強男弱，男性生育，女性佔據社會主導地位，女人主外男人主內，男性要依附於女性，社會地位極大地低於女性，遵循女婚男嫁的規則，女性可多娶，基本上是古代中國男尊女卑的反轉。符合這種設定的被稱爲典型性女尊。個別的女尊小說也有女性生育、男女地位基本對等的設定，但女尊小說的主流作品中，男性較弱的設定是必然

〔註 8〕資料來源網址：http://www.huohubook.com/files/article/html/56/56431/4084118.html。

的。

　　女尊小說首先是穿越小說在擴充題材疆域的創新過程中出現的新的類型小說。《四時花開》與《太平》這樣的穿越到女尊男卑世界的穿越小說，實際上是穿越架空類小說的一個創新和發展。女尊男卑的時空環境設定，原本在中國古典小說中也曾出現過，比如《西遊記》中的女兒國。當穿越小說在穿越架空的領域中馳騁的時候，女尊男卑的虛擬時空設定大大吸引了女性創作與閱讀群體。在這樣的時空環境設定中，生活在男尊女卑文化土壤中的現代都市女性在創作和閱讀此類發生在性別身份地位完全顛倒的小說時，在那個女尊男卑的虛擬的古代空間，站在類似古代男性的具有絕對強勢地位的身份立場重新看待世界，主導天下，坐擁美男，自然會獲得一種極大的代償性的精神快感。也正因如此，一開始的穿越女尊小說多爲如同曾經的古代男性所追求的征伐天下、成就功業或者征服異性無數這樣的故事。但這種帶有報復性快感的代償性歡悅很快過去，女尊小說的創作者和閱讀者逐漸回歸到借由這樣的時空設定來探討人類精神世界尤其是兩性關係這樣的理性之中，女尊小說也逐漸發展成爲一種特殊的女性文學類型小說。

　　穿越女尊類小說一般具備兩個基本特點，其一是來自男尊女卑文化土壤的現代真實時空的人穿越到女尊男卑設定的虛構女尊世界後產生的男女地位反差所帶來的戲劇效果；另一個是來自於現代時空的女性基於現代理念如男女平等、愛情觀念等支配下的行爲選擇會與女尊世界中的慣常行爲產生極大反差，而這種反差會給穿越者帶來極大的人格魅力，尤其是吸引異性的極大魅力。

　　女尊小說中女尊男卑的設定大大滿足了生活在現實社會男尊女卑文化土壤中女性的心理需求，如同現實男尊女卑文化時空中的男性一樣，成就功業，坐擁美人，有錢有地位又有朵朵美男桃花圍繞，這種都市女性的大女子心理在女尊小說中會獲得極大的滿足。女尊小說在最開始的發展中，也恰恰印證了這一點。

　　晉江原創網上最早的帶有女尊標籤的網文是媚兒的《寡人之疾》（2005 年7 月開始連載），這部屬於非典型性女尊（女生子）的小說講述一個穿越到女尊世界的現代女孩如何征服幾大美男的心的故事，NP 文。這部最初的女尊小說赤裸裸地表現出對於美男愛情的強烈渴求。小說質量當然不敢恭維，純屬一些都市女性的 YY（網語，自意淫的拼音首字母而來，意思是在純粹幻想中

獲得快感）之作。後來的《四時花開》、《太平》等等才真正開創了女尊小說的基本風格。之後誕生的女尊作品在故事內容上大部分都傾向於對功業（江山、財富、江湖地位）與愛情（一般是好幾個美男）的無限追求。其實質是將現實時空中男性身份的成就期待移植到女尊世界的女性身份追求上。這樣的故事多有爭奪江山或者江湖權力、運用現代商業手段積累財富、俘獲或者征服如花美男的芳心等等情節橋段。代表作品有《折草記》、《色遍天下》、《狩獵美男之古旅》、《笑擁江山美男》、《美男十二宮》、《鳳舞蒼穹》、《御蒼生》、《奇幻紫水晶》、《金鳳皇朝》、《鳳舞天下》、《千朵萬朵梨花開》、《掠心女王爺》等等。

隨著女尊小說創作上的不斷成熟，這種比較純粹的滿足大女子心理的 YY 之作逐漸減少，取而代之的是一些故事元素更加豐富，文筆更加細膩，更加注重女性視角對情感、人生解讀的女尊作品。比較典型的如星無言的作品和錦秋詞的作品。

晉江駐站作者星無言的經典小說主要有《瀟灑如風》（2008 年 4 月 27 日開始連載）、《天生涼薄》（2009 年 4 月 28 日開始連載）和《紅塵幾度醉》（2009 年 10 月 25 日開始連載）。三部小說，都是古代言情，但風格迥異。如風是穿越女尊；涼薄是穿越重生，類似女強文；而紅塵卻類似唐七公子的《三生三世十里桃花》，仙魔糾結，玄幻風格。三部小說中《瀟灑如風》快意，《天生涼薄》感傷，而《紅塵幾度醉》卻是甜蜜中有鈍鈍的痛。

三部小說主要討論的都是女性最關注的愛情話題，《瀟灑如風》中如風帶著過去情感的背叛在新的世界的真摯愛情中得到救贖；《天生涼薄》中的小七背負著愛情婚姻失敗的傷痛在重生世界中終於得到解脫；而《紅塵幾度醉》卻是描述初戀情結與愛情成敗中最重要的信任與堅守。始終如一的是星無言對於真摯愛情的詮釋：忠誠、信任和永不背叛。星無言作品的另外的亮點是對親情的描寫，溫暖動人。比如《瀟灑如風》中如風與兄妹之間的手足情深，如風對父母的孺慕眷戀與父母對子女的關懷慈愛，無不刻畫的溫馨甜蜜、感人至深。

晉江駐站作者錦秋詞的《蘭陵舊事》（2008 年 2 月 12 日開始連載）和《最鴛緣》（2008 年 8 月 19 日開始連載），都是女尊小說，《蘭陵舊事》偏重架空歷史風格並帶有武俠色彩，整部故事風雲變幻，有宮鬥、政治風雲、商道起伏等等豐富的情節元素，有蘭陵笑笑對於愛情的執著追求與守護，有歷經歲

月滄桑的人生體悟，甚至有蓮生（太女慕容媗）對蘭陵笑笑隱晦的同性之戀。
另一部《最鴛緣》是玄幻奇幻風格，在晉江上本文的文案十分有趣：

> 發生在靈異神怪世界的女尊故事。守身如玉一心想修仙的女
> 主，遭遇了各色美男陰謀陽謀諸多阻撓，終於烹成八珍三鮮美人湯
> 一鍋。
>
> 材料：白中透紫女豬一隻、腹黑男、忠犬男、鳳凰男各一、特
> 色配角、甘草路人若干，狗血爲湯底……
>
> 味道：多糖醋，少麻辣，微甘苦……〔註9〕

小說實際講述的是一條穿越到人類身上的龍在人間的江湖歷險、陰謀、
愛情與背叛；受到重創後靈魂覺醒重回龍族之後的妖界歷險，法術修煉、愛
情歷險、陰謀陽謀大雜燴；最後眞相逐步揭露，原來主角玉言的眞實身份並
非完全是一條玉龍，而是天庭女帝的雙胞胎妹妹的靈魂與玉龍玉蜒的靈魂相
結合的產物，於是玉言又開始了前世今生的追逐眞相之旅，異域探險、仙妖
之戀、天庭舊事、仙界陰謀、拯救眾生、捨生取義。將近 54 萬字的長篇，卻
極盡曲折離奇之能事，縱橫仙凡妖三界，上下幾千年，穿越、武俠、仙俠、
言情、奇幻、玄幻、懸疑推理等等諸多元素齊集，不能不佩服錦秋詞的想像
力之豐富，駕馭各種元素的能力之強。

這兩部都可稱之爲女尊小說佳作的長篇小說，主要關注的卻是塵世現代
女性對於愛情的信仰，對於眞情與幸福的堅守。雖然兩部都是 NP 文，但 NP
的愛情結局都是由於背景的設定而至，無論是《蘭陵舊事》中的蘭陵笑笑還
是《最鴛緣》中的玉言，始終都有著對于忠貞愛情的追求與堅守，既使因爲
時空情境的關係接受了 NP，還是堅持著對於眞情的執著，並全力守護自己的
愛情與幸福。

2009 年以後，女尊小說出現了越來越多的清水種田文，大多是一對一結
局，文風古樸清新，風格溫馨恬淡，敘述穿越到女尊世界的現代人在古代生
存的柴米油鹽、家長里短的布衣生活，注重刻畫的是女性視角對於生命的感
悟，對於愛與尊重的理解，對於兩性平等、愛情專一的執著與堅守。比較經
典的有《蒹葭曲》、《一曲醉心》、《姑息養夫》、《琥珀記》、《穿越後愛》等等。

〔註 9〕材料來源：晉江原創網，網址：http://www.jjwxc.net/onebook.php?novelid=
365656。

女尊小說的溫馨清水種田文風潮恰恰表明了現代女性在女尊男卑的特殊時空環境中對世界、人生、情感、兩性關係的理性思考與解讀。

女尊小說是最為純粹的女性書寫的主要新生類型之一，它以想像性的方式創造了一個女尊男卑的世界，並以這種現實時空兩性關係的易位書寫，探討愛情，探討兩性關係的理想模式，體現出女性主體意識的張揚。

在女尊類小說之中，首先突出表現出來的是女性欲望的張揚：生活欲望、政治欲望、身體欲望、情感欲望等等，是基於女性性別立場的欲望的狂歡。在女尊小說的世界中，女性居於社會的統治地位，社會的意識也是基於女性本位的文化意識，男性成為女性的附庸。在這樣的文化背景下，女性可以堂堂正正的建功立業，主持朝堂，玩轉商界，坐擁美男。這當然會極大地滿足現實女性的性別身份期待，獲得女性創作者與閱讀者的青睞與追捧。早期女尊小說豔情文、爭霸文居多，諸如《四時花開》、《折草記》、《笑擁江山美男》、《皇朝風雲》、《鳳舞天下》等等，展現出來的女子問鼎天下的智謀與力量，是對優質美男身體與精神上的征服與佔有，凸顯的是現實中基於傳統男性本位文化背景中的女性無法實現或者難以實現的欲望與夢想——美男子的忠貞愛情，主導社會的話語權，富可敵國的財富，俾睨天下的權勢等等。之後女尊小說中盛行的種田文、清水文中凸顯的是欲望狂歡之後的女性基於女性的立場對於人生、愛情、婚姻、兩性關係的重新思考，是對美滿愛情、幸福婚姻、理想人生的詮釋與解讀。

在女尊小說的張揚女性欲望的書寫中，透過表面上通過易位書寫獲得想像中的自由的女性期待，卻可以看到女性創作者們對於自身主體地位的肯定與張揚，對於兩性關係的理性思考以及理想兩性關係的構建與設想。

四、網絡穿越小說的題材焦點轉換與發展趨勢

從 2004 年到現在，網絡穿越小說逐漸走向了類型的成熟。從時空穿越的特質而言，從亂穿歷史到架空穿越，現在，穿越架空文已經是網絡穿越小說不爭的主流類型。從小說內容表達的重點來看，從宮鬥文、爭霸文、豔情文、女強文到種田文、爆笑文、清水文、重生文，網絡穿越小說的關注焦點從爭霸天下、江山美人回歸日常生活、溫馨感情，經歷了從虛幻到現實的轉變。從網絡穿越小說的總體氣質和發展趨勢而言，是從歷史狂想曲到情感詠歎調，從兩性閱讀的共同關注焦點最終發展到女性言情領域的強勢類型，女性

視角文（也稱爲女性向小說）最終借著穿越小說的東風全面鋪陳，耽美、同人、女尊文大熱，網絡原創小說的女性書寫呈現出新的特質與走向。

從穿越小說的發展歷程中，可以很明顯地看出從穿越歷史到架空穿越的發展趨勢。

從閱讀者或者接受者的角度看，穿越小說有從兩性閱讀關注的焦點類型到出現兩性關注焦點差異導致的性別向度差異的趨勢——在男性的創作與閱讀視野中，穿越文由一種具有相對固定模式的類型逐漸成爲其它類型的主要故事元素，最終形成交叉類型特色的穿越文；而在女性創作與閱讀的視野中，穿越文不僅繼續盛行，而且在自身類型發展的層面繼續前行，出現了創作上的不斷創新和類型的細化趨勢，穿越文逐漸成爲女性寫作的重點類型，並在不斷創新推動穿越文發展的過程中，呈現出女性視角文的全面鋪陳的趨勢，成爲體現和推動女性寫作的重要通俗小說類型。

從穿越小說敘事意圖的重點來看，則有從對歷史的好奇和狂想到女性視角的穿越小說中重點表達的對人性與情感的思考。

在穿越題材的小說在網絡原創小說的創作中掀起第一波高潮的時候，穿越小說成爲兩性關注的焦點類型。在穿越歷史與穿越虛擬歷史的發展時期，男性通過穿越小說表達自己的男性欲望與夢想——憑藉自己的智慧與謀略翻天覆地，實現對不太滿意的固有歷史發展的顛覆與改造；個體層面上則是在奮鬥中功成名就，家庭幸福。當然男性對此的理解更多的表現爲掌控乾坤、富甲天下、美女環繞中的其樂融融的理想狀態。隨著穿越小說的發展，當對歷史回視的狼煙逐漸散去，架空穿越帶著它更爲寬廣的創作視域逐漸成爲穿越小說的最主要類型，男性性別立場固有的對權謀爭鬥與成功期待（對財富權力美女和幸福家庭的期待）的關注逐漸轉移到更適合表現這種關注的小說類型諸如武俠、玄幻、歷史軍事類小說中，穿越小說作爲類型逐漸淡出男性視野，化身爲主要的故事元素糅合在其它主要小說類型之中。

女性視角的穿越小說的發展則呈現出與此迥異的趨勢。在最初的對歷史的關注中，女性視角的穿越歷史小說，是基於對淹沒在時光風塵中的歷史人物和歷史故事的好奇，展開自己的親歷式的歷史想像。這種對歷史的想像表層上是對歷史的好奇與關注，其深層意旨卻是女性對愛情的關注，對被稱爲女性靈魂的感性的「愛」的關注。隨著穿越架空文成爲穿越小說的創作主流，女性寫作者們卻利用了架空穿越提供的寬廣的創作視域與無限的想像空間鈎

織表達女性主體意識的陣地，穿越女強文、穿越耽美文、穿越女尊文等新的類型不斷被創造出來，在這些熱熱鬧鬧的創新背後，體現的卻是女性基於自己的主體性地位對人類情感、人性、社會和歷史的探視與思考。

許多穿越小說的女性作者，在因勢而起、應潮流而動而開始的寫作中，往往是從穿越歷史寫到穿越架空，在歷史的夾縫中營營役役之後，會在穿越架空文中借架空的背景和與現實有疏離感的傳奇人物、故事淋漓盡致地表達自己基於女性主體性地位的情感與追求。以下就以瀟湘書院的金牌女作者瀟湘冬兒與她的作品的分析為例，探究女性向穿越小說寫作過程中的關注焦點的轉移和價值追求的變化與特質。

如果從作品的質量與影響力來評價的話，瀟湘冬兒應該屬於瀟湘書院的頂級寫手。瀟湘冬兒的作品，意境開闊，氣勢宏大，尤其擅長以少勝多、短兵相接的打鬥場面和突出謀略的複雜戰爭場面的描寫。她的小說，文學性很強，人物形象鮮明，故事曲折精彩，文筆上佳，行文流暢，語言風格既雄渾大氣又細膩清麗，機智與幽默的氣質更是處處可見。她的小說寫作雖是日日更新，時間局促，但遣詞造句很是用心，越到後來，越見用筆的老辣。往往是寥寥幾句，便能使情景鮮明、人物鮮活，當然也能使角色的命運大起大落，看文者的心情大喜大悲。比如《11 處特工皇妃》第 152 章「咫尺黃泉」中的結尾句：

> 寒風依舊，雪花被卷起，緩緩覆蓋住那破碎的冰面，天地蕭索，
>
> 咫尺黃泉。〔註10〕

這一章的情節是女主楚喬被自己信任和扶持的愛人燕洵欺騙，誤傷因救自己而陷入困境的諸葛玥後，拼盡全力解救諸葛玥，終因燕洵的狠辣在千丈湖上擊殺諸葛玥，楚喬與諸葛玥一同墜入冰湖，在生死關頭楚喬頓悟自己對於諸葛玥的感情，卻只能眼睜睜地看著重傷的諸葛玥沉入冰湖。這個結尾句看似簡潔，卻是本章的點睛之筆，既是當時的情境描繪，又恰如其分地表達出此章中女主楚喬痛悔絕望、心死如灰的心緒，更是整章故事基調的表述。而在小說番外西蒙卷之中，這種功力更深一層，比如本卷「珍珠」一章末尾：

> 原本都是一粒沙，被人寵愛，所以才變得珍貴。

〔註10〕 瀟湘冬兒，11 處特工皇妃，瀟湘書院，原文網址：http://vip.xxsy.net/vipbook. aspx?bookid=165098&juanid=204&zhangjieid=2524444。

歲月打磨，終成珍珠。〔註11〕

珍珠是小說中楚喬與諸葛玥的小女兒諸葛雲笙的乳名，不僅被夫婦二人愛若掌珠，更是被李策之子李青榮小心呵護，青海眾人視如珍寶，有著幸福無比的生活。這末尾的一句，卻是明述諸葛雲笙（珍珠）的人生，暗喻哲理般的人生感悟。

瀟湘冬兒的文字，往往在幽默中見雋永，激情四溢中見智慧，這種讓人讀起來輕鬆品起來還很有味道的文風，是吸引很多人讀冬兒的文進而喜歡上冬兒的文的重要原因。讀冬兒的文，很難想像這是一個剛剛 20 多歲的如此年輕的女大學生所寫。

瀟湘冬兒的穿越小說創作，從《唐歌》、《妖紅》、《暴君，我來自軍情 9 處》、《11 處特工皇妃》到後來的《軍火皇后》，既是冬兒的成長之路，也印證了女性視角穿越文的發展之路。處女作《唐歌》寫於 2007 年，是一個穿越回隋末亂世的真實歷史的文，主要的故事背景就是玄武門之變，以一個現代女子的愛情視角解讀那段遙遠的歷史和那個眾所周知卻又細節不詳的歷史事件。這樣的選材與創作正是應時應景，當時由金子的《夢回大清》引發的穿越真實歷史的穿越小說正是大熱門。第二部文《妖紅》，2008 年 1 月開始連載，是一部具有奇幻風格的歷史言情。據瀟湘冬兒在文案中所述，應該是一個非常精彩的故事：

盛夏之花於隆冬盛放，是為「妖紅」。

《妖紅》是擁有奇幻風格的歷史言情，不限於宮廷權謀，朝野暗害，視角會關注於民族之間的戰爭和壓迫。一個王朝在取代了另一個王朝之後，新舊勢力的相互擠壓。這裏有英雄的悲世長歌，有妖嬈的千年絕戀，有少年的豪情壯志，有女子的柔情隱忍，有勝利者的葡萄美酒，也有失敗者的臥薪嘗膽。小小乞兒會飛上枝頭，卻也會在現實中被拋下深淵，苦心立志後會鳳凰涅槃，浴火重生，卻也會在一生的摯愛面前踟躕不前，錯過路過。〔註12〕

從文案上看來，瀟湘冬兒的小說創作，一開始就有自己的立意與追求，

〔註11〕瀟湘冬兒，11 處特工皇妃，瀟湘書院，原文網址：http://vip.xxsy.net/vipbook.aspx?bookid=165098&juanid=207&zhangjieid=2777691。

〔註12〕瀟湘冬兒，妖紅「文案」，瀟湘書院，原文網址：http://read.xxsy.net/info/68688.html。

絕非只是跟風寫作，滿眼小白，爲求點擊而狗血不斷、天雷陣陣甚至是敷衍了事。很可惜，《妖紅》斷更，多兒講這個故事時戛然而止，沒有下文。與其說是靈感枯竭以致沒有感覺不如說是這個題材、這個故事不適合瀟湘多兒對穿越小說創作的追求。

接下來開坑（「開始一部新的小說在網上的連載」的網絡用語）的作品《暴君，我來自軍情 9 處》終於成就了瀟湘多兒。它的成功恰恰表明瀟湘多兒的創作追求找到了合適的文路。那就是穿越架空文。在穿越過去的現代人掙扎生存在虛擬的古代歷史的故事講述中闡述瀟湘多兒對於這個世界的體驗、對於愛情的看法、對於世情與人性的體察、對於社會和歷史的思考。

從 9 處、11 處直到現在正在連載中的 7 處，這是一個特工穿越系列，卻是三個個性氣質、價值觀不盡相同的特工穿越，相同的是對情感、人性的探討，但故事主題不同，敘事意圖與價值追求也不盡相同。

《暴君，我來自軍情9處》的主題是「追尋」。

軍情 9 處的超級特工 003 唐小詩，才藝超群，執行任務時無往而不利，爲軍情 9 處立下汗馬功勞。這樣的女子卻被人打著國家利益至上的幌子在執行任務成功後被自己人殘忍滅口。死後穿越回架空的中國古代平行空間，在亂世風雲中掙扎求存。她的古代傳奇經歷就是 9 處這部 100 多萬字的長篇巨著要講述的故事。

唐小詩化身爲莊青夏開始了她在這個架空的類古代中國的傳奇。從波雲詭譎的深宮中脫逃再到血雨腥風的江湖歷險再到無意中陷入大秦與大楚最優秀的兩個男子秦之炎與楚離的愛情迷局，莊青夏實質上一直在苦苦追尋，追尋她生命與生存的意義。前世被拼死效力的機構無情背叛、殺害摧毀了她一貫的堅守，因此，在唐小詩的古代旅程中，她一刻不停地尋找她失落的生命與生存的意義。終於，她找到的答案是秦之炎的愛情，卻因秦之炎的健康而無法守護這份她用生命和所有力量才尋找到的意義。因此，明明知道，秦之炎生存的機會渺茫，莊青夏依然固執地到處漂泊尋覓，煢煢孑立、形影相弔地尋找了六年有餘，當最終的答案是芳草萋萋的青冢一座時，莊青夏崩潰了，崩潰到想要放棄生命。幸好，瀟湘多兒還是給了青夏希望，那就是一直深愛青夏、默默守護著青夏的楚離。於是，在最後的最後，楚離給予了莊青夏（唐小詩）生命的意義——愛情、家庭還有對華夏民族百姓的守護。

9 處的漸入佳境之後，120 多萬字《11 處特工皇妃》更加精彩。這部鴻篇

巨製，不僅主線人物精彩，一些出場甚少、戲份缺缺的次要人物也一樣的形象鮮明，故事精彩，比如納蘭紅葉、玄墨、李嵩、月七、孫棣、小八、梁少卿等等。而瀟湘冬兒在一開始寫作的時候，就有自己的追求，她說：

> 我希望 11 處，不單單以糾結的感情來撐起全文，而是能夠以連貫的情節和精彩的文章進程來帶動劇情發展的腳步，我希望在這個文裏，除了執著堅定的愛情，也有溫暖動人的親情，有至死不渝的兄弟之情，有純眞如雪的朋友之情，我希望呈現給大家戰爭的恢弘，殺戮的殘忍，和平的可貴，盛世的繁華和亂世的淒涼。我希望這裏有戰士的赤膽忠心，有男兒的保家衛國，有謀士的機智如狐，有權士的手擎遮天。我希望，女性的言情小說不僅僅是言情，我們的胸懷會寬廣地看到很多東西，萬卷如畫的江山，焦土三尺的廢墟，可以聽到盛世鐘聲中大廈傾倒的聲音，聽到腐屍枯草下牧草在輕輕的拔節。男兒的滾動熱血，英雄的悲世長歌，一個偉大帝國的成立，一個腐朽政權的沒落，一個一無所有的女子，在亂世中艱苦求存，最後一力承天，傲然站起身來。〔註13〕

——《公告：關於男主》瀟湘冬兒 2009 年 8 月 27 日

果然，《11 處特工皇妃》讓我們看到的絕不僅僅是感人的愛情，更重要的主題是「信仰」。

軍情 11 處的超級特工 005 楚喬，思維縝密，謀略出眾，立下戰功無數，最終死在了自己國家的監獄中，爲國捐軀。事實的眞相卻是她的死是機構內部派系鬥爭的結果，忠誠於守護國家與百姓安全與利益的信仰的楚喬成爲權力鬥爭的犧牲品。當然，與目睹和知道自己被背叛、被殺害的唐小詩不同的是，這些內情死去的楚喬並不知道。她重生於架空的古代時空中，靈魂附在一個小女奴荊月兒身上，楚喬的異世傳奇由此開始。

本文中楚喬的傳奇經歷一直都圍繞了楚喬以生命堅守的信仰——對於平等、善良、情義與仁愛的信仰，對於守護國家安全、人民幸福的信仰。爲了堅守這樣的信仰，青山院中，小小的星兒（諸葛玥賜予楚喬附身的女奴荊月兒的名字）以特工的謀略與身手替善待自己的荊家孩子復仇；聖金宮中對有恩於自己卻家破人亡的燕洵世子八年不離不棄地陪伴與守護；燕洵反出大夏

〔註13〕瀟湘冬兒，11 處特工皇妃，瀟湘書院，原文網址：http://read.xxsy.net/books/165098/2278539.html。

時楚喬隻身單騎回轉烈火與殺戮中的眞煌城只爲不負西南鎮府使幾千士兵的信義；燕北陷入絕境中楚喬置自己於九死之地的抵抗與決絕；不負李策恩義對卞唐的一次次守護……燕洵是在與楚喬的信仰漸行漸遠中才眞正失去了楚喬的愛情，而諸葛玥卻是在對楚喬信仰的努力理解與逐漸認同中走入了楚喬心中，最終得到了楚喬的愛情。

本文的幾個男主的選擇與命運都是基於對自己信仰的堅守。

諸葛玥在自己的功業追尋中找到了對自己最重要的信仰，那是對愛情的信仰。正如瀟湘冬兒的文案中所述：

> 當我轉過身之後，我知道我再也回不去了。出了這扇門，一切都將陷入血肉白骨與烈火之中，骨肉離散，摯愛分離，家破人亡，霸業傾覆，但是我還要義無反顧的走下去。我要讓這個天下蒼生所有的鮮血來讓你知道，我眞正在乎的是什麼。〔註14〕

諸葛玥眞正在乎的是楚喬活著，在他所能看到的範圍內好好的活著。這是諸葛玥對於自己愛情的信仰，也是他苦苦追求和拼盡全力守護的東西。所以在本文的最後，唯一幸福的男主就是諸葛玥，他得到了楚喬的愛情，他用自己的奮鬥爲楚喬的信仰撐起一片充滿希望的天空，就是青海的傳奇。

燕洵則是在慘遭家變之後就有了報仇雪恨、追逐天下霸業的信仰。因此，他會放棄西南鎮府使的士兵；他會以燕北百姓的生命爲餌完成自己的謀略部署；他會折斷楚喬的雙翼、雪藏楚喬的才能還以爲這是爲楚喬好；他會爲了掃清爭霸天下之路的障礙以楚喬爲餌引諸葛玥入甕，又欺騙楚喬以致楚喬親手誤傷諸葛玥，千丈湖上不顧楚喬的苦苦哀求決然揮下手臂，定要擊殺諸葛玥；爲了鞏固自己的地位殺師殺妹甚至逼楚喬入死地。所以，到了最後，燕洵成爲了改朝換代的成功帝王，但他一定會失去楚喬的愛情。但他的選擇都出於對自己信仰的堅守，所以，直到最後，他依然說：「我不後悔」。

看透世情、遊戲人生的卞唐帝王李策在醉眼迷離中清醒著，他的荒謬而苦痛的人生經歷讓他年輕而滄桑。所以他說：「我們都是命運手下朝生暮死的蚍蜉，倉促之間，便隱現數十年崢嶸冷熱。」當他遇到了楚喬，他找到了生命的亮色，也找到了自己最想要守護的東西——楚喬的幸福。所以，他說：「喬喬，但願你能走得出去。」他在悲劇命運的魔爪中用最大的力量守護楚喬的

〔註14〕瀟湘冬兒，11處特工皇妃「文案」，瀟湘書院，原文網址：http://read.xxsy.net/info/165098.html。

幸福，即使是在死亡到來的一刻依然叮囑著楚喬：「喬喬，你莫要讓我失望。」因為，楚喬的幸福是他真正為了自己而活著的信仰。李策的故事和他的愛情，讓人悲喜交集、五味雜陳。

烏先生、羽姑娘為了自己的信仰，放棄了幸福，終日奔波，雖然最終倒在了自己徒弟的陰謀與殺戮中卻依然不悔。

玄墨為了自己的愛情信仰賠盡了一生，流乾了最後一滴血；納蘭紅葉為了自己的信仰寧願死守秘密，悲苦一生；就連不懂武功、懵懵懂懂的梁書呆也會為了自己的信仰遊歷奔波，九死一生……

瀟湘冬兒在回視自己作品時的分析更加可以佐證這一點：

> 如今再回頭去看 11 處，也許大家會發現，通篇下來，都是在講述信念兩字。楚喬的信念是尊重生命，燕洵的信念是復仇，烏先生和羽姑娘的信念是天下大同，縷縷小和戰鬥到死，趙徹一生都在尋求救國之路，魏舒燁用了半生的時間只為衝破身上的枷鎖，除掉門閥的烙印，納蘭紅葉的信念是尊嚴，玄墨玉樹的信念是守護，賀蕭的信念是忠誠，李策的信念是守望……他們這些人，每個人都在用一生的時間詮釋一個詞，始終堅定不移的沿著自己的路在前行，愛情從不是他們生命的主題，在情愛這面蒼穹上，永遠照耀著一個更絢麗的太陽，那就是他們的信仰所在。〔註15〕
>
> ——瀟湘冬兒《軍火皇后》公告「從信仰到信任」

瀟湘冬兒最近的新作《軍火皇后》，則是軍情 7 處的特工李貓兒穿越異世的傳奇，從已經更新的內容和冬兒的自述來看，這部小說即將創造的女性形象宋小舟（李貓兒穿越之後的異世的人物名字）是與唐小詩、楚喬差異極大的人物，而這部小說的主題是「信任」。正如瀟湘冬兒在新文公告中所透露的：

> 如果說 11 處事一個關於信念的故事，那麼如今的軍火就是一個關於信任的故事。
>
> 軍火這篇文無論是文風還是節奏，對我來說都是一個新的嘗試，最困難的，還是女主的個性。可以說，無論是楚喬還是青夏，

〔註15〕瀟湘冬兒，軍火皇后，瀟湘書院，原文網址：http://read.xxsy.net/books/232988/3073773.html。

她們都是我自己個人在性格上的一個放大。比如我的優柔，我的軟弱，我的愛管閒事，還有我的頑固我的固執我的不撞南牆不回頭。

但是小舟和她們是完全不一樣的，我在文中反覆用到薄涼兩個字，或許這兩個字也並不是那麼貼切。準確的來說，是小舟她自己認為她是一個薄涼的人，所以她能做到視人命如草芥，可以曲意逢迎，可以逢場作戲，爲了權勢利益可以犧牲很多東西。她懂得變通，懂得人情世故，她從不肯吃虧，也不會讓自己陷入真正的陷阱，能夠用頭腦解決的事絕不會動用武力。我看到有的讀者反映說這本書對於武打動作的描寫比 9 處 11 處少了許多，其實這也是我故意而爲，畢竟已經寫了二百萬字的近身搏擊武打，如今也想走一走鬥智戲路。

……

也許在這一點上，小舟和諸葛是有著相同特質的，或者說不止是小舟，而是這本書的每一個人，他們的內心都會因爲故事的發展而變化，而這本書所要表達的中心感情便是「信任」二字。

現在來說，無論是小舟，還是晏狄、李錚、夏諸嬰，他們的心中都不曾擁有真正的信任。也許是天性薄涼，也許是經歷過太多的背叛和殺戮，他們的內心都不夠強大，猜疑和試探太多，誰也不能敞開心扉，讓別人看到真正的自己。也許寫到現在，主要人物當中唯一一個真正交付了信任的人就是已經死去的假儲君小夏，他是第一個交付了自己真心的人，在這個爾虞我詐的地方忘記了自己利益，所以他死了。

小夏的死，對小舟是一個打擊。也許很多人看到今天這章會覺得很失望，但是這是情節發展的必要，沒有死亡和鮮血來洗禮，小舟永遠學不會真正的交付真心。就如同當年楚喬和小詩去世時，在那之前，小舟也不曾將她們當做真正的朋友，也不曾真正的信任她們，直到她們死去，直到她們在生命最後一刻仍舊在保護著她，她才會幡然驚醒，看到她們性格中的光輝。

宋小舟的性格偏陰暗，所以這本書就是一個宋小舟性格轉變的過程。在這條路上，將會有很多的人感動她，也將會有很多傷害她，

她會將別人的信任丟失，也會有人將她的信任踩在腳下。等到她能
後以真正的自我去愛上一個人，而那個人也能真誠的愛上她的時
候，那我們的故事也就走到盡頭了。〔註16〕

——瀟湘冬兒《軍火皇后》公告「從信仰到信任」

　　從跟風創作的穿越歷史小說《唐歌》，意圖創新的奇幻風格歷史言情小說
《妖紅》，到後來有自覺的小說創作追求的特工穿越系列——《暴君，我來自
軍情九處》、《11處特工皇妃》和《軍火皇后》，瀟湘冬兒由一個只是想表達自
己心中的故事的網民通過自己的努力一步步走出屬於自己的小說創作之路。
由一個青澀的網絡小說寫手慢慢地成長，在穿越架空的世界通過精彩的人物
和故事表達自己對歷史、世界、人生、社會、權力、愛情、親情、人性的思
考。瀟湘冬兒的小說創作歷程其實代表了很大一部分網絡小說寫手尤其是女
性寫手的心路歷程與創作追求。從對古老歷史的好奇激發的文學想像開始，
隨著創作和閱讀的深入，逐漸會過渡到對人類精神世界的探查與反思。網絡
穿越小說的作者們往往會借由女性讀者最喜愛和關注的愛情書寫，探視其後
的人性和世情，進而有意識地追逐小說創作的人文關懷、社會價值等深層主
題與意義。

　　瀟湘書院另一位大神級女作者天下歸元（昵稱「桂圓」）的創作歷程也印
證了這一點。從處女作穿越歷史的作品《燕傾天下》，到名動江湖的穿越架空
女強文《帝凰》（原名滄海長歌）、《扶搖皇后》，再到當下新鮮出爐的帶有少
許奇幻色彩的穿越女強文「天定風華」系列，都是意境開闊、宏偉大氣、曲
折驚險的故事，都有血肉豐滿、個性鮮活的人物，更有纏綿悱惻、忠貞不渝
的愛情。

　　天下歸元筆下的傳奇在氣勢如虹的戰爭、刀光劍影的爭鬥、決策千里的
謀略、生死相許的情感糾葛中尋找並堅持著人生最珍貴的精神和情感。與瀟
湘冬兒所不同者，天下歸元的文還有草蛇灰線、伏筆千里的懸疑元素，有各
類插科打諢、令人印象深刻、捧腹不已的萌物，令人驚之、歎之、樂之、佩
服之。

　　天下歸元的穿越小說令人在閱讀之時如同品味複雜人生，有歡樂，有苦
痛，有惆悵，有遺憾，五味雜陳，即使結局完美，卻仍有那麼多的遺憾，那

〔註16〕瀟湘冬兒，軍火皇后，瀟湘書院，原文網址：http://read.xxsy.net/books/232988/
3073773.html。

麼多的不忍。即使過程苦痛，卻仍不忍捨棄，不願錯過。即使看得人心痛糾結，肝腸寸斷，卻可以從這些痛中品味那些人生的奮鬥與成長，沸騰於那些熱血和孤勇，慨歎人生不如意十之八九，感動那麼多的犧牲與成全，於曲折離奇的故事和江湖的恩怨情仇中體悟人性的喜樂悲歡，看到了人性的卑劣卻更看到了人性的美好與光明，對理想和信仰堅持的可貴，對情感成全與犧牲的唏噓感動。

以清穿文、架空歷史文開局的網絡穿越小說一開始就與後宮鬥爭、權勢之爭、天下之爭密不可分。男性視角的架空歷史文大抵是如何爭霸天下、權傾天下、富甲天下，成就一番大功業，或者是扭轉乾坤、改造歷史、揚中華之神威、令四夷拜服、天下歸心，比如《宋風》、《江山美色》、《步步生蓮》、《慶餘年》、《極品家丁》等，再如《回到明朝做王爺》、《新宋》、《再造神州》等，這些網文，一般稱之為爭霸文、權謀文。女性視角穿越文的故事大抵圍繞古代皇室或者王室成員進行，因此，故事中充滿為了爭寵、為了權勢地位在後宮、後宅開展的一場場圍繞男人而進行的不見硝煙卻也危機四伏的女人之間的戰爭，俗稱「宮鬥文」。當然，對於穿越者而言，則大多是在這樣的環境中被迫應戰、掙扎求存並誓死捍衛愛情的愛情保衛戰。宮鬥之中又摻雜了天下之爭、權勢之爭、謀略較量。在古代朝堂風波、皇權爭奪的風雲變換中，隱藏其間的是類似現代商戰的硝煙彌漫、複雜多變，當然也有中國兩千年封建政治史的豐富智慧與鬥爭經驗。

無論是男性視角還是女性視角，很多皇權紛爭、權謀之戰、爭霸天下為背景的穿越小說，都會有很多情色描寫。男性視角文大多是如何征服美女們的身心，而女性視角文則重視依靠自己的魅力與才能（通常是出自於現代視角與現代智慧）在古代顛倒眾生，獲得眾美男的青睞與追捧。後來出現的女尊文初期大都是江山在手、美男在懷，瀟灑人生，舍我其誰。比如心願箋的《鳳舞蒼穹》、日月星辰的《千朵萬朵梨花開》、逍遙紅塵的《笑擁江山美男》、錦秋詞的《蘭陵舊事》等等。

後來，隨著網絡穿越小說的發展，在女性視角文的領域裏，開始出現了女強文，就是在男尊女卑的情景設定中，來自現代、秉承男女平等思想的穿越女憑藉自己的出色才能與人格魅力，自立自強，昂首挺胸地應對一切挑戰，獲得那個世界的尊重與肯定。無論是爭霸天下，還是稱雄江湖；無論是情場還是戰場，這些穿越女都有上佳表現，將現代女子對於自信自立自強、平等

與尊重的理解和訴求發揮的淋漓盡致。比如傾冷月的《且試天下》，黯夜妖靈的《笑傲紅塵》，千歲小憩的《跋涉千年》，風行烈的《雲狂》和《傲風》，狂言千笑的《寧非》等等。

2008 年以後，網絡穿越小說中這種宮鬥文、爭霸文、豔情文、女強文唱主角戲的狀況發生了極大的變化，尤其是 2009 年以來，這種變化更加明顯，網絡穿越小說的主流逐漸被種田文、爆笑文、清水文與重生文佔據。

柳依華的《平凡的清穿日子》（起點女生網，2008 年 5 月 7 日開始連載）和雁九的《重生於康熙末年》（起點中文網，2008 年 7 月 28 日開始連載）引領了種田文的潮流。

柳依華的《平凡的清穿日子》依然是穿越回清代時最愛選取的九龍奪嫡時的康熙朝，不同的是主線不再是權謀鬥爭或者糾結的情感，而是一個現代穿越女如何在歷史的夾縫中小心求存，尋求經營自己平淡的個體幸福的故事。而雁九的《重生於康熙末年》依然是這個年代，卻幾乎與皇權紛爭無關，反倒可以當成《紅樓夢》別傳來看，主要講述一個現代律師事務所打工的普通青年，穿越成曹寅之子，為努力改變曹雪芹家族在歷史上已經蓋棺定論的命運而苦心經營。書中的故事採用的是細水長流事無鉅細的寫法，大宅深院中小兒女的種種情態描寫細微入實。雖沒有什麼轟轟烈烈的情感大戲，但細水長流的情節描寫讓一個個人物包括配角的形象鮮活豐滿，令人擊節讚歎。之後出現的很受讀者歡迎的紅鏡子的《清朝歡迎你》（起點女生網，2009 年 5 月 1 日開始連載）、秋水伊人的《四爺，我愛宅》（晉江原創網，2010 年 1 月 6 日開始連載）都屬於此類。

2009 年還有一部名為《史上第一混亂》（作者：張小花，起點中文網，2008 年 1 月 18 日開始連載）的穿越小說名揚天下，並引領了被稱為「混亂體」的小熱潮。這部小說的風格是反穿越爆笑文，文中修真、穿越、都市、愛情元素皆備。它以宏大而逆反的想像力，向讀者展示了一幅混亂詼諧的後現代跨時空場景，一個個歷史上諸如秦始皇、劉邦、項羽、武則天等等這樣的大佬在書中以種種匪夷所思的無釐頭的形式在現代時空出場，顛覆性的形象與顛覆性的行為風格令人捧腹，而作者張小花就在那間聞名中外並且揚名上海灘（這部小說在 2010 年被改編成話劇在上海公演）的第「好幾號」當鋪裏，妮妮地敘述這些歷史大佬們的吃喝拉撒睡——被形容成土鱉的荊軻醉心於和小孩子玩遊戲，中國歷史上絕對可以稱之為偉大的皇帝秦始皇沉迷於電子游

戲，漢高祖劉邦以一副江湖大混混的形象混跡於麻將桌上，項羽則在追求轉世重生的虞姬中不斷展現他的超低的情商，還有一心想成爲大明星的李師師，假冒王安石的奸相秦檜，尋找岳飛的岳家軍，穿越時空的梁山眾位好漢……《史上第一混亂》就是以這樣的方式從後現代主義者的角度去顛覆和解構那些歷史大佬們在人們心目中留下的根深蒂固的印象，各路歷史人物就這樣被作者要圓就圓，要扁就扁地捏合在現代背景的寫實又荒誕、嚴肅又搞怪的瑣碎敘事之中。穿越小說的對歷史的崇敬與思慕或者理性冷靜地解讀就這樣被無釐頭式的搞怪替代，歷史成爲娛己娛人的最好作料。

其實這種爆笑搞怪文早有端倪。2006 年妖舟在晉江原創網上開始連載的《穿越與反穿越》就是對穿越小說的一種惡搞，文中的情節總是反穿越小說的常規而行，語言風格也是幽默詼諧，讓人從頭笑到尾。而影照在 2007 年在晉江原創網上開始連載的《午門囧事》與此類似，女主在架空的歷史與江湖中努力求生存，遭遇卻每每與慣常穿越小說的模式相反，最終還是選擇反穿越回現代。這部小說到現在還是晉江此類作品的積分第一名，獲得了九億七千多分。《史上第一混亂》出現以後，成爲此類穿越小說的經典。2010 年在晉江原創網上開始連載的《囧女辣手催草錄》（作者三日成妖，2009 年 10 月 2 日開始連載，已完結）則是穿越架空類的爆笑文經典。文中有江湖正邪之爭、有靈魂轉換、有巫術、有神仙法術，奇幻、穿越、愛情、耽美、懸疑等元素齊全，從情節到人物，無一不是對傳統武俠和穿越的顛覆，在不斷解構時又不斷建構，捧腹大笑中又淚盈於眶，看似荒誕的故事卻有對人性、權力與情感的愼重思考。

這種爆笑穿越文以無釐頭的搞怪形式出現，情節敘事的重點卻已經轉向瑣碎的現實生活和平淡眞實的人生，其實是另一種風格的種田文，與之前的穿越小說內容走向大異其趣。

2009 年網絡穿越小說中還有一部很受歡迎的文——《愛莫能棄》。這是一部典型的清水慢文，以穿越寫言情，以細膩的筆觸描寫了一個現代女性宋歡語，因婚禮前夜發現未婚夫與好友的雙重背叛，酒醉之下，與另一個飲酒求醉、愛而不得的某朝千金董玉潔互換了靈魂。作者清水慢文（另一個網名叫笑聲）對於現代人宋歡語在古代生活時的所遇所感、對現實親情、友情、愛情的種種感悟，刻畫得非常眞實細緻。行文平淡溫婉卻直擊人心，人物形象鮮活，對於美好和堅貞的描述飽含著寬容與溫情，讀起來倍感溫暖窩心，如

沐春風。通篇來看，這部小說在言情方面更爲注重愛情心理的描寫與刻畫，
絲絲入扣，合情合理，正如作者自己所言：

> 嚴格地說，這文不該稱爲言情，因爲裏面描寫心理的成熟過程
> 是主線，愛情應該是副線，是催化劑。我寫這個故事，原感慨於人
> 們思想所受的局限。從個人的品性來說，人們對世界的接受是基於
> 對自己的瞭解。心理學早已證明了，人們喜愛和憎惡的，表面看是
> 他人和他事，實際上都是自己的一部分：能看出來的，往往是因爲
> 自己有。所以，快樂善良的人看到的世界，和陰鬱憤怒的人看到的
> 就不一樣。可惜的是，前者沒有後者那麼就充滿影響力。所謂「痛
> 苦需要伴侶」，所以現實中，消極惡意的人和事就更具破壞力。另外，
> 人們總用過去的經驗來理解現實。以爲過去發生的，會重複於現在
> 和將來。這兩方面的束縛，制約了多少靈魂的昇華！但是生命的意
> 義不是麻木自己，按經驗生活，而是有意識地去生活，有勇氣去接
> 受未知。不要專注過去和將來，全心體會現在。佛家總說因果：自
> 己如果爲善，美好的事情就會發生在自己身上。如果爲惡，壞事也
> 會發生，毀去自己原有的運氣。我的理解其實是生活裏發生的事，
> 都是有好的和壞的一面，人們處理的過程，是人們成長的過程。但
> 是有一點，人們總要對自己的本意和行爲負責。無論大小，自己對
> 別人的幹的事情，最後的影響終會印證在自己身上……就是這些眾
> 多的思慮讓我寫了這個文。自然行文緩慢，心理描寫長篇累牘。如
> 果你無這方面的興趣，不看也罷。對於那些看了的人，無論喜歡與
> 否，我都得說聲謝謝，這年月有這樣的耐心，讀這樣的慢文的人，
> 還是很難得的。對於那些喜歡的人，我得擁抱一下，謝謝知音，這
> 文是獻給你們的。〔註17〕

——清水慢文

清水慢文以「笑聲」爲名的另一部小說《三救姻緣》也屬於這個風格。
這種溫馨清水文，幾乎沒有權謀爭鬥，沒有爭霸天下，甚至沒有大起大落的
血雨腥風，更沒有 YY 中的征服無數異性的豔情描寫，貫穿始終的是平凡眞實
的人、瑣碎細小的日常生活、溫馨動人的情感。這種風格後來被稱爲清水文，

〔註17〕清水慢文，愛莫能棄，晉江原創網，原文網址：http://www.jjwxc.net/onebook.
php?novelid=308930。

在穿越小說的各個類別中刮起一股清新之風，一掃浮靡狂躁之氣。

2009 年，從起點到晉江，吹起一股重生文之風。重生文的基本模式就是現代人穿越到過去的現代，即今穿今。比如周行文的《重生傳說》（起點中文網，2008 年），吳沉水的《重生之掃墓》（耽美文，晉江原創網，2008 年），孑無我的《重生之完美一生》（起點中文網，2009 年），就是蘆葦的《重生1998》（起點中文網，2010 年）等等。這些重生文的核心理念就是假如上天再給你一次機會，你會怎樣活過？生命當然是不可逆轉的，於是人們就開始在小說的想像空間借助穿越的題材想像可以重歷人生路，少一點兒遺憾。

無論是種田文、爆笑文、清水文還是重生文，重心都在於對現實與現實人生的關注，體現了網絡穿越小說從純粹幻想的怪誕逐漸回歸關注現實的趨勢。種田文當然是當仁不讓的典型代表。

什麼是種田文？對於這個問題，可以從一些經典的種田文文案中一窺端倪：

> 小兩口穿越到明朝過好日子。
>
> 種種地，讀讀書，再生幾個孩子，給個神仙也不換
>
> ——掃雪煮酒，《明朝五好家庭》，
>
> 起點女生網，2007 年 7 月 24 日開始連載
>
> 一夢醒來，面對三百年前的江寧織造曹府。
>
> 康熙漸老，大變將生；九龍張目，蓄勢待起。
>
> 不知幾家繁華似錦，幾家大廈將傾，江南曹家盛極而衰。
>
> 為了親人，為了自己，重生的曹顒認真地生活著……
>
> ——雁九，《重生於康熙末年》，
>
> 起點中文網，2008 年 7 月 28 日開始連載
>
> 穿越到一個古代寡婦身上，應該如何獲得倖福呢？男人算什麼，八卦，有八卦的人生才是幸福的人生。
>
> 其實，就是想寫一副宋代貴族和平民的生活圖卷，那是中國歷史上最繁榮、最燦爛的時代，也是一個平常人瞭解得比較少的時代。
>
> ——瑞者，《又見穿越——寡婦的八卦生活》，
>
> 晉江原創網，2008 年 12 月 25 日開始連載

爲毛要宮鬥？爲毛要宅鬥？爲毛要鬥？！

一家三口好好過日子不行嗎？

身爲某北宋公務員夫人，我就是要過過這樣的幸福小日子！

這個……

小拖油瓶+二手男人+蘿莉的身子御姐的心=一家三口……囧～

那個……

能過得倖福吧……望天～

PS：本文只是想寫個溫馨幸福的小故事，所以，與史實有關的一些問題比如地名啊稱呼啊規矩啊啥啥的就請……儘量無視吧～

當然，這主要是因爲吧，本妖怪太懶了，懶得『擺渡』去找『大嬸』……默～

————立誓成妖，《嫁個北宋公務員》，
晉江原創網，2010 年 2 月 1 日開始連載

穿越女攜手本土男。

過雲淡風輕小日子。

坐看隔壁家雞飛狗跳……

————阿昧，《北宋生活顧問》，
起點女生網，2010 年 2 月 22 日開始連載

在這些穿越歷史類小說中，關注的不是歷史的走向，不是政治的風雲，不是天下的爭奪，甚至不是糾結的情感，而是平凡的古代生活，確切而言是以現代人的視域爲本，與現代人日常生活相疏離的仿眞的古代生活。

我從重生之後，發現自己依然是個不起眼的小人物。

沒有美貌，沒有家世，沒有聰明的腦袋。家裏只有兩個老實到可憐的父母和一個聰明到可惡的弟弟。長大後爲了照顧一心想要學武的弟弟，被迫跑到一個沒聽說過的小派別裏打閒工。

這個小派別的名字叫點蒼派。

————聽花立雪，《小人物的江湖》，
晉江原創網，2007 年 12 月 27 日開始連載

老爹是大俠，叔叔是高手，聽來這個家世不錯啊！

可等等，爲啥這一家子個個都這麼面黃肌瘦？

什麼，家裏連鍋都揭不開了？

怒啊，既然當大俠如此沒錢途，何不做個小地主？

且看史上最有潛質的一代未來俠女如何發憤圖強，誓奔小康！

——花落重來，《好女十八嫁》，

起點女生網，2009 年 1 月 22 日開始連載

這些穿越武俠類的小說中，武俠中瀟灑浪漫的江湖成了這樣的爲生計而奔波的現實江湖，浪漫而瀟灑的俠客成爲心存俠者理想卻不得不困頓地掙扎求生存的現實人，於是穿越女的歷史使命就是利用自己的現代生存技能發憤圖強，誓奔小康，爲俠者的理想保駕護航。

小富即安，小愛則滿。

高屋萬間只睡一間，珍饈萬錢只吃三餐，看著穿越前輩們迫不及待的往人上人奮鬥，小蝦米薛黎萬分敬仰的同時也疑惑，擁有榮華富貴真就等於快樂麼。

話是這麼說的，可是，望天，老天你在玩我啊……

看著搖搖欲墜的小茅屋，你也不至於給我貧窮到這地步吧，竟然還附送憨厚老公一枚。

算了，女兒當自強，想我堂堂農業大學的學生，只要有土地，什麼賺不來。只要夫妻齊心，踏踏實實地過日子不也挺好。種田織布，沒事幹搞搞小發明，看小日子流水般從手上經過，平淡而幸福的白頭偕老。

……只是，看著老實相公的眼神，啥啥，你說我的身份還不簡單……

算了，謀事在人，我的地盤我說了算，只要自己懂得選擇，外物又能奈我何。

——蟲碧，《小富即安》，

起點女生網，2008 年 7 月 18 日開始連載

胸無大志的農村大學生穿越到古代，成了一個沒娘的苦命娃。

於是，她老老實實地過日子。

想著找個會種地的老公，然後自己當個地主婆，愛生幾個孩子生幾個……

沒有驚天動地、死去活來的愛情，沒有不共戴天、肝腸寸斷的恩怨情仇，只有家長里短、雞毛蒜皮的狗血、八卦與平淡的生活。慎入！胸無大志的農村大學生穿越到古代，成了一個沒娘的苦命娃。

——果凍 cc，《農夫—山泉有點田》，
晉江原創網，2009 年 8 月 9 日開始連載

穿越架空文就以這樣的素面朝天現身於世而且大受歡迎。這股潮流也迅速影響到女尊小說。阿琪的《蒹葭曲》、意忘言的《姑息養夫》、眞的江湖的《一曲醉心》、衛風的《福運來》、小莉子的《憨人有憨福》等等女尊文在描述古代布衣日常生活的家常裏短中堅持愛情的專一、生活的溫馨、平淡幸福的維繫經營。恬惶的《穿越後愛》講述一對在現實世界中感情破裂、出現婚姻危機的夫婦穿越到女尊男卑的世界裏，在雙方的身份地位發生大逆轉之後，在共同的生存歷險中，兩人逐漸意識到自己在現代婚姻中所犯的錯誤與自身的問題，相互理解，相互支持，最終在返回現代以後重新走到了一起，開始了幸福的生活。

網絡穿越小說的這種發展趨勢體現了小說創作從非現實開始趨向理性與現實。其實文學創作，尤其是通俗文學的創作出現這樣的趨勢是非常正常的。以中國的武俠小說創作爲例，民國武俠小說影響最大的奇幻仙俠派代表還珠樓主的作品就極爲荒誕神奇，融合神話、志怪、劍仙、武俠於一體，但還珠樓主的小說是最受當時讀者歡迎的。但到了新派武俠小說階段，武俠大家金庸、梁羽生、古龍的小說，卻是與歷史、人性、現實結合的十分緊密。這一階段公認成就最高、最受讀者歡迎的就是金庸小說。金庸小說是以武俠的形式，透視中國歷史、傳統文化、現實的人性世情。網絡穿越小說作爲近年來非常受歡迎的通俗類型小說，在發展與創作進程總出現這樣的趨勢不足爲奇，說不定下一個「金庸」就會出現在這些網絡寫手之中。

參考文獻

一、理論書籍類

1. 〔德〕伽達默爾，真理與方法〔M〕，洪漢鼎譯，上海：上海譯文出版社，2004。

2. 〔德〕海德格爾，存在與時間〔M〕，陳嘉映，王慶節合譯，北京：生活·讀書·新知三聯書店，2006。

3. 〔德〕海德格爾，時間概念史導論〔M〕，歐東明譯，北京：商務印書館，2009。

4. 〔德〕恩斯特·卡西爾，人論〔M〕，甘陽譯，上海：上海譯文出版社，2004。

5. 〔法〕福柯，規訓與懲罰〔M〕，北京：三聯書店，1999。

6. 〔美〕尼爾·波茲曼，娛樂至死〔M〕，章豔譯，桂林：廣西師範大學出版社，2004。

7. 〔斯洛文尼亞〕阿萊斯·艾爾雅維茨，圖像時代〔M〕，胡菊蘭等譯，長春：吉林人民出版社，2003。

8. 〔加〕馬歇爾·麥克盧漢，理解媒介──論人的延伸〔M〕，北京：商務印書館，2000。

9. 〔美〕W·J·T·米歇爾，圖像理論〔M〕，陳永國，胡文徵譯，北京：北京大學出版社，2006。

10. 〔英〕約翰·伯格，觀看之道──影像閱讀〔M〕，戴行鉞譯，桂林：廣西師範大學出版社，2007。

11. 〔美〕邁克爾·海姆，從界面到網絡空間──虛擬實在的形而上學〔M〕，金吾倫、劉鋼譯，上海：上海科技教育出版社，2000。

12. 〔荷蘭〕約斯·德·穆爾，賽博空間的奧德賽──走向虛擬本體論與人

類學〔M〕，麥永雄譯，桂林：廣西師範大學出版社，2007。

13. 翟振明，有無之間——虛擬實在的哲學探險〔M〕，北京：北京大學出版社，2007。

14. 〔法〕吉爾・利波維茨基，〔加〕塞巴斯蒂安・夏爾，超級現代時間〔M〕，謝強譯，北京：中國人民大學出版社，2005。

15. 朱立元，當代西方文藝理論〔M〕，上海：華東師範大學出版社，2005。

16. 王岳川，後殖民主義與新歷史主義文論〔M〕，濟南：山東教育出版社，1999。

17. 王先霈，王又平，文學理論批評術語彙釋〔M〕，北京：高等教育出版社，2006。

18. 黃鳴奮，比特挑戰繆斯——網絡與藝術〔M〕，廈門：廈門大學出版社，2000。

19. 〔美〕尼葛洛龐帝，數字化生存〔M〕，胡詠，范海燕譯，海南：海南出版社，1997。

20. 歐陽友權，網絡文學概論〔M〕，北京：北京大學出版社，2008。

21. 柏定國，網絡傳播與文學〔M〕，北京：中國文史出版社，2008。

22. 蘇曉芳，網絡小說論〔M〕，北京：中國文史出版社，2008。

23. 藍愛國，網絡惡搞文化〔M〕，北京：中國文史出版社，2008。

24. 李星輝，網絡文學語言論〔M〕，北京：中國文史出版社，2008。

25. 周志雄，網絡空間的文學風景〔M〕，北京：人民文學出版社，2010。

26. 楊劍虹，新生・新力・新潮——關於漢語網絡文學的審視與思考〔M〕，開封：河南大學出版社，2009。

27. 于洋，湯愛麗，李俊，文學網景——網絡文學的自由境界〔M〕，北京：中央編譯出版社，2004。

28. 歐陽友權，網絡文學發展史〔M〕，北京：中國廣播電視出版社，2008。

29. 〔美〕曼紐爾・卡斯特，網絡社會的崛起〔M〕，夏鑄九，王志弘譯，北京：社會科學文獻出版社，2006。

30. 〔美〕曼紐爾・卡斯特，網絡星河——對互聯網、商業和社會的反思〔M〕，鄭波，武煒譯，北京：社會科學文獻出版社，2007。

31. 張江南、王惠，網絡時代的美學〔M〕，上海：上海三聯書店，2006。

32. 王強，網絡藝術的可能——現代科技革命與藝術的變革〔M〕，廣州：廣東教育出版社，2001。

33. 汪代明，數字媒體與藝術發展〔M〕，成都：四川出版集團巴蜀書社，2007。

34. 宋元林，網絡文化與人的發展〔M〕，北京：人民出版社，2009。

35. 項家祥、王正平,網絡文化的跨學科研究〔M〕,上海:上海三聯書店,2007。

36. 〔美〕約翰・費斯克,理解大眾文化〔M〕,王曉珏,宋偉傑譯,北京:中央編譯出版社,2001。

37. 南宏師,張浩,網絡傳播學〔M〕,北京:國防工業出版社,2008。

38. 匡文波,網絡傳播學概論〔M〕,北京:高等教育出版社,2001。

39. 謝新洲,網絡傳播理論與實踐〔M〕,北京:北京大學出版社,2004。

40. 〔法〕西蒙娜・德・波伏娃,第二性〔M〕,陶鐵柱譯,北京:中國書籍出版社,2004。

41. 林丹婭,當代中國女性文學史論〔M〕,廈門:廈門大學出版社,2006。

42. 劉巍,中國女性文學精神〔M〕,上海:學林出版社,2008。

43. 陳順馨,中國當代文學的敘事與性別〔M〕,北京:北京大學出版社,1995。

44. 李玲,中國現代文學的性別意識〔M〕,北京:人民文學出版社,2002。

45. 李銀河,女性權力的崛起〔M〕,北京:文化藝術出版社,2003。

46. 鮑曉蘭,西方女性主義研究評介〔C〕,北京:生活・讀書・新知三聯書店,1995。

47. 李銀河,女性主義〔M〕,濟南:山東人民出版社,2005。

48. 〔美〕朱迪斯・巴特勒(Judith Btler),性別麻煩——女性主義與身份的顛覆(Gender Trouble:Feminism and the Subversion of Identity)〔M〕,宋素鳳譯,上海:上海三聯書店,2009。

49. 李有亮,給男人命名——20世紀女性文學中男權批判意識的流變〔M〕,北京:社會科學文獻出版社,2005。

50. 盛英,20世紀中國女性文學史〔M〕,天津:天津人民出版社,1995。

51. 〔日〕水田宗子,女性的自我與表現〔M〕,北京:中國文聯出版社,2000。

52. 王春榮,女性生存與女性文化詩學〔M〕,瀋陽:遼寧大學出版社,1995。

53. 王純菲,火鳳冰棲——中國文學女性主義倫理批評〔C〕,瀋陽:遼寧人民出版社,2006。

54. 王宇,性別表述與現代認同〔M〕,上海:上海三聯書店,2006。

55. 謝玉娥,女性文學研究〔M〕,鄭州:河南大學出版社,1990。

56. 張岩冰,女性主義文論〔M〕,濟南:山東教育出版社,1998。

57. 趙樹勤,找尋夏娃——中國當代女性文學透視〔M〕,長沙:湖南師範大學出版社,2001。

58. 朱青,中國當代女作家述評〔M〕,蘭州:蘭州大學出版社,2005。

59. 魏國英,女性學概論〔M〕,北京:北京大學出版社,2000。

60. 陸楊，文化研究概論〔M〕，上海：復旦大學出版社，2008。

61. 〔美〕迪克‧赫伯迪格，亞文化：風格的意義〔M〕，陸道夫，胡疆鋒譯，北京：北京大學出版社，2009。

62. 戴錦華，隱形書寫〔M〕，南京：江蘇人民出版社，1999。

63. 周憲，視覺文化的轉向〔M〕，北京：北京大學出版社，2008。

64. 〔法〕貝爾納‧瓦萊特，小說——文學分析的現代方法與技巧〔M〕，天津：天津人民出版社，2002。

65. 〔美〕馬丁，當代敘事學〔M〕，北京：北京大學出版社，1990。

66. 〔美〕德里達，書寫與差異〔M〕，北京：三聯書店，2001。

67. 〔法〕希費納‧薩莫瓦約，互文性研究〔M〕，天津：天津人民出版社，2003。

68. 〔德〕姚斯等，接受理論〔M〕，瀋陽：遼寧人民出版社，1987。

69. 〔美〕費什，讀者反應批評：理論與實踐〔M〕，北京：中國社會科學出版社，1998。

70. 〔德〕本雅明，機械複製時代的藝術〔M〕，北京：三聯書店，1989。

71. 〔美〕詹姆遜，時間的種子〔M〕，桂林：灕江出版社，1997。

72. 張京媛，新歷史主義與文學批評〔M〕，北京：北京大學出版社，1993。

73. 王岳川等，後現代主義文化與美學〔M〕，北京：北京大學出版社，1992。

74. 〔法〕利奧塔，非人——時間漫談〔M〕，北京：商務印書館，2000。

75. 〔法〕波德里亞，消費社會〔M〕，南京：南京大學出版社，2000。

76. 〔英〕費瑟斯通，消費文化與後現代主義〔M〕，南京：譯林出版社，2000。

77. 〔美〕伯格，通俗文化和日常生活中的敘事〔M〕，南京：南京大學出版社，2000。

78. 〔美〕波斯特，第二媒介時代〔M〕，南京：南京大學出版社，2000。

二、期刊文章、碩士論文

1. 潘皓，文學作品中的「穿越時空」母題——兼議當代網絡穿越小說〔J〕，青年文學，2010，（14）。

2. 陳海燕，亦史亦幻 至情至性——評網絡盛行的「穿越」小說〔J〕，當代文壇，2008，（3）：183～185

3. 董勝，論網絡文化視野中的穿越小說〔D〕，蘇州：蘇州大學文學院，2010。

4. 閻純德，試論中國女性文學的多元形態〔J〕，洛陽師範學院學報，2005，（6）。

5. 閻純德，試論女性文學在中國的發展〔J〕，中國文化研究，2002，（2）。

6. 葛紅兵，肖青峰，小說類型理論與批評實踐——小說類型學研究論綱〔J〕，上海大學學報（哲學社會科學版），2008，（4）。

7. 吳心怡，穿越小說的基本模式與特點〔J〕，文藝爭鳴，2009，（2）。

8. 陶春軍，「穿越小說」《夢回大清》的歷史想像與心理補償〔J〕，名作欣賞，2009，（5）。

9. 楊林香，青年青睞網絡「穿越」小說的深層原因分析〔J〕，中國青年研究，2009，（6）。

10. 雷小芳，網絡穿越小說簡論〔J〕，湖南醫科大學學報（社會科學版），2009，（4）。

11. 陶春軍，解構歷史：新歷史小說與穿越小說〔J〕，廣西社會科學，2010，（5）。

12. 曹振中，穿越小說出版熱潮分析〔D〕，北京印刷學院，2010。

三、網絡小說文本目錄【作者，書名，來源網站，上傳時間，出版情況】

（一）穿越歷史類

1. 金子，夢回大清，晉江原創網，2004，已出版，北京：朝華出版社，2006。

2. 曉月聽風，清宮 情空 淨空，晉江原創網，2004，已出版，珠海：珠海出版社，2007。

3. 桐華，步步驚心，晉江原創網，2005，已出版，北京：民族出版社，2006。

4. 李歆，獨步天下，晉江原創網，2006，已出版，北京：朝華出版社，2007。

5. 李歆，秀麗江山，晉江原創網，2007，已出版，北京：朝華出版社，2007。

6. 水心沙，尼羅河之鷹，晉江原創網，2003，已出版，北京：朝華出版社，2005。

7. 水心沙，天狼之眼，晉江原創網，2004，已出版，北京：朝華出版社，2005。

8. 水心沙，法老王，晉江原創網，2004，已出版，北京：朝華出版社，2006。

9. 悠世，法老的寵妃，晉江原創網，2006，已出版，北京：朝華出版社，2007。

10. 犬犬，第一皇妃，瀟湘書院，2006，已出版，北京：朝華出版社，2007。

11. 天衣有鳳，鳳囚凰，起點中文網，2008，已出版，鄭州：河南文藝出版社，2009。

12. 墨妖，情不自禁，晉江原創網，2007。

13. 小春，不負如來不負卿，晉江原創網，2008，已出版，太原：北嶽文藝

出版社，2008。

14. 月關，回到明朝當王爺，起點中文網，2006，已出版，西安：太白文藝出版社：2007。

15. 月關，步步生蓮，起點中文網，2009。

16. 小樓明月，迷失在康熙末年，起點中文網，2006。

17. 天夕，驚：我的前半生，我的後半生，晉江原創網，2006，已出版，北京：作家出版社，2007。

18. 憐心，穿越之情迷五胡亂華，紅袖添香，2007，已出版，石家莊：花山文藝出版社，2007。

19. 蘇飛燁，我的魏晉男友，起點女生網，2008，已出版，長沙：湖南人民出版社，2010。

20. Loeva（柳依華），平凡的清穿日子，起點中文網，2008，已出版，瀋陽：瀋陽出版社，2009。

21. 沐軼，納妾記，起點中文網，2007，已出版，南昌：百花洲文藝出版社，2008。

22. 紫百合，花落燕雲夢，九界文學網，2006，已出版，北京：朝華出版社，2007，原載於九界原創網。

23. 財迷豬，穿越成式神的日子，晉江原創網，2008，已出版，北京：華文出版社，2009。

24. 淩嘉，阿嬌皇后（原名為：回到大漢——我是女御醫），起點中文網，2007，西安：陝西師範大學出版社，2008。

25. 紫百合，蘭陵相思賦，四月天原創網，2007，已出版，北京：朝華出版社，2008。

26. 夢三生，春秋大夢，晉江原創網，2008，已出版，北京：華文出版社，2009。

27. 夢三生，笑傾三國，晉江原創網，2007，已出版，北京：華文出版社，2008。

28. 夢三生，美人殤，晉江原創網，2006，已出版，呼和浩特：內蒙古人民出版社，2007。

29. 曉丹叮咚，穿越時空之絕色神偷，紅袖添香，2007，已出版，長沙：湖南少兒出版社，2008。

30. 水蠍佳人，清夢奇緣（原名：古代皇宮現代皇后），紅袖添香，2006，已出版，北京：中國三峽出版社，2007。

31. 竹心醉，帶著皇子回現代，晉江原創網，2007，已出版，北京：朝華出版社，2008。

32. 晚晴風景，瑤華，晉江原創網，2006，已出版，北京：中國友誼出版公司，2006。

33. 柳暗花溟，大唐尋情記，紅袖添香，2009，已出版，石家莊：花山文藝出版社，2009。

34. 柳暗花溟，馭夫 36 計，起點女生網，2009，已出版，南京：江蘇文藝出版社，2010。

35. 明月別枝，雲醉月微眠，晉江原創網，2008，已出版，北京：朝華出版社，2008。

36. 平凡普通，再造神州，起點中文網，2004。

37. 阿越，新宋，幻劍書盟，2004，已出版，石家莊：花山文藝出版社，2008。

38. 寧致遠，楚氏春秋，起點中文網，2006。

39. 戒念，宋風，起點中文網，2006，已出版，珠海：珠海出版社，2008。

40. 中華楊，中華再起，起點中文網，2003。

41. 無辜的蟲子，回明，起點中文網，2010。

（二）穿越架空類

1. 波波，綰青絲，瀟湘書院，2006，已出版，石家莊：花山文藝出版社，2007。

2. 小佚，瀟然夢，晉江原創網，2006，已出版，北京：朝華出版社，2007。

3. 〔瑞〕Vivibear，尋找前世之旅，晉江原創網，2006，已出版，鄭州：河南文藝出版社，2007。

4. 〔美〕十四夜（晉江網名平原夜），醉玲瓏，晉江原創網，2007，已出版，北京：朝華出版社，2007。

5. 椿椿，蔓蔓青蘿，晉江原創網，2007，已出版，重慶：重慶出版社，2007。

6. 安安（晉江網名：78803838），廚娘皇后，晉江原創網，2007，已出版，北京：朝華出版社，2009。

7. 海飄雪，木槿花西月錦繡，晉江原創網，2006，已出版，北京：作家出版社，2008。

8. 靡寶，歌盡桃花，晉江原創網，2007，已出版，北京：朝華出版社，2008。

9. 玄色，武林萌主，起點中文網，2008，已出版，北京：朝華出版社，2009。

10. 柳暗花溟，神仙也有江湖，起點中文網，2007，已出版，石家莊：花山文藝出版社，2008。

11. 小佚，少年丞相世外客，晉江原創網，2007，已出版，鄭州：河南文藝出版社，2008。

12. 安安（晉江網名：78803838），花癡皇后，晉江原創網，2007，已出版，

北京：朝華出版社，2008。

13. 禾早，江湖遍地賣裝備，起點中文網，2008，已出版，鄭州：河南文藝
出版社，2009。

14. 張瑞（枯丫），風槿如畫，晉江原創網，2007，已出版，北京：大眾文藝
出版社，2009。

15. 妖舟，穿越與反穿越，晉江原創網，2006，已出版，太原：北嶽文藝出
版社，2008

16. 半個靈魂，我的靈魂在古代，晉江原創網，2005。

17. Stein，狩獵美男之古旅，晉江原創網，2005，已出版，北京：海洋出版
社，2006。

18. 風行烈，雲狂，瀟湘書院，2009。

19. 風行烈，傲風，瀟湘書院，2009。

20. 瀟湘冬兒，暴君，我來自軍情九處，瀟湘書院，2008。

21. 瀟湘冬兒，11處特工皇妃，瀟湘書院，2009。

22. 瀟湘冬兒，軍火皇后，瀟湘書院，2010。

23. 央央，明月心，瀟湘書院，2008。

24. 君子顏，穿越之絕色妖妃，瀟湘書院，2009。

25. 君子顏，囚鳳，瀟湘書院，2009。

26. 呂顏，穿越之殺手皇后，瀟湘書院，2008。

27. 呂顏，棄妃絕愛，瀟湘書院，2008。

28. 紫曉，鳳求凰，瀟湘書院，2007。

29. 天下歸元，燕傾天下，瀟湘書院，2008。

30. 天下歸元，帝凰（原名：滄海長歌），瀟湘書院，2009。

31. 天下歸元，扶搖皇后（原名：扶搖），瀟湘書院，2010。

32. 周玉，家有刁夫，瀟湘書院，2008。

33. 周玉，火爆妖夫，瀟湘書院，2009。

34. 小佚，瀟然夢之無遊天下錄，晉江原創網，2008，已出版，天津：百花
文藝出版社，2009。

35. 貓膩，慶餘年，起點中文網，2007，已出版，北京：中國友誼出版公司，
2008。

36. 斬空，高衙內新傳，起點中文網，2005。

37. 禹岩，極品家丁，起點中文網，2007。

38. 唐家三少，鬥羅大陸，起點中文網，2008，已出版，西安：太白文藝出
版社，2009。

39. 天蠶土豆，鬥破蒼穹，起點中文網，2009。

40. 唐家三少，陰陽冕（原名：酒神），起點中文網，2009。

41. 金子，綠紅妝之軍營穿越，晉江原創網，2007，已出版，天津：百花文藝出版社，2009。

42. 清水慢文（笑聲），愛莫能棄，晉江原創網，2008，已出版，合肥：黃山書社，2009。

43. 笑聲，三救姻緣，晉江原創網，2007，已出版，北京：朝華出版社，2008。

44. 雪鳳歌，天朝女提刑（原名：鳳歸雲），晉江原創網，2009，已出版，南京：江蘇文藝出版社，2010。

45. 椿椿，小女花不棄，晉江原創網，2009，已出版，南京：江蘇文藝出版社，2010。

46. 驚鴻，如夢令，晉江原創網，2007，已出版，北京：朝華出版社，2008。

47. 秋夜雨寒，跨過千年來愛你，小說閱讀網，2008，已出版，瀋陽：瀋陽出版社，2009。

48. 赤焰冷，熙元紀事，晉江原創網，2007，已出版，長春：北方婦女兒童出版社，2009。

49. 安思源，青山依舊笑春風，晉江原創網，2009，已出版，北京：華文出版社，2009。

50. 酒壑盛人，芊澤花開，瀟湘書院，2008，已出版，武漢：長江文藝出版社，2009。

51. 影照，午門囧事，晉江原創網，2007，已出版，石家莊：華山文藝出版社，2008。

52. 木軒然，執手千年，晉江原創網，2007，已出版，北京：朝華出版社，2008。

53. 漠漠無雨，相思意，晉江原創網，2009，已出版，北京：國際文化出版公司，2009。

54. 雲外天都，誓不為妃，起點中文網，2008，已出版，瀋陽：萬卷出版公司，2008。

55. 十四郎，琉璃美人煞，晉江原創網，2008，已出版，南京：江蘇文藝出版社，2009。

56. 蜀客，穿越之天雷一部，晉江原創網，2008，已出版，長春：北方婦女兒童出版社，2009。

57. 蜀客，穿越之武林怪傳，晉江原創網，2008，已出版，呼倫貝爾：內蒙古文化出版社，2008。

58. 東籬菊隱，窈窕庶女，晉江原創網，2009，已出版，昆明：晨光出版社，

2009。

59. 籽月，誰説穿越好，晉江原創網，2009，已出版，北京：文化藝術出版社，2010。

60. 張小花，史上第一混亂，起點中文網，2008，已出版，合肥：黃山書社，2009。

61. 也顧偕，誰把流年暗偷換（網絡原名：祖宗，給我一隻簽），晉江文學城，2010，已出版，長春：北方婦女兒童出版社，2010。

62. 世界地圖，當家主婦，晉江原創網，2009，已出版，北京：大眾文藝出版社，2010。

63. 雪影霜魂，我的活祖宗，晉江原創網，2009，已出版，北京：國際文化出版公司，2010。

64. 雷雷貓（起點網名：不吃魚的貓兒），家有山賊，起點中文網，2009，已出版，北京：大眾文藝出版社，2010。

65. 那時煙花，一品酒娘，起點中文網，2008，已出版，北京：大眾文藝出版社，2010。

66. 路過而已，穿越之春色無雙，晉江原創網，2009，已出版，北京：國際文化出版公司，2009。

67. 魚易雨，穿越之後宮育兒（網絡原名：古代育兒寶典），起點中文網，2009，已出版，石家莊：花山文藝出版社，2009。

68. 晚歌清雅，帝寵，起點中文網，2008，已出版，北京：文化藝術出版社，2009。

69. 林家成，無鹽妖嬈，起點中文網，2009，已出版，南京：江蘇文藝出版社，2010。

70. 三日成妖，囧女辣手催草錄，晉江原創網，2009。

（三）穿越耽美類

1. 流玥，鳳霸天下，晉江原創網，2005，已出版，北京：中國友誼出版公司，2007。

2. 葡萄，青蓮記事，晉江原創網，2005，已出版，珠海：珠海出版社，2008。

3. 天籟紙鳶，花容天下，晉江原創網，2006。

4. 吳沉水，公子晉陽，晉江原創網，2008。

5. 吳沉水，重生之掃墓，晉江原創網，2009。

6. 風維，鳳非離，晉江原創網，2003。

7. 風弄，鳳于九天，晉江原創網，2004。

8. 蹲在牆角，秦歌，晉江原創網，2009。

9. 多雲，花景生，晉江原創網，2008。

10. 我想吃肉，伴君，晉江原創網，2008。

11. 塔沙提爾，有關 Harry Potter 的肥皂穿越之旅，晉江原創網，2007。

12. 林海雪原，美少年之 36 計，晉江原創網，2007。

13. 狸貓 R，出雲七宗「罪」，晉江原創網，2006。

14. 簡青遠，鑒花煙月，晉江原創網，2008。

15. 阿堵，一生孤注擲溫柔，晉江原創網，2008。

16. Erus，束縛，晉江原創網，2007。

17. 洛羽霓裳，無禁，晉江原創網，2008。

18. 宮藤深秀，離玉傳，晉江原創網，2008。

19. 楚寒衣青，鳳翔九天，晉江原創網，2009。

20. 伊川，穿越太子胤礽，晉江原創網，2009。

21. 天望，玉子金童，晉江原創網，2007。

22. 楚寒衣青，青溟界，晉江原創網，2007。

23. 滿座衣冠勝雪，千山看斜陽，2008。

24. 來自遠方，重生之蘇晨的幸福生活，晉江原創網，2009。

25. 衛風，冷香，鮮網。

26. 衛風，笑忘書，鮮網。

（四）穿越女尊類

1. 宮藤深秀，四時花開──還魂女兒國，晉江原創網，2006，已出版，南昌：二十一世紀出版社，2007。

2. 書閒庭，太平，晉江原創網，2006。

3. 星無言，瀟灑如風，晉江原創網，2008。

4. 正午月光，女兒國記事，晉江原創網，2007。

5. 逍遙紅塵，笑擁江山美男，晉江原創網，2008。

6. 逍遙紅塵，醉擁江山美男，晉江原創網，2009。

7. 逍遙紅塵，仙落卿懷，晉江原創網，2009。

8. 湖月沉香，折草記，晉江原創網，2005，已出版，珠海：珠海出版社，2008。

9. 苁藍，落魄妻主，晉江原創網，2009。

10. 錦秋詞，最鴛緣，晉江原創網，2008。

11. 錦秋詞，蘭陵舊事，晉江原創網，2008。

12. 日月星辰，千朵萬朵梨花開，晉江原創網，2008。

13. 小莉子，相思不悔，晉江原創網，2008。

14. 小莉子，執手逍遙，晉江原創網，2009。

15. 心慈，小人歌，晉江原創網，2008。

16. 凝輝殘雪，鷲鳳吟，晉江原創網，2008。

17. 鑫愛詩，紅塵曲，晉江原創網，2008。

18. 鑫愛詩，找個女人嫁了吧，晉江文學城，2010。

19. 聽風訴晴，四君記，晉江原創網，2009。

20. 葉落封塵，皇朝風雲，晉江原創網，2010。

21. 西嶺秋雪，如畫之江山，晉江原創網，2008。

22. 水月鏡，鏡花水月，晉江原創網，2008。

23. 枉然書生，月入寒窗他似雪，晉江原創網，2009。

24. 范醒，解夏，晉江原創網，2007。

25. 苟草，騙行天下，晉江原創網，2010。

26. 憶冷香，萬里芳菲，瀟湘書院，2008。

27. 七色天天，花戀蝶，晉江原創網，2009。

28. 張鼎鼎，春風吹，晉江原創網，2009。

29. 心願箋，風舞蒼穹，晉江原創網，2007。

30. 火焰傳說，冷心女王爺，瀟湘書院，2008。

31. 紅粟，毒手聖醫，瀟湘書院，2009。

32. 一剪相思，神捕女王爺，瀟湘書院，2008。

33. 漠妖，妻主當自強，瀟湘書院，2009。

34. 清風逐月，絕代鳳華，瀟湘書院，2009。

35. 君子顏，掠心女王爺，瀟湘書院，2009。

36. 一寸相思，妻主，起點中文網，2009。

37. 十二時，半生，晉江原創網，2009。

38. 夜問卿，四物國物語，紅袖添香，2008，已出版，汕頭：汕頭大學出版社，2008。

39. 捨得就好，心素若菊，晉江原創網，2009。

40. 老衲茹素，我是母大蟲？！，晉江原創網，2009。

（五）穿越同人類

1. 今何在，悟空傳，起點中文網，2003。

2. 妖舟，不死，晉江原創網，2009。

3. 關心則亂，HP 同人之格林童話，晉江原創網，2009。

4. 花命羅，獵人同人——無處不在的龍套生活，晉江原創網，2009。

5. 我想吃肉，還珠之皇后難爲，晉江文學城，2010。

6. 願落，穿越之新月格格之鴻雁於飛，晉江原創網，2009。

7. 庭和，穿越成華箏，晉江原創網，2008。

8. 飯卡，倚天之一顰一笑皆囚然，晉江原創網，2008。

9. 黑吃黑，天龍之花開無涯，晉江原創網，2009。

10. 夢魘殿下，鹿鼎如此多嬌，晉江原創網，2009。

11. 紫葉楓林，無花飄香（楚留香同人），晉江原創網，2009。

12. 笑點煙波，在成爲西門吹雪的日子裏，晉江原創網，2009。

13. 宵環佩，隨雲莫離（楚留香同人），晉江原創網，2009。

14. 青書無忌，穿越之圍觀大唐，晉江文學城，2010。

15. 衛風，書中游，四月天原創網，2007。

16. 花落重來，武林外史之我是朱七七，起點中文網，2006。

（六）經典種田文

1. 掃雪煮酒，明朝五好家庭，起點女生網，2007。

2. 聽花立雪，小人物的江湖，晉江原創網，2007。

3. 南適，花褪殘紅青杏小，晉江原創網，2008。

4. Loeva（柳依華），平凡的清穿日子，起點女生網，2008。

5. 蟲碧，小富即安，起點女生網，2008。

6. 雁九，重生於康熙末年，起點中文網，2008，已出版，合肥：黃山書社，2009。

7. 瑞者，又見穿越——寡婦的八卦生活，晉江原創網，2008。

8. 花落重來，好女十八嫁，起點女生網，2009。

9. 紅鏡子，清朝歡迎你，起點女生網，2009。

10. 果凍 CC，農婦山泉有點田，晉江原創網，2009。

11. 鹽津葡萄，琥珀記（女尊），晉江原創網，2009。

12. 看泉聽風，天啓悠閒生活，晉江原創網，2009。

13. 秋水伊人，四爺，我愛宅，晉江文學城，2010。

14. 阿琪，蕭葭曲（女尊），晉江文學城，2010。

15. 立誓成妖，嫁個北宋公務員，晉江文學城，2010。

16. 阿昧，北宋生活顧問，起點女生網，2010。

17. 恬惶，穿越後愛（女尊），晉江文學城，2010。

18. 意忘言，姑息養夫（女尊），晉江文學城，2010。

19. 莫惹是非，湖畔炊煙（女尊），晉江文學城，2010。

20. 真的江湖，一曲醉心（女尊），晉江文學城，2010。

21. 桃花露，穿越市井田園，晉江文學城，2010。

22. 桃花露，穿越錦繡田園，晉江文學城，2010。

23. 小莉子，憨人有憨福（女尊），晉江文學城，2010。

24. 衛風，福運來，起點女生網，2009。

四、相關網站

1. 中國互聯網絡信息中心（CNNIC）：www.cnnic.net.cn.

2. 互聯網實驗室（chinalabs.com）：www.chinalabs.com.

3. 網絡文化研究網：www.network-culture.cn.

4. 晉江文學城：www.jjwxc.net.

5. 起點中文網：www.qidian.com.

6. 起點女生網：www.qdmm.com.

7. 瀟湘書院：www.xxsy.net.

8. 紅袖添香網：www.hongxiu.com.

9. 小說閱讀網：www.readnovel.com.

10. 連城讀書：www.lcread.com.

11. 逐浪小說網：www.zhulang.com.

12. 言情小說吧：www.xs8.cn.

13. 四月天原創網：www.4yt.net.

14. 17K 文學網：www.17k.com.

15. 幻劍書盟：html.hjsm.tom.com.

16. 九界文學網：www.9jjz.com.

17. 鮮網：myfreshnet.com.

18. 榕樹下：www.rongshuxia.com.

19. 派派小說論壇：www.paipaitxt.com.

20. 冠華居小說網：www.guanhuaju.com.

致　謝

在本書的寫作過程中，我得到了很多人的幫助和支持，在此一一表示感謝。

首先，非常哀痛於我的博士導師方珊先生今年的辭世，難以忘懷他對我的指導和幫助，難以忘懷方老師在病中依然對本書的寫作給予建議和指導；感謝劉成紀老師在本書寫作過程中給予我的積極幫助和耐心指導，對我打開思路和本書框架形成有很重要的意義；感謝嚴春友老師對本書寫作的建議與幫助。感謝我的同窗何小平、宰政、肖雲恩在各個方面對我的支持與幫助，尤其感謝宰政對本書框架的修改提出的寶貴意見；感謝我的師弟喬基慶對於我的相關閱讀書目的建議與幫助。

感謝我的工作單位中國地質大學（北京）的院領導鄒世享老師對我學術研究的支持與幫助，感謝其他院領導和我的同事老師們對我的各種支持與鼓勵。

感謝我的家人對我的支持和鼓勵，尤其要感謝我的先生單明正對我的極大幫助和支持，無論是對我思路中斷、煩躁易怒的包容與寬慰，還是對我整理思想、理順思路的不厭其煩的傾聽與建議，在此表示深深的感謝！

李玉萍